MIA SHERIDAN

Leo's chance

TOME 2

Ouvrage dirigé par Bénita Rolland
Traduit par Sylvie Del Cotto
Photo de couverture © GettyImages/Juanmonino
Couverture : Ariane Galateau

34/36 rue la Pérouse
75116 Paris
www.hugoetcie.fr

ISBN : 9782755623437
Dépôt légal : octobre 2016
Imprimé en France par CPI Brodard et Taupin - N° d'impression : 3018585

NEW ROMANCE®

MIA SHERIDAN

Leo's chance

TOME 2

Roman

Traduit de l'américain
par Sylvie Del Cotto

Hugo Roman

Chapitre 1

Allongé sur mon lit d'hôpital, je fixe le plafond, submergé par le chagrin. Comment en suis-je arrivé là ? Non seulement dans cette chambre mais dans cet état insupportable, le cœur et l'esprit en vrac. J'aimerais échapper à moi-même, ramper hors de ma tête et devenir une ombre tapie dans un coin. J'ai détruit tous ceux qui ont essayé de m'aimer. Ce constat me dévaste et m'oppresse.

On frappe à la porte de ma chambre, et elle s'ouvre lentement avant que je n'aie pu répondre. Le Dr Fox passe sa tête à la tignasse blanche à l'intérieur.

– Bonjour, Jake, dit-il en souriant.

Il entre et laisse la porte se refermer.

Le Dr Fox est le psychologue de l'hôpital. Il passe me voir depuis deux semaines, mais je n'ai rien à lui dire. Ses services ne m'intéressent pas, un point c'est tout.

Devant mon silence, il me regarde longuement.

– Toujours pas décidé à me parler de ce mois traumatisant que vous venez de vivre ? Vous seriez étonné de constater combien parler peut être salutaire, dit-il gentiment.

Emmuré dans le silence, je souffle. C'est vraiment la dernière chose dont j'aie besoin, un psy qui tente de me convaincre que tout irait mieux si je vidais mon sac. Il ressemble à Einstein. C'est un bon point pour lui puisque seul un génie pourrait démêler ce sac de nœuds qu'est devenue ma vie. Je suis en piteux état, j'en suis conscient. Pourtant, ça ne m'intéresse pas. Non merci.

– Et alors ? dis-je enfin. Vous voulez nous refaire Will Hunting*, ou un truc du genre ? Rien n'est de ma faute, c'est ça ?*

Détournant le regard, je ris jaune. La bonne blague...

Au bout d'un moment, il reprend.

– Eh bien, je ne sais pas, Jake. J'ai lu le rapport de l'accident, et tout porte à croire que vous en êtes responsable. Et si vous le voulez bien, j'aimerais qu'on en parle. En revanche, le décès de votre père... vous n'y êtes pour rien, à l'évidence. Quoi qu'il en soit, je ne suis pas là pour vous couvrir d'éloges. Ne comptez pas sur moi pour vous donner une tape dans le dos en vous répétant que vous n'êtes pas responsable de vos mauvais choix. Mais si vous cherchez quelqu'un qui a aidé des gens qui ont connu pire que la vie d'un gosse de riche contrarié qui a embouti sa Porsche dans un accès de colère, je peux essayer de vous écouter.

Alors qu'il s'apprête à partir, je vois rouge. Je peux à peine bouger mon corps meurtri, mes deux bras plâtrés et ma jambe suspendue dans le vide, également immobilisée dans un plâtre, mon visage tuméfié recouvert de bandages. Toutefois, je parviens à remuer suffisamment pour qu'il tourne la tête vers moi.

– Espèce de salopard présomptueux ! Vous croyez me connaître à partir des quelques éléments que vous avez notés sur un fichu bout de papier ? Vous croyez qu'on peut résumer quelqu'un à deux ou trois lignes griffonnées sur une fiche ? Je ne suis pas un gosse de riches ! J'ai grandi dans la misère. Je venais d'apprendre la mort de mon petit frère, un gamin que j'ai quasiment élevé. Vous savez que dalle sur moi.

– Je le sais, répond-il posément. Je vous remercie de me le dire. Comment s'appelait votre frère ?

Hésitant à répondre, je regarde par la fenêtre le ciel bleu de Californie. Putain, ce gros futé m'a coincé. Je sens mes lèvres s'animer involontairement. Un début de sentiment de respect naît au fond de moi.

Sans me presser, je continue à regarder dehors pendant qu'il attend.

– Seth.

– J'aimerais beaucoup en savoir plus sur Seth, si vous êtes partant.

Je soupire. Je n'ai pas parlé de Seth depuis très longtemps. Après tout, je suis le seul à pouvoir faire vivre son souvenir. Je n'ai pas été à la hauteur avec lui. Je tergiverse. Finalement, je trouve les bons mots.

– Je ne l'avais pas vu depuis dix ans. J'ai été adopté. Il était mon vrai frère. Ou demi-frère. Mais mon vrai frère selon tous les critères importants. C'est une longue histoire.

– Je suis hautement diplômé en longues histoires.

Il sourit, et un petit rire m'échappe.

– J'imagine.

– Vous seriez d'accord pour que je revienne passer une heure avec vous demain ?

Je prends le temps de réfléchir.

– Sais pas, j'ai un planning surchargé en ce moment. J'ai auto-apitoiement vers huit heures, et j'enchaîne avec une heure à me vautrer dans le malheur.

Il sourit.

– Dans ce cas, je passerai à dix heures. À demain, Jake.

Il se dirige vers la porte et tend la main vers la poignée.

– Au fait, Doc ?

– Oui ? dit-il en se tournant vers moi.

– Je m'appelle Leo. Mon vrai nom, je veux dire. Ce n'est pas Jake. C'est Leo.

Il marque une pause, mais s'abstient de tout commentaire.

– D'accord. Et si nous en parlions demain ? Vous me direz quel nom vous préférez. Je vous vois à dix heures.

Il ouvre la porte et quitte la chambre.

Chapitre 2

J'observe Evie qui est assise sur un banc, dans un parc, et mange une pomme, un roman ouvert à la main. Elle est si belle que ça m'est difficile de ne pas l'aborder. Mais je pense qu'elle est suffisamment concentrée sur sa lecture pour que je me rapproche un peu. Je vais m'asseoir sur un banc à côté d'elle en faisant semblant de téléphoner. Je meurs d'envie de la détailler, de m'abandonner à sa contemplation. Mais pour l'instant, je dois garder mes distances. Au moins jusqu'à ce que je trouve ce que je vais faire, ou dire. Les battements de mon cœur s'accélèrent. Je n'ai pas droit à l'erreur. J'ai fait tout ce chemin pour me retrouver en face de la seule fille que j'aie jamais aimée. Et il est probable qu'elle me hait purement et simplement.

Je la suis depuis deux jours, assez pour en conclure qu'elle n'est pas mariée. C'est déjà ça. Sinon, je ne veux même pas me demander comment je m'y serais pris. En revanche, je n'ai pas découvert si elle sortait avec quelqu'un. Ça ne m'arrêterait pas, mais je préfère savoir à quoi m'attendre.

Elle travaille au Hilton du centre-ville et n'a pas de voiture. Ça m'ennuie qu'elle se déplace en bus. Je suis rassuré quand je la suis en voiture parce qu'elle est en sécurité tant que je suis là. Une petite voix me rappelle qu'elle s'en est très bien sortie sans moi pendant huit ans. Je grimace intérieurement, poignardé en plein cœur par la culpabilité.

Elle semble bien mener sa barque, même si elle ne doit pas gagner grand-chose. Toutefois, elle vit dans un quartier convenable de Clifton, près de l'université de Cincinnati, et elle s'habille joliment. Clairement, elle s'occupe très bien d'elle-même. Ça ne me surprend pas. Elle est comme dans mes souvenirs. Je suis fière d'elle. Après tout, j'ai vu des filles à la vie plus facile piquer des crises parce que leur rendez-vous avec la manucure était annulé. J'en ai fréquenté plusieurs dans ce genre. Mais qui suis-je pour les juger ? Moi aussi, j'ai mes faiblesses.

La première fois que je l'ai vue, à mon retour à Cincinnati, je patientais dans ma voiture, garé le long du trottoir en face de chez elle. Elle est sortie, en jean et sweat-shirt, ses longs cheveux noirs lui retombant dans le dos. La bouche sèche et la respiration saccadée, je l'ai suivie du regard tandis qu'elle descendait la rue. J'étais paralysé. J'ignorais qu'on pouvait cesser de respirer pendant huit ans, mais apparemment ça arrive. Elle était déjà belle avant, mais elle est devenue sublime. Elle est toujours petite et menue, mais elle a développé des courbes plus féminines. Les émotions me reviennent de plein fouet, me donnant l'impression que notre baiser sur le toit, la nuit où je lui ai dit de m'attendre, que je reviendrais la chercher, que je l'aimerais toujours, c'était hier. *Sauf que j'ai manqué à mes promesses.*

Pendant que je la suivais partout, sa force m'a sauté aux yeux, et j'ai constaté qu'elle était restée aussi attentionnée que dans mes souvenirs. Elle sourit à tout le monde et s'arrête pour aider les autres quand tout un chacun poursuit son chemin. Ceux qui ont la chance d'échanger quelques mots avec elle paraissent se retenir de la rappeler au moment où elle s'éloigne. Je suis mal placé pour le leur reprocher. *Ma chérie...* je ne dis pas ça à la légère. J'étais déjà déterminé avant de la revoir, alors maintenant... ça me détruirait qu'elle me rejette d'entrée de jeu.

La suivre pendant deux jours a suffi à confirmer que j'étais encore plus amoureux d'elle qu'il y a quinze ans. Il ne me reste plus qu'à trouver comment m'y prendre. J'ai retourné la question dans tous les sens, sans trouver de solution. Mon désir de lui parler, de la toucher, me dévore tant que je tiens à peine en place. Je continue d'aller au bureau tous les jours, mais je dois me contraindre à me concentrer sur mon travail. Je ne sais pas quoi faire et ça me rend fou. Après des années à me languir d'elle, elle est juste devant moi, mais c'est comme si elle était toujours à des milliers de kilomètres.

Quand j'étais petit, je détestais le jour de la photo de classe. Le problème n'était pas tant l'importance que j'accordais à cette foutaise que l'angoisse d'Evie. Tous les autres jours de l'année, nous parvenions à nous fondre dans la masse malgré nos vêtements usés et nos cheveux négligés. Mais le jour de la photo, tous les élèves portaient des habits neufs, les filles mettaient des nœuds dans leurs cheveux et avaient des enveloppes d'argent à remettre à l'enseignant. Aucune famille d'accueil ne se souciait d'avoir la photo d'un enfant placé à accrocher au mur. Personne ne tenait à garder la trace de mon physique en CM1 ou CM2 ou à n'importe quel âge. S'il y avait eu quelqu'un pour s'y intéresser, je n'aurais pas grandi dans une famille étrangère.

Je regardais Evie observer les autres filles et tenter de donner un style à ses cheveux mal coupés, négligemment brossés. Mal à l'aise, elle avait du mal à arranger seule l'arrière de sa tête, mais personne ne venait à son secours.

Alors, ses yeux noirs devenaient rêveurs, et je savais que mon Evie s'inventait une histoire. D'un côté, cet air me brisait, et d'un autre, mon cœur se gonflait de fierté. Je savais que c'était grâce à cela qu'elle ne craquait pas et ne s'endurcissait pas comme moi. À mon sens, elle ne rêvait pas parce qu'elle était dans le déni. Non, elle était consciente de sa situation, mais elle était aussi la personne la plus intelligente, la plus attentive, à ma connaissance. Selon moi, rêver était son moyen de se protéger et de se détacher suffisamment de la réalité pour conserver cette gentillesse pour laquelle je l'aimais follement. D'une façon ou d'une autre, elle avait la capacité à croire intimement qu'il y a du bon dans ce monde malgré les épreuves qu'elle avait traversées.

Si ce souvenir me revient aujourd'hui, alors que je la suis sur le trajet de l'hôtel, c'est probablement parce que, malgré son uniforme de femme de ménage, elle marche la tête haute, insouciante, entièrement satisfaite de sa vie. Et c'est justifié. Elle a raison et je suis drôlement fier qu'elle en soit là. J'aimerais juste en savoir plus. J'ai besoin d'en apprendre plus sur la jeune femme qu'elle est devenue. Je veux tout savoir.

C'est pour cela que je dois me tenir prêt, et décider de ce que je vais lui dire avant de l'aborder. La peur du rejet me retourne l'estomac. Je refuse qu'elle m'échappe avant d'avoir essayé de la reconquérir.

Merde, j'ai besoin d'un verre. *Non, je ne ferai pas ça.* Je vais filer à la salle de sport pour évacuer le stress, puis je serai sur place de bonne heure demain. La semaine dernière, j'ai vu dans le journal que Willow serait enterrée demain. J'ai prévu d'y assister. Je suis sûr qu'Evie y sera, et même si je compte garder mes distances, je ne veux pas le manquer. Je dois dire au revoir à Willow. Malgré tous ses démons, elle n'a jamais été méchante avec personne. Enfin, hormis envers elle-même. Jusqu'au bout. Moi aussi, j'ai failli me donner la mort, et la seule chose qui me différencie d'elle, c'est d'avoir eu une seconde chance.

Chapitre 3

Je me gare derrière le cimetière et fais le tour à pied jusqu'au petit groupe de gens venus assister à l'enterrement. J'ai vu qu'un appel aux dons avait été lancé pour couvrir les frais funéraires, Willow n'ayant ni famille ni amis pour les financer. J'ai tout réglé avec les pompes funèbres, stèle en granite comprise. Elle mérite mieux qu'une tombe anonyme. Je n'ai pas été là pour elle ces dernières années, mais maintenant je peux faire ce geste.

Je reste en retrait, adossé à un arbre, en attendant que ça commence.

Je repense à Willow enfant. Ses yeux empreints d'une méfiance trop marquée pour son jeune âge. Je voulais la protéger, tout comme je voulais protéger Evie, mais en matière d'autodestruction, Willow nous devançait toujours d'un pas. Je n'avais pas les bons mots à l'époque, mais même si je les avais eus, je ne sais pas si elle m'aurait écouté. Je regrette de ne pas pouvoir lui dire que je comprends. Elle ne voulait pas mourir. Seulement, elle ne voulait plus souffrir. Je sais. Je ne connais que trop bien ce sentiment.

Je repense à l'une des fois où Willow a surgi dans ma maison d'accueil, ivre et défoncée à je ne sais quelle substance. Elle devait avoir douze ou treize ans. C'était juste avant que je parte vivre à San Diego. J'étais sorti en douce pour la ramener chez elle, dix rues plus loin. Je me souviens de ma frustration. Peu importait le nombre de fois où j'essayais de la préserver, de la protéger contre les gosses qui la traitaient mal, elle revenait toujours dans le même état. C'était épuisant.

Et pendant que je la raccompagnais, elle avait levé vers moi ses yeux vitreux et bafouillé :

– Leo, pourquoi tu es gentil avec moi ?

Son expression montrait que c'était un vrai mystère qu'elle ne parvenait pas à élucider.

Je l'avais considérée longuement avant de répondre.

– Parce que je tiens à toi, Willow.

– Mais pourquoi ? avait-elle insisté.

– Parce que nous sommes amis, d'accord ?

Dans le fond, je n'étais pas protecteur avec Willow et Evie pour les mêmes raisons. Je crois que je me retrouvais en partie en Willow. Je savais aussi qu'Evie et moi aurions beau faire ou dire tout ce que nous voulions, elle continuerait à croire ce qu'elle avait entendu durant sa petite enfance. Mon père m'avait tabassé et répété que j'étais un bon à rien, et Evie m'aimait. Pourquoi était-ce si facile de croire que je méritais le premier, et pas le second ? Je l'ignorais, mais je savais que Willow et moi avions plus en commun que je ne voulais bien l'admettre à l'époque. Je la comprenais. Pourtant, je me suis cru plus fort qu'elle. Jusqu'à ce que les faits me prouvent le contraire.

Je m'extirpe de mes rêveries en voyant Evie approcher du groupe, arrivant de l'entrée opposée. Elle porte une robe noire sans manches, des escarpins assortis, et elle a attaché ses cheveux. Cette tenue souligne sa silhouette, et je me demande comment ce serait de caresser ses hanches légèrement arrondies en remontant vers sa taille fine. L'envie est si forte qu'elle en devient douloureuse.

Lorsque le prêtre prend la parole, je l'écoute sans pouvoir détacher mon regard d'elle. De temps en temps, elle s'essuie les yeux avec un mouchoir et je me fais violence pour ne pas aller la réconforter. Je me plaque contre le tronc d'arbre pour m'ancrer à quelque chose de solide.

Un quart d'heure plus tard, Evie se dirige vers l'avant du groupe pour prononcer son hommage et tandis qu'elle s'installe, elle me regarde directement, avec un léger froncement de sourcils. Merde, qu'est-elle en train de se dire ? À cette distance, elle ne peut pas me reconnaître, si ? Plus probablement, je détonne dans cette réunion de paumés en tout genre. Les goûts de Willow en matière d'amitié n'ont pas beaucoup changé avec le temps.

C'est la première fois que nos regards se croisent en huit ans, et je le vis très intensément. Pourtant, je ne succombe totalement que quelques minutes plus tard, quand elle commence à raconter l'une de ses histoires inventées pour Willow.

« Un jour, il y a longtemps, une belle petite fille très spéciale a été envoyée par les anges vers une terre lointaine pour mener une vie enchantée, pleine d'amour et de bonheur. Ils l'appelaient la Princesse de Verre, parce que son rire leur faisait penser aux tintements des clochettes de verre qui sont suspendues au-dessus du portail du paradis et qui sonnent pour accueillir chaque nouvelle âme. Mais son nom lui convenait également, parce qu'elle était très sensible. Son amour était pur, et son cœur se brisait facilement.

En préparant son voyage vers cette terre lointaine, un des plus jeunes anges a commis une erreur. Suite à une confusion, la Princesse de Verre a été envoyée dans un endroit où elle n'était pas censée aller. Un lieu sombre et laid, dirigé pour l'essentiel par des gargouilles et d'autres créatures maléfiques. Mais, quand une âme est placée dans une enveloppe humaine, c'est définitif et l'on ne peut plus rien y faire. Les anges ont eu beau pleurer de désespoir à l'idée de l'horrible destin qui attendait la Princesse de Verre, ils ne pouvaient rien faire, hormis veiller sur elle et faire tout leur possible pour la guider dans la bonne direction, loin du monde des gargouilles et des créatures maléfiques.

Malheureusement, la Princesse de Verre était à peine arrivée sur cette terre que la cruauté des bêtes qui l'entouraient a causé la première grosse fêlure dans son cœur si fragile. Et même si d'autres créatures moins néfastes ont essayé d'aimer la Princesse, car elle était très belle et on l'aimait facilement, le cœur de la Princesse a continué à se fendre jusqu'à ce qu'il s'effrite totalement, laissant la Princesse le cœur brisé pour toujours.

La Princesse a fermé les yeux pour la dernière fois, en pensant à tous les monstres maléfiques qui avaient été cruels avec elle et qui lui avaient brisé le cœur. Mais les créatures maléfiques, si démentes soient-elles, n'ont pas eu le dernier mot. Les anges, toujours dans les parages, sont descendus et ont emporté la Princesse de Verre au paradis, où ils ont rassemblé les morceaux de son cœur qu'ils ont placés à l'abri. La Princesse a rouvert les yeux. Souriante, elle a fait résonner son beau rire. Il a tinté comme les clochettes de verre, comme avant, comme depuis toujours. La Princesse de Verre était enfin rentrée chez elle. »

Son histoire ranime si vivement certains souvenirs que j'ai l'impression de recevoir un coup de poing. Je me retrouve soudain sur un toit, à pleurer dans les bras de la fille la plus courageuse de toutes, la seule que j'aie jamais aimée et qui ait su me réconforter. J'ai envie de tomber à genoux, parce que sa voix me rappelle des souvenirs mais aussi ce que je ressentais dans ces moments-là, et ma nostalgie s'en trouve décuplée. Il faut que je parte d'ici. Que vais-je faire maintenant ? Les souvenirs et l'émotion m'étourdissent.

Evie retourne parmi les invités et parle à une femme aux cheveux blonds décolorés qui portent des chaussures roses ridicules. Je contourne l'arbre et retourne à ma voiture. À mesure que je marche, il me semble de plus en plus évident que je ne parviendrai jamais à renoncer à Evie. C'est d'autant plus affligeant qu'elle risque de ne plus vouloir de moi.

Je monte en voiture et reste assis, les yeux rivés devant moi pendant plusieurs minutes, le temps de retrouver un certain équilibre mental. Puis j'appelle les pompes funèbres et demande qu'on ajoute « la Princesse de Verre » sur la pierre tombale de Willow, sous son nom. Je pense que ça lui aurait plu. Ça prouve qu'elle a été aimée.

Chapitre 4

Le Dr Fox entre dans ma chambre d'hôpital en souriant. Je hausse les sourcils. Il n'est pas supposé venir avant jeudi, et nous ne sommes que mardi.

– C'est plus moche de jour en jour, à ce que je vois, dit-il.

– La laideur n'est qu'une vue de l'esprit, mon vieux. (Je souris de mon mieux, malgré mon nez cassé et mes multiples contusions.) Si mon état ne s'arrange pas, vous devriez chercher à vous reconvertir.

Il a un petit rire et rapproche une chaise de mon lit.

J'ai une attelle sur le nez et des hématomes sous les yeux. L'intérieur de ma bouche m'élance horriblement depuis qu'ils m'ont réparé les pommettes et la mâchoire. Et je dois subir une autre opération chirurgicale le mois prochain. Mais je n'ai plus les bras dans le plâtre, heureusement. Je peux au moins me brosser les dents tout seul.

Ma jambe va rester plâtrée un mois de plus, et mes côtes ont encore besoin de temps pour guérir, mais après cela, je pourrai entamer la rééducation. J'ai hâte. Je me sens à la fois gagner et perdre en force.

On m'aurait déjà envoyé au centre de rééducation si la broche ne s'était pas infectée dans ma jambe. Toute cette épreuve prolonge mon hospitalisation, mais ça m'est égal. Pour la première fois en huit ans, j'ai l'impression de reprendre possession de ma personnalité et si pour y parvenir, je dois rester sur le banc de touche, ce n'est peut-être pas une mauvaise chose, finalement.

– Je serai pris jeudi, alors je me suis dit que j'allais passer aujourd'hui à la place. J'ai une vingtaine de minutes devant moi si vous êtes libre.

J'arque un sourcil.

– Je suis assez libre... globalement, Doc.

– Bien, dit-il avec un petit rire. Je ferais peut-être mieux de demander si vous êtes d'humeur à parler.

– Pourquoi pas ? D'ailleurs, j'ai réfléchi à notre dernière discussion. Au fait que je mette Evie sur un piédestal. Je me suis demandé si c'était le cas, et je crois être arrivé à une conclusion. D'une certaine façon, c'est ce que j'ai toujours fait et je continue à le faire. Mais je crois que mon raisonnement est valable, alors je ne sais pas si c'est un « piédestal » ou si, tout simplement, elle mérite mon respect. Depuis toujours.

– D'accord, mais vous parlez d'elle au présent comme au passé, alors que vous ne l'avez pas vue depuis huit ans.

Je soupire.

– Oui, je sais. Je me fais peut-être des illusions... ou alors c'est l'intuition. Je ne sais pas.

– Vous pourriez m'expliquer ça ?

Je rassemble mes pensées avant de les préciser.

– Avez-vous idée du courage qu'il faut pour continuer d'avoir le cœur sur la main, de la tendresse, quand on a vécu ce qu'Evie et moi avons vécu ? Quand on grandit parmi des vautours, savez-vous le courage qu'il faut pour avancer dans la vie malgré cette fragilité ? Pour continuer à aimer ? Merde, la voie facile, c'est de s'endurcir. C'est celle que j'ai choisie. Celle que la plupart des gosses avec qui j'ai grandi ont prise. Comment est-ce qu'elle a fait ? J'ai toujours été fière d'elle pour ça.

Je grimace. Le docteur Fox me scrute un instant.

– C'est toujours plus facile de s'enfermer derrière des murailles. Vous avez raison. Eh oui, c'est remarquable qu'elle soit restée aussi sensible, et j'espère que c'est toujours le cas. Mais ce que je voulais dire, en avançant que vous placiez Evie sur un piédestal, c'est que vous semblez convaincu de ne pas la mériter.

– Je ne la mérite pas.

– Puisque vous avez autant confiance en elle, n'est-elle pas plus à même que vous d'en décider ?

Je réfléchis un instant, me demandant pour la centième fois ce qu'elle voyait en moi. Il y a des années, je lui ai montré qui j'étais vraiment, comme ça ne m'est plus arrivé depuis. Jusqu'à cet instant précis. Je n'ai jamais rien caché à Evie parce qu'avec elle, je me sentais en sécurité. C'est ce que je recherchais. Et elle ne m'a jamais tourné le dos. Pas une seule fois.

– Je ne sais pas. Il faut que j'y réfléchisse.

Je soupire et je me passe la main sur le dessus de la tête. Ils ont dû me raser les cheveux pour refermer la vilaine entaille à l'arrière de mon crâne, mais ça commence à repousser.

– Jake, dit-il.

Je lève les yeux vers lui. La première fois qu'il est venu dans ma chambre, il m'a demandé quel nom je préférais porter. J'avais expliqué pourquoi on avait commencé à m'appeler Jake, et bien que j'aie pensé être prêt pour qu'on m'appelle Leo, je me suis rendu compte que ce n'était pas le cas. Pas encore. Ce petit mot de deux syllabes ravive des émotions qui tiennent autant du soulagement que de la souffrance. Entendre mon vrai nom, même dans ma tête, c'est comme rentrer à la maison. Mais je ne sais pas où est ma maison. Je suis perdu. Je dois faire le tri dans tout un fatras de problèmes. Peut-être devrais-je libérer mon agenda pour programmer ça ? Je suis comique, même pour moi.

Doc continue.

– Ce qui m'inquiète, c'est que vous placiez toute votre valeur personnelle entre les mains d'une seule personne. Evie vous aimait. Vous ne me donnez pas l'impression d'en douter. Ni vous ni moi ne pouvons savoir à quoi ressemble sa vie aujourd'hui, ni si elle serait prête à vous rouvrir les bras, à quelque titre que ce soit. Mais cela ne peut pas suffire à vous définir. Ça ne peut pas être le critère d'évaluation de votre valeur personnelle. Ça ne peut pas dépendre d'Evie. Parce que même si elle est disposée à vous revoir, vous lui devez d'être un homme accompli le jour où vous lui demanderez de franchir ce pas. Vous le devez non seulement à elle mais à vous aussi.

– C'est trop lourd tout ça, Doc. Je croyais vous avoir dit que je ne m'embarquerais pas là-dedans.

Je ne plaisante qu'à moitié. Il rit doucement.

– Très bien, alors passons au chapitre de la vérité crue. Vous avez besoin d'une bonne douche. Depuis trois semaines.

J'éclate de rire.

– C'est ça, essayez de rester cloué au pieu pendant trois mois. On verra si vous sentez la rose.

Son large sourire creuse ses rides d'expression.

– Il n'y a pas de jolies infirmières pour vous laver avec de grosses éponges ?

Je ris. Mais je ne lui dis pas que, par l'esprit, je suis parti retrouver Evie. Je ne peux que prier pour qu'elle veuille toujours de moi. Indépendamment de ça, j'ai souvent laissé d'autres femmes me toucher pour étouffer ma peine. Je ne veux plus être cet homme-là.

– Au fait, Doc, jeudi, vous avez rencard avec une fille ou quoi ?

– Non, en vérité, j'aide un ancien associé à travailler sur un projet. Vous seriez surpris d'apprendre que je travaillais dans l'informatique quand j'étais plus jeune. J'étais doué, en plus. Ça m'arrive toujours d'intervenir en tant que consultant, à l'occasion.

– C'est étonnant. Comment êtes-vous passé de l'informatique à la psychologie ?

– Je trouvais les ordinateurs trop prévisibles. Je préfère les gens. Ce sont des énigmes perpétuelles.

Il me fait un clin d'œil. Je ris.

– C'est exactement la raison pour laquelle je n'aime pas les gens.

– Ah non, mon petit. La complexité du cœur humain ne doit jamais cesser d'émerveiller. Si le comportement des gens était toujours prévisible, déterminé par une série de données, vous et Evie auriez été très différents. Il faut respecter la part de mystère.

– Hé, Doc, on vous a déjà dit que vous aviez tendance à parler comme un biscuit chinois ?

Il éclate de rire et se lève pour partir.

– On se voit la semaine prochaine.

– À bientôt, Confucius.

Chapitre 5

Je suis content de moi. Je ferais un excellent détective privé. Je piste Evie depuis dix jours et elle n'a rien remarqué. Je me suis même rapproché d'elle une fois ou deux. Pas suffisamment à mon goût, mais tout de même assez près.

Aujourd'hui, je la suis alors qu'elle rentre de la bibliothèque à pied, où elle vient de passer une heure. Elle dévore toujours autant de livres. Ça me fait sourire. Petite, elle avait toujours le nez dans un roman. Elle sautait pratiquement les cours les jours de bibliothèque. Quand elle essayait de me raconter les histoires qu'elle lisait, son enthousiasme m'amusait. Elle parlait des personnages comme si c'étaient de vraies personnes. Toutefois, celles qu'elle inventait restaient mes préférées car elles étaient teintées d'amour. Et comme elles étaient orales, spontanées, imaginées au fur et à mesure, on pouvait être sûr qu'elles exprimaient ce qu'elle pensait de vous. Il y avait de la beauté dans sa perception de notre petit monde déglingué. Elle me donnait envie de croire aussi. Ça me manque. C'était... de l'espoir, voilà ce que c'était.

Je fais semblant de parler au téléphone tout en marchant sur le trottoir d'en face, à quelques mètres d'elle. Elle accélère le pas à l'approche de son immeuble. Qu'est-ce qu'elle fait ? Elle bifurque au carrefour, si bien que je la perds de vue, cachée derrière les immeubles qui occupent l'angle de la rue et bloquent la vue.

Je laisse passer quelques voitures avant de traverser d'un pas rapide. Je m'arrête à l'angle et jette un œil sur le côté. Elle a complètement disparu. Mais où est-elle passée ?

– C'est mal élevé de suivre des inconnues !

Le souffle coupé, je me retourne. Elle est là, mon Evie, devant moi.

– Mon Dieu ! Vous m'avez fichu la trouille !

Putain de merde.

– C'est moi qui vous fiche la trouille ? dit-elle et ses yeux lancent des éclairs.

Elle est d'une beauté stupéfiante. Je manque tomber à genoux devant elle. *Reprends-toi, abruti. Elle te prend déjà pour un pervers qui la suit partout, ce que tu fais. Merde.*

– C'est vous qui me suivez comme un détraqué, poursuit-elle, la tête penchée sur le côté. Au fait, un tuyau, essayez d'être plus discret.

Elle plisse les yeux. J'entends ses mots, j'en enregistre la moitié, mais je regarde surtout ses lèvres bouger, conscient que je devrai répondre à un moment donné.

Le sang afflue dans ma tête et m'embrouille alors que j'ai une conscience aiguë de sa présence. J'ai la chair de poule. Je ne suis pas du tout prêt à l'affronter.

Je la fixe un instant, tentant désespérément de me ressaisir. Elle ne me reconnaît pas. Tant mieux. Quoi ? Putain ! Non, c'est bien. Non, ce n'est pas bien du tout.

Elle pose les mains sur ses hanches, et je n'en rate pas une miette.

– Ne désespérez pas. Avec une formation, vous pourriez vous améliorer. Vous devriez pouvoir trouver une vidéo instructive ou un tutoriel… peut-être un manuel sur le sujet ? *Traquer des inconnues pour les nuls ?*

Elle hausse joliment un sourcil.

Lentement, je comprends qu'elle se moque de moi. C'est mérité, manifestement. Je me rends aussi compte qu'elle doit savoir que je la suis depuis un bout de temps. Et moi qui étais certain d'être discret ! C'est comique, en fait. J'éclate de rire.

– La vache, vous avez du caractère.

J'adore ça. J'aime qu'elle soit gaie et taquine. Et avoir l'occasion de rire de moi-même me fait du bien.

Elle me fixe sans dire un mot, les yeux écarquillés et les lèvres entrouvertes. Je donnerais n'importe quoi pour savoir ce qu'elle pense. Elle me jauge, mais elle ignore qui je suis. Je m'y étais plus ou moins préparé. Je n'ai plus le même physique qu'à quinze ans. Plus du tout. Tout de même, une petite partie de moi meurt, et je m'endurcis pour éviter d'en souffrir.

Au bout d'un moment, elle reprend calmement.

– Bon, on arrête de jouer maintenant. Pourquoi me suivez-vous ?

Je me sens mal. J'ai besoin de temps. De réfléchir.

Je me passe la main dans les cheveux pour gagner une minute, et la regarde.

– Je n'ai pas été discret, hein ?

J'esquisse un pas vers elle. Elle recule.

– Je ne vais pas vous faire de mal, dis-je.

Elle ne répond pas, mais ce petit mouvement est déterminant. Un déclic. Ce pas me fait l'effet d'une douche glacée, et la peur s'immisce en moi. Je suis plus déterminé que jamais à faire en sorte qu'elle ne me tourne pas le dos.

– Non, pas discret du tout. Parlons sérieusement. Je veux savoir pourquoi vous me suivez.

Pris de panique, j'hésite brièvement, mais les mots franchissent spontanément mes lèvres.

– J'ai connu Leo. Il m'a demandé de vérifier si tout allait bien pour vous.

Je mens. Et je ne pourrai plus revenir en arrière.

Son regard s'enflamme, elle sursaute légèrement puis se fige.

– Quoi ?

Sa voix se brise, mais elle se ressaisit immédiatement. Sa réaction lui déplaît. Je ne sais pas comment l'interpréter.

– Comment ça, vous avez connu Leo ? demande-t-elle d'une voix forte et maîtrisée.

Elle a recouvré son sang-froid. Dois-je en conclure que sa première réaction a été la surprise, et qu'elle l'a rapidement surmontée ? Ou qu'elle cache son désarroi ?

Je suis déstabilisé, trop rapidement submergé par les émotions pour les analyser, mais l'impression que c'est un échec monstrueux me hante. Merde, et merde. Pourrais-je arrêter le temps pour faire une pause ?

Elle tourne les talons, monte quelques marches devant un immeuble, juste derrière elle, et s'assied. Elle prend une profonde inspiration avant de répéter sa question.

– Comment ça, vous avez connu Leo ?

Je me rapproche, indique la marche voisine. Elle hoche vaguement la tête. Je m'assieds, tourné vers elle, les coudes en appui sur les genoux. Impassible, elle fixe un point invisible derrière moi. Mon Dieu, quel pétrin ! Maintenant, je vais devoir élaborer mon mensonge, et je me sens vraiment crétin. Je peux aussi choisir la vérité et évoquer Lauren. Sauf que je ne suis pas prêt à ça. Je sais que si je n'étais pas disposé à lui dire la vérité, il aurait mieux valu que je disparaisse après m'être assuré qu'elle allait bien. Mais l'idée de sortir de nouveau de sa vie est inconcevable, même maintenant que je suis coincé. Je parle lentement, choisissant prudemment mes mots afin de réduire mon mensonge à l'essentiel.

– Leo est mort dans un accident de voiture l'année dernière. Nous étions amis, copains de classe. Nous avons tous cru qu'il allait s'en remettre pendant deux ou trois jours, mais non. Nous allions le voir tous ensemble. Un jour, il m'a pris à part et m'a brièvement parlé de vous. Il m'a fait promettre de veiller à ce que vous alliez bien, de voir si vous étiez bien logée, heureuse. Il savait que je devais venir vivre ici pour travailler pour la société de mon père et qu'il me serait facile de prendre de vos nouvelles en personne.

Elle prend le temps de répondre d'une voix neutre.

– Je vois. Et alors ? Que vous a dit Leo à mon sujet, exactement ?

Non seulement je me hais de m'enfoncer dans le mensonge mais la voir imperturbable après ce que je viens de lui annoncer me broie le cœur. Je passe un sale quart d'heure alors que je m'efforce de me concentrer sur elle plutôt que sur le regret d'être malhonnête, si bien que mon interprétation du moment est probablement faussée.

– Seulement qu'il vous avait rencontrée en foyer d'accueil et qu'il tenait à vous. Il a dit que vous aviez perdu le contact, mais qu'il n'avait jamais cessé de se demander ce que vous étiez devenue. Pas grand-chose de plus.

Elle grimace discrètement, et je sais que ce n'était pas la chose à dire. Qu'est-ce que je ressentirais si on m'apprenait qu'Evie se demandait juste ce que j'étais devenu, sans me contacter directement ? Je patauge dans un marécage que j'ai moi-même créé. Mais c'est ça ou lui dire la vérité et la regarder disparaître, dégoûtée. Dans un cas comme dans l'autre, je suis foutu. Au moins, de cette façon, je suis assis à côté d'elle sur cette marche, et je mémorise son beau visage de près, j'inhale son parfum aux notes florales. Je suis un sale égoïste.

– J'ai déménagé en juin, mais il m'a fallu quelques mois pour m'installer. J'ai finalement trouvé le temps de devenir le harceleur de choc que j'ai promis d'être.

Je fais un sourire hésitant, en espérant la faire sourire aussi. Elle a l'air terriblement perdue.

Elle me rend un tout petit sourire et se lève. Je bondis sur mes pieds. Elle se frotte les mains sur son jean et dit calmement.

– Je suis désolée pour Leo. On dirait que vous ne savez pas grand-chose sur notre histoire, mais Leo est quelqu'un qui n'a pas tenu sa promesse. C'est arrivé il y a longtemps et je ne pense plus à lui. Il n'avait aucune raison de vous demander de vérifier comment je vais. S'il avait voulu savoir ce que j'étais devenue, il aurait dû me contacter lui-même avant. Quoi qu'il en soit, c'est bien de votre part de tenir parole vis-à-vis de lui. Vous avez fait ce que vous aviez à faire. Je suis là, en pleine forme. Mission accomplie. Le vœu d'un mourant a été exaucé.

Son sourire paraît forcé. Ses mots sont comme un coup de poing dans le ventre, si bien que je recule presque. Son indifférence, réelle ou non, me tue.

– Au fait, comment s'appelle mon mystérieux harceleur personnel ? demande-t-elle.

Je trouve la force de sourire, malgré la tristesse.

– Jake Madsen.

Je la dévisage en espérant voir qu'elle a un doute sur mon identité. Je ne pense pas lui avoir donné le nom de mes parents adoptifs, mais je n'en suis pas certain.

Aucun signe de reconnaissance sur son visage.

– Eh bien, Jake Madsen, alias mystérieux harceleur, à l'évidence, vous savez déjà que je suis Evelyn Cruise. Et vous savez aussi qu'on m'appelle Evie.

Elle me tend la main, et lorsque je la serre, une décharge électrique nous traverse. L'alchimie que nous avions adolescents est toujours là. J'ai envie de sourire de joie devant cette preuve indéniable de notre connexion, mais je me retiens, me contentant de fixer nos mains serrées jusqu'à ce qu'elle lâche la mienne.

– Salut, Jake, dit-elle, faisant mine de s'éloigner.

– Evie ! (Elle se retourne vers moi.) Je vais vous manquer, non ?

Je souris tant c'est improbable que je lui manque, je ne vais pas disparaître. Et... on peut toujours me traiter de harceleur, je m'en fiche.

– Vous savez quoi, Jake ? Je crois bien que oui.

Avec un petit sourire, elle rentre chez elle.

Chapitre 6

Je retourne au bureau et je me gare sur ma place de parking au sous-sol sans me souvenir d'avoir conduit jusqu'ici. Je me repasse en boucle chaque seconde de ma rencontre avec Evie. D'un côté, je me sens terriblement coupable de lui avoir menti, mais d'un autre, je suis sur un petit nuage après ces quelques minutes à ses côtés. J'ai attendu des siècles de l'avoir de nouveau dans ma vie. Il faudra que je lui dise la vérité, évidemment, et je redoute ce jour-là. Rien que d'y penser, j'ai des frissons. Mais avant de lui expliquer pourquoi je ne l'ai jamais contactée, je dois d'abord m'assurer qu'elle m'écoute jusqu'au bout, pendant que je déroulerai ma pitoyable histoire. Ensuite, je n'aurai plus qu'à prier pour qu'elle me pardonne.

Je donne un coup de tête dans l'appuie-tête. Au bout d'un moment, je redresse le dos et descends de voiture.

J'enfile mon manteau et marche vers l'ascenseur vitré qui mène directement à mes bureaux. Je m'arrête à l'accueil de mon étage, souris à Christine, la réceptionniste.

Christine a la quarantaine, mariée, et son fils et sa fille vont à l'école primaire. Nous ne nous voyons jamais en dehors du travail, mais je sais à sa façon de parler de sa famille qu'elle est tout pour elle. Et elle est tout pour eux, exactement comme j'espérais que Lauren serait pour moi lorsque j'ai déménagé à San Diego.

– Bonjour ! me dit-elle en souriant.

– Bonjour. Comment ça va ? Quoi de neuf ce matin ?

– Tout va bien. Rien de spécial. Est-ce que vous allez finir par me dire pourquoi vous vous absentez autant ? J'ai remarqué cette lueur dans vos yeux depuis une semaine. Je sens qu'une belle histoire se cache là-dessous.

Elle frotte ses mains manucurées en me souriant largement.

Je me penche au-dessus de la banque d'accueil et jette des regards alentour comme pour m'assurer que nous sommes seuls. Les yeux ronds, elle incline le buste vers moi.

– Christine, je chuchote en jetant un dernier regard en biais, je peux avoir mes messages ?

Elle me fixe un instant, puis hausse les sourcils en me tendant les feuilles qu'elle tient à la main. Je ris en me redressant pour éviter de recevoir une gifle.

– Très bien, faites comme vous voulez. De toute façon, je n'ai pas le temps d'écouter vos histoires ennuyeuses.

Je dois me dépêcher de terminer tout ce que j'ai à faire si je veux arriver à temps pour le match de Michael à cinq heures et demie.

Toujours amusé par sa pique, je ris.

– Partez maintenant ! Vous avez passé la matinée de samedi ici, pour la réunion de Preston. Nous vous devons des heures. Comme ça, vous ne serez pas en retard.

Elle hésite.

– Vous êtes sûr ? C'est vrai que ça m'arrangerait. Je pourrais passer me changer à la maison.

– Yep, allez-y.

Je souris et pars vers mon bureau.

– Merci ! Dans ce cas, je vais ranger un peu et vous dire à demain.

– D'accord. Au fait... dis-je en m'arrêtant à la porte de mon bureau pour me tourner vers elle, je serai un peu en retard demain. J'ai des affaires à régler dans la matinée. Un autre secret d'espionnage, dis-je avec un clin d'œil.

J'entre dans mon bureau et referme ma porte. Je l'entends grommeler.

Je m'installe à l'ordinateur pour consulter les comptes-rendus que Preston m'a envoyés durant mon absence. J'arrive à suffisamment me concentrer pour effectuer quelques modifications nécessaires et lui renvoyer mes suggestions.

Par bien des aspects, le jour où j'ai été adopté par Lauren et Phil a marqué le début de ma chute. Mais en même temps, je suis constamment conscient d'avoir de la chance de diriger cette société. Honnêtement, ce métier me passionne, et l'esprit brillant et la conception des produits de Phil ne cessent de m'émerveiller. Je passe autant de temps que possible au labo, à étudier les mécanismes technologiques en détail et les améliorations envisageables. Phil a lui-même choisi les chefs ingénieurs, qui sont les meilleurs de la profession. Pour moi, c'est essentiel de diriger correctement cette société car, à travers ma réussite, je rends hommage à l'homme qui a fait de son mieux pour être bon avec moi et que j'ai traité injustement. C'est la raison pour laquelle je n'ai pas cherché Evie dès mon retour à Cincinnati. Je devais m'assurer que rien d'autre ne viendrait me distraire. Je savais que dès que j'apercevrais Evie, j'aurais en partie l'esprit ailleurs. Quand je pense à elle, les émotions me submergent.

Au fil des années, j'ai été déglingué de nombreuses manières, mais j'ai au moins confiance en mon sens de l'éthique. J'ai toujours été un gros bosseur. J'étais bon élève et je ne suis pas fainéant, contrairement au pauvre type qui m'a élevé une partie de mon enfance. J'inspire profondément alors que des images de l'homme qui s'est appelé mon père pendant onze ans tournent en rond dans ma tête. Je dois toujours me faire violence pour résister aux émotions que ces souvenirs réveillent en moi. Ça reste difficile de faire taire ses mots destructeurs. Le docteur Fox m'y a aidé, mais maintenant, je dois quotidiennement remplacer les idées haineuses dont il m'a nourri par des pensées plus positives. Tous les jours, je dois rester vigilant si je ne veux pas tomber dans le piège de l'autodénigrement. Une maladie peut s'avérer fatale, et l'autodénigrement en est une. Les secrets et la honte peuvent conduire à la mort aussi facilement que des cellules métastasées ou un virus invasif. Je sais que je ne m'aide pas en faisant quelque chose de moralement discutable, en cachant la vérité à Evie, mais j'ai besoin de temps. Juste un peu.

Mes pensées sont interrompues par des coups discrets à ma porte.

– Entrez !

Une tête blonde se glisse à l'intérieur, un sourire sur des lèvres pleines. Gwen. Merde. Si Christine avait été là, elle m'aurait téléphoné au bout de quelques minutes et prétexté un appel « urgent ». La barbe. Pourquoi l'ai-je laissée partir plus tôt ? Maintenant je suis coincé, fait comme un rat.

Elle entre et verrouille derrière elle avant de venir vers moi, moulée dans une robe bleu marine.

– Jake ! minaude-t-elle.

Je me lève pour l'accueillir, et elle contourne mon bureau en tendant les bras. Me penchant pour l'embrasser sur la joue, je suis agressé par son parfum. Il serait agréable si elle n'était pas tombée dedans. Elle tourne la tête à la dernière seconde de sorte que nos lèvres se rencontrent malgré moi. Elle me presse les épaules. Je redresse le dos, avec un sourire pincé et, de son pouce, elle efface son rouge à lèvres sur ma bouche. Ce faisant, elle tend les lèvres en avant.

L'envie d'être loin d'elle crispe chacun de mes muscles. J'ai besoin d'être seul avec mon travail et mes pensées. Je ne suis pas d'humeur à jouer à ses jeux, et d'expérience, je sais que je suis bien parti pour.

– Salut, Gwen. Comment ça va ?

– Mieux maintenant que je suis avec toi, bel homme.

Elle sourit, montrant ses dents parfaites d'une blancheur surnaturelle, et s'assied au bord de mon bureau, ses gros seins ronds arrivent au niveau de mes yeux. J'inspire à fond et recule légèrement mon fauteuil pour la regarder.

– Gwen, il y a deux chaises, juste ici.

Je lui indique d'un mouvement de tête les deux sièges de l'autre côté du bureau. Ignorant ma remarque, elle s'empare de ma cravate et me tire vers elle.

– Mais regarde-toi ! Si professionnel... très sexy.

Elle ôte sa chaussure et pose son pied nu sur mes genoux, remuant les orteils près de mon sexe.

Stop. J'écarte son pied et recule davantage mon fauteuil, ma cravate lui échappe des mains. Mâchoires serrées, je dis :

– Gwen, arrête ça.

Mon sang bouillonne. Je ne supporte pas que des femmes me fassent des avances.

– À moins que tu ne sois venue parler affaires, j'aimerais que tu me laisses.

– On est grognon, dit-elle en se levant.

Elle remet sa chaussure et contourne le bureau pour prendre place dans un fauteuil, jambes croisées.

– Jake, nous étions amis avant. Que s'est-il passé ?

Boudeuse, elle croise les bras et retrousse sa lèvre inférieure comme une gamine de deux ans capricieuse. J'ai envie de rire.

– Je te l'ai déjà dit, Gwen, nous pouvons être amis. Tant que tu évites de poser ton pied, ou n'importe quelle partie de ton corps, entre mes jambes, nous nous entendons très bien.

– Avant, tu aimais bien que je chouchoute ton entrejambe, proteste-t-elle en arquant un sourcil. Tu sais que je suis douée. Pourquoi te refuser ce plaisir ?

Je la fixe un long moment. C'est de ma faute, je lui ai fait croire des choses pendant des années. Je me suis servi d'elle pour atteindre Lauren et Phil. Chaque fois que nos deux familles participaient à un voyage d'entreprise ou qu'elle accompagnait son père à San Diego, je veillais à ce qu'on « nous surprenne ensemble » dans une situation compromettante. C'est l'une des personnes les plus superficielles que je connaisse, mais elle n'en est pas moins un être humain et peut-être qu'en son for intérieur, elle a des sentiments. Je ne les ai jamais vus, mais il est possible qu'ils existent.

– Écoute, Gwen, c'est fini depuis longtemps entre nous. Très, très longtemps, en fait. J'essaie de reprendre ma vie en main et j'ai besoin de me concentrer sur une meilleure voie, d'accord ?

Elle plisse les yeux.

– Très bien. Je suis contente de voir que tu as repris le dessus, tu peux en être assuré. Sache seulement que je ne renoncerai pas à nous deux.

J'inspire à fond pour m'armer de patience.

– C'est pour ça que c'est très difficile d'être ton ami. Tu comprends ?

Je me passe la main dans les cheveux. Combien de fois faudra-t-il le lui répéter ?

– Du calme, Jake. Je vois, tu as besoin d'être tranquille le temps de traverser les quatorze étapes de je ne sais quel programme. J'ai compris. En réalité, je suis venue ici pour une raison précise. J'ai les billets pour le gala de charité pour l'autisme.

Elle sort une enveloppe de son sac et la pose sur mon bureau. Elle se lève, redonne du gonflant à ses cheveux et se trémousse exagérément pour rajuster sa robe sur ses hanches.

– Passe me prendre à sept heures trente.

Putain. J'ai oublié que je devais emmener Gwen à ce gala. Je suis sur le point de trouver une excuse pour annuler, mais je ne peux pas faire ça. C'est au profit de l'autisme, pour Seth, et même si je dois supporter Gwen deux ou trois heures, je tiens à y participer. Ce sera en public, il y aura plein de collègues sur place. Ça devrait bien se passer.

– OK, sept heures trente. Gwen ? C'est douze étapes.

Éberluée, elle me regarde en faisant la moue.

– Quoi donc ?

– Tu as dit quatorze étapes. J'imagine que tu parlais des alcooliques anonymes, même s'il se trouve que je n'en fais pas partie. Mais c'est en douze étapes.

– Ah, d'accord ! Puisque tu n'y vas pas, qu'est-ce que ça change qu'il y en ait douze ou quatorze ?

C'est probablement important pour nombre d'alcooliques et leurs familles. Des gens qui ont grandi dans des foyers comme le mien.

– Peu importe, Gwen. On se voit vendredi. Eh, Gwen... en amis.

Elle sort en criant :

– Si tu le dis. À vendredi !

Elle se retourne sur le pas de la porte.

– Oh, je vais m'habiller en rouge. Tu sais, au cas où tu voudrais assortir ta cravate, par exemple.

– Je ne t'emmène pas au bal de promo, Gwen.

Avec un large sourire, elle referme la porte. Elle n'a rien compris.

D'où me vient ce mauvais pressentiment ?

Chapitre 7

Le lendemain matin, je me lève de bonne heure, me douche et m'habille d'un jean et d'un tee-shirt à manches longues. Je vais devoir rentrer me changer avant d'aller travailler, mais après être passé par chez Evie, j'irai voir Seth. Je ne peux pas aller au cimetière en costume. J'inspire profondément. Ça ne va pas être facile.

Quand j'étais à l'hôpital, j'avais contacté l'avocat qui avait localisé Seth pour Lauren. Je l'avais appelé en retenant mon souffle, nourrissant l'espoir déraisonnable qu'elle m'ait menti. Je l'imaginais facilement inventer ça pour me remettre le grappin dessus. Mais non, elle m'avait dit la vérité. L'apprendre de la bouche de l'avocat m'avait donné l'impression de le perdre une nouvelle fois. J'avais tenu le coup, le temps de lui demander de trouver où Seth avait été enterré. Quand j'avais raccroché, j'avais pleuré pour mon petit frère.

Je me rends en voiture chez Evie en me demandant comment elle va. J'ai pensé à elle jusque tard dans la nuit, me retournant dans mon lit, le sommeil m'échappant. J'ai besoin de voir son visage pour me rassurer.

Je me gare au bout de la rue, et dès que j'atteins son immeuble, je la vois fermer sa porte. Excellent timing. Appuyé contre une voiture garée là, j'attends qu'elle sorte. Je ne peux pas m'empêcher de sourire. Je me sens délirant de bonheur à l'idée qu'elle fasse de nouveau partie de ma vie. Je suis conscient que pour l'instant, notre relation est non existante, mais c'est un début. J'en tire un bonheur si dévorant que je n'ai aucun mal à ignorer le fait que je suis là sous un faux prétexte. Dans le fond, je sais que je dois régler ce problème, mais ce qui m'importe, c'est qu'Evie soit devant moi. Après toutes ces années, elle est juste devant moi.

Elle a à peine mis le pied dehors qu'elle me remarque et s'arrête net. La surprise s'inscrit brièvement sur son visage. Elle croise les bras, penche la tête sur le côté et me survole de haut en bas, son regard s'arrêtant sur mon visage.

– Besoin d'aide pour trouver votre chiot, je suppose ?

Je ris.

– En fait, j'allais vous proposer des bonbons. J'en ai plein dans ma camionnette, un peu plus loin.

Mon sourire est si large que je dois ressembler à un fou. Elle aussi fait un beau sourire, et je crois entendre les anges chanter. Reprends-toi, joli cœur.

Elle secoue la tête et continue son chemin. Je lui emboîte le pas. De ma vision périphérique, je la vois inspirer par le nez, ouvrir la bouche et inhaler mon odeur. Putain ! Elle vient vraiment de goûter mon odeur ? J'ai un début d'érection. Pour penser à autre chose, je récite le bilan des ventes dans ma tête. *Ne bande pas, tu vas tendre ton pantalon alors que tu marches dans la rue avec elle.*

Pendant une minute, j'ai l'impression d'avoir quatorze ans et de supplier mon corps de ne pas me trahir devant Evie qui ignore qu'elle m'excite tellement que je n'ai pas les idées claires. J'ai encore envie de sourire parce que, pour la première fois en huit ans, l'idée d'être excité me semble saine. Qu'elle m'excite me renvoie aux mêmes sensations, quand j'étais jeune et que le sexe était synonyme de culpabilité et de honte. Je suis étonné. Je ne savais pas que je pouvais retrouver ce sentiment, et Evie l'a ranimé en une journée. J'ai envie de l'embrasser. *Arrête ! Ne pense pas à l'embrasser ! Bilan des ventes, tableaux Excel, courbes de graphiques.*

Evie rompt le silence.

– Vous savez, je suis sûre qu'il y a plein de filles qui seraient ravies d'être harcelées par vous. Ça me semble injuste que vous me consacriez toute votre attention.

Je souris.

– Il se trouve que j'aime bien me concentrer sur vous, Evie.

Elle est insensée ! Il n'y a pas d'autres filles dans toute la ville.

Elle arrête de marcher et croise les bras. Je m'arrête aussi, coule un regard discret vers ses petits seins magnifiques qu'elle fait innocemment remonter. *Équations. Présentations PowerPoint, essais produits.*

– Écoutez, Jake, dit-elle avec sérieux. Vous m'avez prise au dépourvu hier, en me parlant d'une personne à laquelle je n'avais pas pensé depuis longtemps, mais ça va maintenant. Vous n'êtes plus obligé de vérifier comment je vais. Je suis bien dans ma vie. Elle n'est pas très excitante ni prestigieuse. Mais je ne manque de rien. Je suis, euh, heureuse.

Je me passe la main dans les cheveux en me demandant pourquoi cette affirmation sonne comme une question. J'aimerais lui reprocher de ne pas avoir pensé à moi depuis longtemps, mais bien sûr, je ravale ma réflexion. Trop douloureux.

– Quand vous êtes partie hier, vous aviez l'air bouleversée. C'est à cause de moi. Alors, je voulais voir si ça allait aujourd'hui, pas en général, juste aujourd'hui.

Elle me lance un regard, redresse le dos.

– J'allais très bien hier. Juste un peu perturbée d'apprendre que quelqu'un que j'ai fréquenté a connu une fin tragique, même s'il s'agit d'une personne que je ne vois plus. Mais avec une petite glace, ça ira mieux. Je vais en acheter. Vous voulez m'accompagner à l'épicerie ? Vous me suivez une toute dernière fois en souvenir du bon vieux temps ?

Elle me fait un clin d'œil. Bien que ses mots fassent mal, et que je sois de plus en plus sûr qu'elle a tiré un trait sur moi depuis des années, je ris à sa blague. *Je suis ici, maintenant. Ici, maintenant.*

– On ne peut plus parler de suivre si c'est une invitation, mais d'accord, j'aimerais beaucoup vous accompagner jusqu'à l'épicerie.

Elle me regarde par en dessous, la main posée sur sa poitrine.

– Je ne sais pas si je suis prête à ce violent changement de statut, dit-elle sur le ton de la plaisanterie. Vous passez de harceleur à chaperon en une journée ? Vous allez me prendre pour une fille facile !

Qu'est-ce qu'elle est mignonne !

– Passez devant, petite rusée.

Sans m'en rendre compte, je lui prends la main. Cette situation familière réveille en moi des sensations que je pensais me rappeler distinctement, mais je réalise à présent que ce ne sont que des souvenirs en noir et blanc. La réalité est si bouleversante que j'arrive à peine à identifier tout ce que je ressens. Comme si tous mes sentiments pour elle étaient désormais en couleurs et affluaient dans mes veines. *Je suis là où je dois être.*

Elle sursaute légèrement et lâche ma main. Elle cherche ses lunettes de soleil dans son sac, les met et tient la bandoulière de son sac pour m'empêcher de lui reprendre la main. Zut, je lui ai fait peur. *Vas-y doucement.*

– Alors, quel genre de société dirige votre père ? demande-t-elle.

Je lui parle un peu de la boîte, de mes premiers pas avec mon père et de mon départ pour la succursale de l'Ohio quand elle a commencé à battre de l'aile. *Aussi parce que tu es ici, Evie.*

Elle hoche la tête alors que nous bifurquons vers l'épicerie.

– Votre père doit avoir une grande confiance en vous s'il vous a confié une si grosse responsabilité, dit-elle.

Je me raidis imperceptiblement. C'est resté un sujet délicat pour moi.

– Je ne lui ai jamais donné tellement de raisons de me faire confiance. En réalité, il est décédé il y a bientôt un an, six mois avant que j'emménage ici.

Elle ne dit pas un mot, mais sa main reprend la mienne et devant son grand sourire, mon cœur bat plus fort.

– Je suis contente que vous ayez de quoi retomber sur vos pieds après le brusque arrêt de votre courte carrière de barjot.

Elle bat des cils.

C'est plus fort que moi, j'éclate de rire. Elle a toujours été douée pour me faire rire de moi-même. Elle m'a tellement manqué. J'ai tellement envie de le lui dire, mais je ne peux pas. Pas encore.

Nous entrons dans le magasin, prenons un chariot, et je la regarde sélectionner ses articles en la suivant comme un chiot enamouré. Je me sens bien comme ça. Quelques hommes se retournent sur son passage, mais elle ne les remarque pas. Je m'imagine les tacler sur un présentoir de boîtes de céréales. Je sors de ma rêverie quand nous arrivons dans l'allée des glaces.

– Vous aimez quels parfums ? dis-je en ouvrant l'armoire réfrigérée.

– Vanille aux noix de Pécan, répond-elle en ouvrant un autre congélateur un peu plus loin.

Je m'empare d'un pot de vanille-pécan au moment où elle sort un pot du même parfum mais d'une autre marque.

– Pourquoi celui-là ? Celui-ci est deux fois plus cher, c'est sûrement meilleur.

Je montre le mien. Elle secoue la tête.

– Ce n'est pas une question de prix, Jake. Celle-là, c'est la *Meilleure Glace du Monde*. Regardez, c'est écrit là, sur le pot, dit-elle avec le plus grand sérieux.

Mon regard passe de l'étiquette à elle.

– Evie, vous devez savoir qu'ils ont le droit d'écrire tout ce qu'ils veulent sur les emballages, non ? Ça ne veut pas dire que c'est vrai.

Elle ne semble pas décontenancée.

– Vous avez raison. Mais vous avez tort en même temps. Je crois que la confiance en soi dépend à quatre-vingt-quinze pour cent de la conviction d'être le meilleur. On peut soupçonner qu'on est le meilleur, ou espérer être le meilleur, mais si on n'a pas le cran de s'affirmer comme le meilleur sur un simple emballage, et qu'on se laisse ébranler par les critiques, alors c'est probablement qu'on n'est pas le meilleur. Qui peut résister à quelqu'un qui croit sincèrement en lui ?

Elle dépose le pot dans le chariot et s'éloigne dans l'allée sous mon regard ahuri. Mon compte est bon. Si ça n'était pas déjà le cas, je suis à ses pieds. Sans espoir. Amoureux. Cette fille est faite pour moi. Je suis fichu.

Je tente de payer les courses, mais elle me regarde de travers et refuse mon argent. Je suis agacé. Quelque chose a changé. Elle est à moi, et plus que jamais, je tiens à prendre soin d'elle. Mais elle est indépendante, et elle a besoin que je le respecte. Ce serait le cas même si elle m'avait reconnu.

Nous rentrons chez elle. J'espère de tout cœur qu'elle va m'inviter à entrer. J'ai envie de passer plus de temps avec elle.

– Je peux vous demander ce que vous vouliez dire en suggérant que vous n'avez pas donné beaucoup de raisons à votre père de vous faire confiance ? me questionne-t-elle intriguée.

Elle doit se demander si je suis digne de confiance. Pris de culpabilité, je soupire. Sur ce point-là, je peux dire la vérité. Regardant devant moi, je réponds.

– J'étais un gosse difficile. J'étais égoïste, en colère et j'ai fait tout ce que mon père espérait que je ne fasse pas. Tant que c'était autodestructeur, ça me plaisait. Pas exactement le rêve des parents.

Elle me regarde tristement, mais ne dit rien.

Une fois devant chez elle, elle pousse la porte du pied et entre. Ma mâchoire se crispe.

– Il n'y a pas verrou sur la porte de l'immeuble ?

– Ah, non ! J'ai appelé le propriétaire plusieurs fois, mais on dirait bien que ce n'est pas une priorité pour lui. Ce n'est pas grave. Ce quartier est plutôt tranquille. Ce n'est pas le meilleur du monde, mais c'est correct, s'amuse-t-elle.

Je suis furieux. C'est inacceptable. Je note dans un coin de ma tête d'appeler son propriétaire à l'instant où je serai au bureau.

Nous nous arrêtons sur le pas de sa porte, je pose les sacs de courses en attendant qu'elle sorte sa clé.

– Bon alors, merci, Jake, dit-elle, n'ayant manifestement pas l'intention de m'inviter chez elle.

Comment le lui reprocher ? C'est vrai que je suis un étranger. Cette sortie a finalement été plus agréable que ce à quoi je m'attendais.

Elle sourit poliment.

Nous tournons tous deux la tête au moment où un grand Noir costaud, la quarantaine, ouvre la porte de chez lui et me regarde avec méfiance, bras croisés.

– Salut, Maurice, dit Evie avec un franc sourire.

Je te présente Jake. Tout va bien. Ça va, c'est bon, euh, nous allons bien.

Maurice continue à me toiser comme s'il se demandait s'il allait me déchiqueter la gorge avec les dents ou à mains nues. Je tente de détendre l'ambiance en lui faisant mon sourire le plus innocent et en m'avançant, la main tendue.

– Bonjour, Maurice, dis-je.

Maurice finit par accepter de me serrer la main.

– Bonjour, Jake.

C'est bien. Un protecteur de plus pour Evie, et il semble capable de briser un homme en deux. Jusqu'à ce que je puisse assumer ce rôle, Maurice s'en chargera.

– Bon, merci, Maurice. À bientôt ?

Evie sourit. Maurice reste figé une minute de plus avant de répondre.

– Bon. Je suis chez moi, Evie. Si tu as besoin, tu cries, d'accord ?

– D'accord, Maurice, dit-elle avec gentillesse.

Maurice referme sa porte, et mon regard va de sa porte à elle. Toujours pas d'invitation. Ok, plan B : je me recoiffe d'un geste et prie en silence pour qu'elle réponde oui à ma question.

– J'ai compris, je ne suis pas invité. Je peux au moins avoir votre numéro de téléphone, Evie ?

Je retiens mon souffle. La dernière fois que j'étais nerveux d'inviter une fille à sortir, j'étais un adolescent face à la même fille.

– Passez-moi votre téléphone, répond-elle enfin.

Je libère un souffle et le lui donne. Elle enregistre son numéro et me le rend.

Je lui fais un grand sourire et, m'apprêtant à partir, je dis :

– J'arrête de vous suivre, Evie. Nos relations viennent d'évoluer.

Elle rit et crie pour couvrir la distance.

– Vous tournez tout en dérision ! Vous en êtes conscient, Jake Madsen ?

Je sors avec un sourire niais.

Il me faut presque une heure pour trouver la petite plaque en métal de Seth, à moitié recouverte par l'herbe et les feuilles mortes. Je m'accroupis pour écarter les feuillages et lire l'inscription « Seth Michael McKenna, né le 7 avril 1986. Mort le 27 juillet 2003. » Pas de « bien-aimé » ni « notre petit garçon », rien qui indique que l'on tenait à lui. Il comptait pour moi. La gorge serrée, je repousse une feuille qui tombe du gros érable. Je pose les coudes sur mes cuisses et dis à haute voix :

– Salut, p'tit gars.

Je laisse le silence s'étirer, m'attendant presque à l'entendre glousser, sa douce voix dire : « Wio. »

– Je suis désolé de ne pas être venu plus tôt. Je te parle souvent, et je sens que tu m'entends. Mais j'aurais dû venir ici. Voir où tu es, ça... te rend plus réel, peut-être.

Je fixe longuement la plaque avant de poursuivre.

– Je suis désolé, frangin. J'espère que, où que tu sois, tu trouveras la force de me pardonner. (Je me ressaisis un instant.) Tu as dû te demander où j'étais passé, toutes ces années. Tu t'es sûrement demandé ce que tu avais fait de mal. Et je n'étais pas là pour te rassurer. Tel que tu étais, tu as fait de ton mieux. Et je ne suis jamais revenu te chercher. Je dois vivre avec ça maintenant. Mais toi aussi, tu as vécu avec ça, et tu devais être perdu, malheureux.

Je laisse mes larmes couler, parce que Seth les mérite toutes. Tant pis pour ma fierté. Je soupire et me reprends un peu en arrachant des brins d'herbe.

– Tu te rappelles, un soir, quand papa est rentré à la maison, saoul comme une barrique, et maman et moi, nous étions tellement crispés, nous marchions sur des œufs ? Et quand il s'est retourné, tu as commencé à l'imiter en titubant, les yeux plissés ? (Ce souvenir me fait éclater de rire.) Maman croyait que tu étais comme d'habitude, elle était dans sa bulle, elle n'a jamais compris qui tu étais. Mais moi, ça m'a tellement amusé que j'ai explosé de rire. Papa s'en est pris à moi parce qu'il a cru que je me payais sa tête. En fait, c'était vrai. Mais putain, Seth, ça en valait la peine parce que nous riions ensemble de la même blague, et c'était génial. Nous avions connecté et je vivais pour ces moments-là avec toi. J'ai eu un œil au beurre noir pendant deux semaines et j'en étais fier. J'espère que tu as emporté quelques moments comme celui-là. J'espère que tu sais que je te voyais vraiment. Et j'espère que tu sais que moi aussi j'avais besoin de toi, mon p'tit gars.

Je m'assieds et continue à tirer sur les brins d'herbe, laissant les souvenirs me revenir, le passé me submerger, même si ça fait mal. Tellement mal.

– C'était quoi, cette petite chanson que tu me réclamais tous les soirs ? « Marie avait un petit agneau » ? Tu te souviens de ça ? J'ai dû chanter cette fichue chanson cinquante mille fois.

J'ai un petit rire, mais je grimace sous le coup du chagrin.

– Je la chanterais encore autant de fois pour que tu sois toujours là. J'espère que tu le sais.

Je me tais plusieurs longues minutes, revoyant le visage de mon petit frère, son sourire, entendant sa voix dans ma tête. Puis je récite très, très doucement.

« Marie avait un petit agneau, petit agneau, petit agneau. Marie avait un petit agneau blanc comme neige, il était beau. Et partout où Marie allait, Marie allait, Marie allait, l'agneau bien sûr suivait. Il alla à l'école une fois, école une fois, école une fois. Il alla à l'école une fois, mais c'était interdit. Les enfants jouaient et riaient, jouaient, riaient, jouaient, riaient. Les enfants jouaient et riaient de l'agneau qu'ils voyaient. »

Je m'agenouille dans l'herbe et pose les mains sur le métal froid, retraçant une à une les lettres de son nom et les chiffres de sa courte vie.

– Tu n'es pas né pour rien, Seth. Dans ce monde, tu n'étais pas là pour rien. Je tenais à toi. Je tiendrai toujours à toi. Je t'aime, mon pote. Je veux que tu le saches.

Je me lève et retourne d'un pas lent à ma voiture.

Chapitre 8

J'arrive au bureau un peu avant midi, mais je reste assis dans ma voiture, au parking, pendant dix minutes, le temps de me ressaisir. Cette matinée a été un long tourbillon émotionnel. La tête entre les mains, je me masse les tempes, même si je n'ai pas mal à la tête. Pas encore. J'étais tellement heureux en quittant Evie, mais maintenant, je suis seulement perturbé. C'était dur d'aller voir Seth et j'ai envie de partager ça avec Evie. Bien sûr, je ne peux pas. Ça fait huit ans, mais par de nombreux aspects, j'ai l'impression que c'était hier. Je me demande si elle se sent à l'aise avec moi, elle aussi, et si elle a du mal à s'expliquer pourquoi.

Lorsque je sors de l'ascenseur, Preston remonte le couloir dans ma direction. Il a été l'associé de mon père adoptif, Phil, quasiment depuis le début, alors que l'entreprise n'était qu'une start-up. Il est extrêmement intelligent et aussi quelqu'un de bien. Je sais que mon père lui vouait une confiance aveugle, et je le respecte entièrement.

Même si Phil était ingénieur, comme Preston, il avait en plus le sens des affaires, si bien que lorsqu'il a emménagé à San Diego pour y ouvrir une succursale, le bureau de l'Ohio en a pâti. Je travaille dur pour équilibrer les activités des deux bureaux. Avec le nouveau DG, nous pensons que j'ai procédé à des améliorations déterminantes. Nous avançons désormais sur de bonnes bases.

– Jake ! me salue-t-il.

– Salut, Preston.

Preston est l'ingénieur type, maigre, une tête d'intello avec des lunettes à verre épais comme des culs de bouteille, perpétuellement débraillé comme s'il dormait au bureau. Pour autant que je sache, c'est possible. Peut-être que c'est pour cela qu'il abat une quantité de travail astronomique.

– Je venais voir si tu avais une minute pour revoir les derniers schémas des techniciens.

Il me tend un dossier.

– Oui, bien sûr. Viens dans mon bureau.

Nous marchons ensemble et il m'attend, le temps que je dise bonjour à Christine et que je prenne mes messages.

– Tu vas les adorer. Les gars ont vu grand avec ces nouveaux boîtiers, dit Preston.

Nous nous asseyons autour de la table de réunion de mon bureau et j'examine les modèles, échangeant avec Preston nos préférences et les détails techniques.

Je me concentre facilement sur le travail, me laissant emporter par l'enthousiasme et la passion de Preston. Nous ne sommes pas d'accord sur tout, mais nous sommes à l'écoute, et au final, je le convaincs de parier sur mon modèle préféré. Il a raison. Les ingénieurs ont fait fort.

Il se lève et me prend par l'épaule en souriant.

– Tu me fais beaucoup penser à ton père jeune, Jake. Il savait me rallier à son avis. Et il avait presque toujours raison.

Alors qu'il s'apprête à sortir, il se retourne.

– J'espère que tu ne le prends pas mal quand on t'appelle « le Kid ». (Il sourit.) C'est une blague entre nous, mais honnêtement, tu t'en sors comme un chef depuis que tu as repris la tête de la boîte, et nous sommes tous impressionnés. J'ai côtoyé ton père pendant presque trente ans, j'ai été son plus proche collaborateur. Jake, je sais que lui aussi serait fier de toi.

Sans me laisser le temps de répondre, il sort et referme la porte. Je reste assis un certain temps avant de rassembler mes documents de travail. Je croise mon reflet dans le miroir mural, au-dessus de la crédence. Et là, je réalise que je souris.

Plus tard, dans la soirée, je me glisse sous le jet brûlant de la douche, laissant la vapeur dénouer mes muscles fatigués. Je suis passé à la salle de gym en rentrant. J'en suis ressorti à bout de forces mais l'esprit apaisé, au moins temporairement.

Alors que l'eau coule sur mon corps fatigué, je pense à Evie et je me demande ce qu'elle fait ce soir. Je regrette de ne pas avoir le droit de savoir. J'aimerais pouvoir lui passer un coup de fil, et lui dire que je voudrais qu'elle soit avec moi. J'appuie une main sur le mur, portant l'autre à ma tête pour rincer le shampooing. Puis je passe la tête sous le jet, fantasmant sur Evie qui surgirait à ma porte... je l'embrasserais et l'entraînerais dans ma chambre. Mon entrejambe réagit. Ma main descend et je saisis mon sexe en érection. Je retiens un gémissement tout en me caressant lentement. Une vague de plaisir, intense et chaude, m'inonde. Je m'imagine dépouillant Evie de ses vêtements, l'un après l'autre, savourant chaque centimètre de son petit corps parfait. Je me demande comment elle est nue, de quelle couleur sont ses mamelons, quel goût ils ont. Je pensais constamment à elle nue quand j'étais adolescent, mais je ne me le suis pas autorisé depuis toutes ces années. C'était insupportable parce que je savais que je ne l'aurais jamais. Mais maintenant... le simple fait que ce soit possible m'excite.

Je fais comme si l'eau qui coule sur mon dos, c'était les mains douces d'Evie me caressant. Comme si ma main était la sienne et que, debout dans mon dos, elle me caressait le sexe, sa petite main accélérant la cadence sous l'eau qui nous éclabousse. Je pousse un grognement. Ses seins sont pressés contre mon dos, son corps glisse sous l'eau qui nous enveloppe. Elle les frotte contre moi, gémissant en sentant leurs pointes contre ma peau. Le bruit de l'eau se mélange à nos gémissements.

– Putain, Bébé, c'est bon !

Elle passe devant moi, s'agenouille et me prend dans sa bouche chaude. Je regarde sa tête osciller, suçant et léchant, l'eau lubrifiant ma queue qu'elle aspire sans effort.

– Oh, Bébé, vas-y, continue.

Elle acquiesce d'un gémissement, accélérant, tandis que je passe les mains dans ses cheveux mouillés. C'est incroyablement délicieux. Mes testicules se contractent, mon orgasme gronde dans mon bas-ventre.

– Je vais jouir, Bébé.

Elle s'écarte pour me prendre dans sa main et me faire jouir comme jamais.

Je me savonne une deuxième fois et m'attarde encore un peu sous le jet de la douche. Je ris. Si je jouis aussi fort rien qu'en fantasmant sur elle, qu'est-ce que ça va être si je la pénètre réellement ?

Je me sèche et m'écroule sur le lit, émerveillé. Le sexe, même seul, n'a jamais été autre chose qu'un moyen de me soulager. En toute franchise, je n'ai jamais vraiment aimé ça, car c'est teinté d'émotions négatives. Je ne me suis jamais autorisé à apprécier pleinement le sexe. Ça n'a toujours été qu'un moyen de parvenir à mes fins. Que je cherche à m'abasourdir, à prouver à Lauren que je ne lui appartenais pas, ou à me détendre, ça n'a jamais été épanouissant. Je n'en étais même pas conscient avant cet instant. Pour la première fois depuis que j'ai déménagé à San Diego, j'ai connu une bonne expérience sexuelle et c'était en me masturbant sous la douche en rêvant d'Evie. *Bravo.*

Chapitre 9

Je zappe sur la télé fixée au mur sans trouver aucune chaîne qui m'intéresse. Je l'éteins et pose la télécommande sur la table au moment où la porte s'ouvre. Je tourne la tête et me renfrogne immédiatement. Lauren, putain. Qu'est-ce qu'elle fiche ici ? Les infirmières savent qu'elle est sur la liste des visiteurs interdits. Elle a dû entrer en douce. Je m'empare du bouton d'appel, mais elle me l'arrache des mains et le pose hors de portée. Elle s'assied et me prend les mains.

– Jake, arrête. Je ne te demande qu'une minute. S'il te plaît. Tu imagines ce que je vis, sans pouvoir te voir ? Te réconforter ? Je t'aime, chéri.

– Tu ne m'aimes pas. Ce n'est pas de l'amour ce que tu ressens pour moi. Il n'y a jamais eu que du sexe entre nous. C'était mal, dégueulasse, manipulateur et ça a foutu ma vie en l'air. Et ça a aussi causé la mort

de Phil. Tu te souviens de lui, Lauren ? Ton MARI ? Sors d'ici immédiatement.

Sans un mot, elle se penche et essaie de repousser une mèche de cheveux de mon front, mais je m'écarte.

– Non.

– Oh, Jake, bien sûr que je pense à Phil. Mais ce n'était pas de notre faute. Il n'a jamais pris soin de lui... toujours à bosser. C'était mieux qu'il l'apprenne de toute façon. Nous aurions dû lui dire depuis longtemps... ce qu'il y a entre nous, depuis le début, ce n'est ni mal ni dégoûtant. Tu dois juste surmonter ta culpabilité pour t'en rendre compte. Tu n'as pas de raison de t'en vouloir. Nous sommes tombés amoureux. Il n'y a pas de quoi avoir honte.

Elle vit vraiment sur une autre planète.

– Lauren, tu délires. Je ne suis pas tombé amoureux de toi. Tu étais supposée être ma mère. Plus vite tu te mettras dans le crâne que je ne t'ai jamais aimée, plus ce sera facile pour nous deux. Cette conversation ne sert à rien. Tu dois partir. Si tu ne me donnes pas le bouton d'appel, je vais me mettre à hurler. Tu dois entendre ce que je te dis, pour une fois, et sortir de ton monde égocentrique.

Elle secoue la tête.

– Non, tu ne sais pas ce que tu dis. Ils te bourrent de médicaments. Tu n'as pas les idées claires. Faisons-le une seule fois et tu te souviendras que nous sommes faits l'un pour l'autre. Tu te souviens, Jake ? Ces nuits dans ta chambre...

Je me ferme.

– Après coup, je filais en douce au placard à alcools et je descendais quatre verres de bourbon pour pouvoir m'endormir, Lauren. Qu'est-ce que ça te dit ?

Je préférais ça à pleurer pendant des heures, confus et horrifié par mon corps qui me trahissait.

Elle rit.

– Moi aussi, je pensais à toi. J'avais du mal à dormir moi aussi, chéri.

Ce n'est pas ce que je voulais dire, mais elle est trop égocentrique pour s'en rendre compte. Je ne lui laisse qu'une seconde.

– MISSY ! SUSAN !

Hurlant à pleins poumons, j'appelle les infirmières de garde. Mon soudain éclat de voix la fait sursauter. Je déteste me sentir impuissant en sa présence, devoir appeler les infirmières à la rescousse comme si j'étais un enfant. Mais je refuse de passer une seconde de plus avec elle, surtout comme ça, paralysé comme une mouche pris dans une toile d'araignée.

– Arrête ça, Jake. Je m'en vais.

Elle se lève, mais au lieu de s'éloigner, elle se penche au-dessus de moi et écrase ses lèvres sur les miennes, léchant ma bouche fermée pour en forcer le passage. Avant que j'aie pu réagir, la porte s'ouvre sur Missy et le docteur Fox. Sous leurs regards, Lauren recule, s'essuie la bouche et me fait un grand sourire.

– N'oublie pas de me réinscrire sur la liste des visiteurs, Jake. Je reviendrai bientôt.

Elle sort précipitamment, et nous la suivons tous les trois du regard.

Missy s'approche et me demande si ça va en évitant mon regard. De toute évidence, elle a vu « ma mère » essayer de m'embrasser sur mon lit d'hôpital. Quelle horreur ! Humilié, honteux, je serre les dents.

– Je ne sais pas comment elle a fait pour passer sans qu'on la voie, Jake. Je suis vraiment désolée, dit-elle calmement.

– Ce n'est pas votre faute, Missy, dis-je.

Quand elle veut quelque chose, rien ne l'arrête.

Missy vérifie mes signes vitaux et précise qu'elle reviendra me voir dans deux heures avant de quitter la chambre.

Le docteur Fox est toujours près de la porte. Sourcils froncés, il vient s'asseoir à côté de mon lit.

– Salut, Doc, ça ne vous dérange pas si on repousse le rendez-vous ? Je ne me sens pas d'humeur à bavarder.

– Je dirais que c'est plutôt un excellent moment pour parler, dit-il avec douceur.

Je secoue la tête.

– Non, vraiment. Je n'ai pas la tête à ça. Et puis je ne me sens pas en forme. J'ai besoin de dormir. J'ai une autre opération demain matin...

Silencieux, il fait la moue.

– Très bien, mon petit.

Il pose la main sur mon épaule, et je tressaille. Il l'enlève et me regarde un instant avant de s'éloigner.

– Je viens vous voir demain après-midi, après l'opération. Nous pouvons reporter le rendez-vous au début de la semaine prochaine, si vous voulez ? Mais appelez-moi si vous souhaitez me parler avant.

Je hoche mollement la tête. Je suis tellement fatigué. J'ai besoin d'être seul. De dormir.

Arrivé devant la porte, il me lance un dernier regard. Il me donne l'impression de mener une lutte intérieure.

Alors qu'il referme la porte, j'entends une voix familière. Preston. Il m'a dit qu'il passerait me voir dans la semaine, car il est à San Diego pour une réunion. J'ai essayé de me remettre lentement au travail, de participer à des conférences téléphoniques et d'étudier des rapports sur écran. J'ai énormément de retard à rattraper avant de reprendre les commandes du bureau de Cincinnati.

Mais pour l'instant, je ne peux même pas y penser. Je me sens accablé, faible, écœuré.

Les voix s'éloignent dans le couloir. Le docteur Fox a dû lui dire que je n'étais pas prêt à recevoir des visites. Tant mieux. Je ne le suis pas. Je ferme les yeux et me laisse envahir par la dépression dans laquelle la présence de Lauren me plonge irrémédiablement. Je dors d'un sommeil agité.

Chapitre 10

Dès que j'ai un moment de calme, je téléphone à Evie. J'ai besoin de la voir. D'entendre sa voix, juste pour me rappeler que ce n'est pas un rêve. Elle est de nouveau dans ma vie. Comme elle ne répond pas, je lui envoie un SMS.

Au moment où je m'apprête à entrer en réunion, mon téléphone sonne. C'est elle. Je me mets à l'écart, dans le couloir, devant la salle.

– Evie !

– Salut, Jake, répond-elle d'une voix légèrement hésitante.

J'expire. C'est bon d'entendre sa voix.

– J'ai une réunion, je n'ai qu'une minute à t'accorder, mais j'aimerais t'inviter à dîner ce soir.

– Oh, fait-elle, surprise. Euh, je...

– Evie, tu n'as qu'à répondre oui, ou oui, dis-je sur le ton de la plaisanterie.

Elle répond, un sourire dans la voix.

– Je... oui, ça marche.

Ouf. Je souris largement.

– Super, je passe te prendre à sept heures.

– Euh...

– À ce soir, Evie.

Je raccroche avant qu'elle se ravise. Quand je pénètre dans la salle de réunion, tout le monde me regarde d'un air curieux. Je réalise que je souris bêtement. Concentre-toi ! Ai-je vraiment dit « À ce soir, Evie ? » Durant la réunion, je m'applique à réfréner mon sourire.

À cinq heures, en sortant du bureau, je vais faire un peu de sport. À six heures trente, je suis douché et habillé. C'est tôt pour partir, mais malgré l'exercice, je suis tellement nerveux que je tourne en rond dans mon appartement. Tant pis. Je serai en avance, mais ça m'est égal. J'ai trop hâte de voir Evie, j'en suis conscient, mais je n'ai pas l'intention de lui cacher mon désir. À ce stade, je suis probablement incapable de le cacher. Je ne veux pas l'effrayer, mais je tiens à ce qu'elle sache qu'elle me plaît. Je suis à peu près sûr de lui plaire aussi, et pour l'instant, c'est assez pour que j'avance en confiance. À vingt-trois ans, j'ai l'impression d'aller à mon premier rendez-vous ! Il y aurait de quoi se moquer, sauf que je vais rejoindre Evie. C'est à la fois rassurant et terrifiant.

Ces dernières années, j'ai essayé de sortir avec quelques femmes. Les relations purement physiques ne m'ont jamais plu. Et globalement, rien ne me satisfaisait dans ces histoires. Je me sentais encore plus mal d'essayer de bâtir une histoire d'amour. Une relation sexuelle était une chose, mais un lien émotionnel me procurait inlassablement un sentiment de culpabilité, comme si je trahissais Evie. Non seulement je me sentais vide après chaque rendez-vous, mais dans le fond, ça ne m'intéressait pas, et j'en ressortais dépité. Aucune femme n'arrivait à la cheville d'Evie. J'étais voué à les comparer à la souveraine de mon cœur. Ce n'était juste envers personne. J'ai jeté l'éponge après deux ou trois tentatives, en me promettant de garder mes distances avec la gent féminine. J'avais trahi Evie, et je méritais ma solitude. Je souhaitais rester seul.

Je me gare devant chez Evie, et je reste assis quelques minutes dans ma voiture. Mon corps vibre de la savoir à quelques mètres de moi, m'attendant derrière sa porte. La chaleur inonde mon torse, et je sais que je dois l'embrasser, la goûter avant que nous remontions dans ma voiture. Je n'ai jamais trop aimé embrasser. Trop intime. Mais elle, j'ai envie de l'embrasser. Je ne sais pas comment elle va réagir, mais le besoin me propulse hors de ma voiture et avec détermination, je pousse la porte de l'immeuble. J'ai contacté son propriétaire, hier, et cet abruti a intérêt à faire rapidement réparer cette porte sinon il va avoir affaire à moi.

Je frappe à la porte d'Evie, et je l'entends bouger à l'intérieur avant d'ouvrir. Soudain, elle est devant moi, ses longs cheveux noirs retombant librement autour de son beau visage, et ses yeux se fixent sur moi. Puis elle me survole du regard, et devant son enthousiasme, je succombe. Je suis physiquement incapable de résister à l'envie de la toucher. Je fais un pas, pose ma main sur sa joue et l'attire contre moi. Un râle d'homme des cavernes monte dans ma gorge. Je ne suis plus que désir pur dans cet élan de possessivité que je n'ai pas éprouvé depuis près de dix ans, et qui m'emplit de testostérone.

Je baisse la tête et l'embrasse sur la bouche. J'insinue ma langue entre ses lèvres, et quand nos langues se rencontrent, je me retiens de gémir. Le paradis. Mon paradis.

Elle soupire et noue les bras autour de mon cou en se pressant contre moi. Je suis comme un affamé qui s'installe enfin à la table du banquet le plus succulent du monde. L'extase me submerge lorsque sa langue cherche la mienne.

Je note vaguement que ses mains caressent mes cheveux, et lorsque je pose les miennes sur ses fesses, elle gémit dans ma bouche, et je ne peux pas m'empêcher de répondre en écho. C'est le second meilleur baiser de ma vie. Le premier ayant été avec la même fille.

Mon érection tend mon pantalon, je dois interrompre cet échange avant de me comporter comme un adolescent en rut. Ou avant que Maurice ne nous remarque et m'écrase comme un cafard dans le couloir.

Je m'écarte à contrecœur, le souffle court, et me résigne à reculer d'un pas. Son petit geignement plaintif me fait sourire.

– Tu embrasses délicieusement bien.

Mais je le savais déjà.

Elle cligne des paupières. Visiblement, elle était aussi étourdie que moi.

– Ouais... fait-elle avec un adorable sourire.

Cette fois, je crois que mon sourire ne va jamais me quitter.

– Tu as faim ?

Elle semble confuse.

– Oui.

Nous marchons vers ma voiture quand elle demande.

– La norme n'impose pas de s'embrasser après le dîner ?

– Pas pu attendre, dis-je avec un clin d'œil. Soit je t'embrassais soit je devenais dingue.

C'est l'entière vérité.

Une fois que nous sommes dans la voiture, je lui prends la main. J'ai du mal à me retenir de la toucher, comme si je craignais qu'elle disparaisse, s'évanouisse comme une apparition. De plus, sa peau douce et chaude m'apaise. Je suis accro. Ma confiance en nos liens se renforce de minute en minute. L'alchimie est indéniable.

– Dis-moi, Jake, tu as eu beaucoup de petites amies ? demande-t-elle en me sortant de ma rêverie.

Elle se mordille la lèvre comme si elle redoutait ma réponse.

Je ne peux pas lui mentir. Je ne sais même pas d'où me vient le besoin d'être honnête au sujet de mon parcours sentimental, mais je sens que c'est crucial.

– Non. Il y a eu pas mal de femmes dans ma vie, Evie, mais pas de véritables petites amies.

Je lui jette un œil pour jauger sa réaction, mais elle regarde droit devant elle, l'air impassible. Non seulement j'ai envie qu'elle sache que c'est différent avec elle, mais aussi que j'ai changé.

– Je n'en suis pas fier mais c'est la vérité. Ça t'ennuie ?

Son silence s'éternise si bien que mon ventre se noue.

– Jake, je ne souhaite pas devenir ta sex-friend, répond-elle enfin.

Je me concentre sur la route pour éviter d'éclater de rire. C'est ce qu'elle croit ? Je dois être plus clair sur ce point.

– Je n'ai pas envie de ça avec toi, Evie.

– Oh, je croyais que... enfin, je... parce que...

Merde, je me suis mal exprimé. Je dois redresser la barre.

– Evie, ce que je voulais dire, c'est que lorsque je coucherai avec toi, tu deviendras véritablement mienne. C'est plus clair ?

Du coin de l'œil, je la vois presser ses cuisses l'une contre l'autre. Je manque laisser échapper un gémissement.

– Evie, regarde-moi. Tu le sens toi aussi, non ?

Elle hésite un instant avant de se tourner vers moi et de hocher la tête.

– Oui.

Je lui souris en me garant devant le Chart House.

Je dois aussi lui poser des questions sur son passé. Elle a dû fréquenter des hommes. Une fille comme elle est certainement très sollicitée. Cette seule idée me retourne l'estomac, mais je n'ai pas le droit de mal le prendre. J'aurais dû être là pour m'assurer qu'aucun homme ne s'intéresse à elle. J'aurais dû... Stop ! *Ce n'est pas productif. Travaille avec la réalité, pas avec des si.*

Je coupe le moteur et me tourne vers elle.

– Je peux te demander avec combien d'hommes tu es sortie, Evie ?

J'essaie de respirer calmement. Quelle que soit sa réponse, j'en suis responsable. Quand bien même elle serait sortie avec des tas d'hommes, c'est de ma faute. Je dois l'accepter.

On dirait que ma question la prend au dépourvu, et ses joues rosissent.

– Plusieurs, mais je doute qu'on puisse dire que je sois vraiment sortie avec la plupart.

Je me raidis. Quoi ? Quand je réalise qu'elle me taquine, je libère un souffle.

– Tu te moques de moi.

Elle incline la tête sur le côté.

– Toi, tu peux jouer à ça et pas moi ? demande-t-elle en souriant.

Non, c'est mal, autant pour elle que pour moi. Sauf qu'elle, elle n'aurait pas commis les mêmes erreurs que moi. Elle aurait trouvé le moyen de faire mieux. Comme toujours.

– Oui, parce que tu es une meilleure personne que moi.

– Jake...

– Je veux une réponse franche. Dis-moi combien d'hommes il y a eu dans ta vie.

Elle soupire. Je dois donner l'impression d'aller dans tous les sens. Incertain un instant, homme des cavernes l'instant d'après. Mais c'est plus ou moins ce qui se joue en moi. Les deux moitiés de moi s'affrontent en duel. Je suis terrifié et possessif. C'est exténuant. Mais j'ai besoin de savoir. Peut-être pour me torturer, je ne sais pas. Au bout d'une minute, elle répond.

– Je suis sortie avec deux ou trois garçons, surtout des rendez-vous organisés par mon amie Nicole. Rien de sérieux, et jamais plus de trois fois. Le dernier avec qui je suis sortie, ça remonte à l'année dernière.

Nous sommes allés dîner une fois, il m'a demandé s'il pouvait m'inviter une seconde fois et j'ai refusé. Est-ce assez précis pour toi ?

Elle détourne le regard. Je lui prends la main.

– Et au lycée ?

Après mon départ pour San Diego, il y a certainement eu un garçon important dans sa vie.

– Au lycée ?

Elle secoue la tête en riant, mais sans amusement.

– Non, aucun petit copain au lycée.

Lentement, je comprends que ni l'un ni l'autre n'avons été amoureux après mon départ. Une partie de moi s'envole et plane carrément. Je me penche et l'oblige à me regarder. J'embrasse ses douces lèvres dans un regain de possessivité.

Nous nous sourions un instant.

– Il est l'heure que je te nourrisse. Et qu'on parle de sujets plus légers. Je veux te voir sourire et t'entendre rire. Je veux savoir qui est Nicole, je veux savoir quel est ton film préféré, pourquoi tu aimes courir de bonne heure et quelle musique tu as dans ton iPod. Ne bouge pas.

Je descends lui ouvrir sa portière et la guide vers le restaurant.

Nous nous attablons et, souriant, je lui tiens les mains sur la table. Elle me sourit et considère la salle d'un air admiratif.

– C'est beau. C'est la première fois que je viens ici, dit-elle.

J'imagine ce que nous aurions pensé si nous avions dîné dans ce genre d'établissement quand nous étions gosses. Ce n'est pas le plus chic de la ville, mais pour nous, ç'aurait été comme atterrir sur une autre planète.

Mes pensées remontent jusqu'à ma mère tombée dans un coma éthylique sur le canapé. Mon père l'avait frappée pour je ne sais quelle raison, peut-être parce qu'elle l'avait regardé. Après son départ, elle avait vidé une bouteille entière de vodka et ne s'était pas réveillée pendant deux jours. La nourriture était rare et précieuse à la maison, et le lendemain, le frigo était complètement vide. J'ai fait le tour des fast-foods des environs et chapardé tous les sachets de ketchup possibles pour créer la version la plus atroce d'une soupe de tomate, afin de nous remplir le ventre, à Seth et à moi, le temps que notre mère reprenne conscience. Ce n'était pas marrant, mais mon frère dépendait de moi et j'ai fait ce que j'avais à faire. J'avais neuf ans.

J'aimerais tant partager mes réflexions avec Evie, lui dire que c'est incroyable d'être assis là avec elle, sachant d'où nous venons. C'est notre connexion, et elle le comprendrait mieux que personne. Le fait que cela soit impossible me laisse abattu.

– Parle-moi de ton amie Nicole, je lui dis alors que nous dégustons le vin.

Son regard se réchauffe.

– J'ai rencontré Nicole au travail. C'est ma meilleure amie et on peut dire qu'elle et son mari Mike m'ont plus ou moins adoptée.

Elle rit.

Je lui souris et elle reprend.

– Je passe les jours fériés avec eux, par exemple. C'est sympa. Je n'ai jamais connu ça avant de rencontrer Nicole.

Elle boit une gorgée de vin et semble légèrement embarrassée.

– Où est-ce que tu les passais avant ?

Pourquoi je demande ça ? Juste pour me faire du mal ?

Elle darde un regard vers moi et répond calmement.

– Quand j'ai quitté ma famille d'accueil, avant que je devienne proche de Nicole et de sa famille, je les passais seule.

Elle hausse les épaules.

Je reste silencieux, espérant que ma tristesse lui échappe.

– Je suis désolé, Evie.

Elle sourit.

– Pourquoi ? Tu n'y es pour rien. C'était... solitaire, mais j'ai connu pire, Jake.

Je fronce les sourcils et elle penche la tête sur le côté.

– Bah alors, je croyais que nous devions parler de sujets légers ? observe-t-elle en souriant.

Je trouve la force de lui rendre son sourire, bien que l'écho de sa remarque résonne dans ma tête. *C'est entièrement de ma faute.*

– Tu as raison. Nicole et Mike ont une fille ?

Elle a un sourire radieux et son regard s'illumine. Visiblement, elle tient beaucoup à cette fillette.

– Oui, elle s'appelle Kaylee et c'est l'enfant la plus intelligente et la plus tendre du monde. Elle nous mène par le bout du nez, explique-t-elle.

Evie s'est entourée de gens bien, d'amis qu'elle aime et qui l'aiment en retour. Je suis heureux de savoir qu'elle les a.

À la fin du repas, je lui pose des questions sur son travail. Elle en parle facilement, et s'amuse à me raconter des anecdotes sur ce que les clients oublient dans les chambres.

– J'ai trouvé une quantité astronomique de dentiers. (Elle rit et moi aussi.) Comment peut-on oublier ses dents ? On le remarque forcément, non ?

Radieuse, elle me regarde dans les yeux. J'aime cette soirée. J'aime être assis là, rire avec elle, la redécouvrir. J'aimerais que ça ne cesse jamais. Une petite voix me dit que ça s'arrêtera probablement lorsque je lui révélerai qui je suis. Je sens la nourriture remonter dans ma gorge, et je déglutis.

– Tu t'en es vraiment bien sortie, Evie

Je le pense. Elle a de bons amis, elle prend soin d'elle, travaille dur, elle est amusante, intelligente, chaleureuse et adorable.

Elle fronce les sourcils.

– Je suis femme de ménage dans un hôtel, Jake, dit-elle comme si je l'ignorais.

Je pense à tous les enfants qui ont eu la même enfance que nous mais qui ont mal tourné. Je pense à Willow. *Je pense à moi.*

– Il ne faut jamais avoir honte de faire un travail honnête. C'est formidable que quelqu'un qui a eu ton enfance ne répète pas ce qu'il a vécu... La drogue, la grossesse trop jeune, la violence conjugale. Tu peux être fière de toi. Tu mérites tout le respect du monde. Je te trouve incroyable, dis-je sincèrement.

Elle me fixe, les yeux emplis de larmes, et tourne la tête.

– Merci, dit-elle en chuchotant.

Elle repousse ses larmes en clignant des yeux. Personne ne lui a jamais dit qu'elle était formidable ? Mon cœur se serre. Si j'en ai la chance, je promets de le lui dire au moins une fois par jour. Nous restons silencieux un moment.

– Je peux te poser des questions sur Leo ?

Elle me regarde nerveusement. Je redescends aussi sur terre. Merde. Je n'aime pas ça.

– Bien sûr, dis-je d'une voix hésitante.

– Il était heureux ? Il avait une vie agréable ?

Reste simple. Je me sens déjà mal de lui mentir, pas la peine de s'étendre. Je repense à ma vie avant l'accident et n'ajoute qu'une petite part de mensonge à la réalité.

– Je ne sais pas quoi répondre. Je ne le connaissais pas très bien. En dehors du sport et des fêtes, on ne partageait pas grand-chose.

Elle hoche la tête et inspire profondément. Elle se mord l'intérieur de la joue comme quand elle était petite. C'est sa façon à elle d'exprimer sa nervosité ou sa peur.

– Quand il est parti, il a promis de garder le contact et il ne l'a pas fait. Tu sais pourquoi ?

Je crois voir une lueur de chagrin traverser son regard.

Oui, je le sais. Sa vie a mal tourné presque immédiatement, et il a passé huit ans à espérer mourir. Mais il n'a jamais cessé de t'aimer. Pas une seule seconde.

– Je suis désolé. Je ne sais pas. Je ne sais pas vraiment comment ça se passait chez lui. La première fois qu'il m'a parlé de toi, il était hospitalisé, et je t'ai dit tout ce que je savais.

Merde, je me hais de manquer de courage.

Elle hoche la tête, plongée dans le silence. Puis elle sourit timidement.

– C'est un peu bizarre à dire mais, bon, puisqu'il a décidé de m'envoyer quelqu'un, je suis contente qu'il t'ait choisi. J'ai passé une bonne soirée.

Pourquoi est-ce que c'est dur à encaisser ? Suis-je jaloux de moi-même ? Je repousse mes émotions complexes et lui souris.

– Je suis content qu'il m'ait envoyé, moi aussi. Je croyais lui rendre service, mais on dirait que c'est lui qui m'a rendu service.

Après que le serveur a débarrassé nos assiettes, je lui prends les mains.

– Je peux te revoir ?

Elle répond d'un hochement de tête, et la joie m'emplit littéralement.

Tandis que je la reconduis chez elle, nous discutons de la ville.

– Où est-ce que tu habites ? demande-t-elle.

– Dans le centre, près du nouveau casino.

– Je vois. Tu y es allé ?

– Non, je n'ai pas encore eu le temps de sortir. Je n'ai fait que travailler depuis que j'ai emménagé. Tu voudrais qu'on y aille ensemble, un de ces jours ?

– J'aimerais le visiter. Mais je ne pense pas que je serais douée pour les jeux d'argent.

– Non ? Pourquoi ?

– J'ai un visage trop expressif, dit-elle comme pour se moquer d'elle-même.

Je glousse.

– Pas faux.

Elle secoue la tête.

– La Californie ne te manque pas ?

– J'aimais vivre au bord de l'océan.

Le simple fait de contempler la vaste étendue d'eau me donnait l'impression que mes problèmes n'étaient finalement pas si graves que ça. Assis sur le sable, je me sentais... humble. Cela m'a aidé à surmonter quelques mauvaises passes.

– Mais j'aime le Midwest. J'aime les saisons.

Elle appuie la tête contre le dossier.

– J'aimerais bien voir l'océan un jour.

Je me souviens de la première fois où j'ai survolé l'océan en avion, et de mon désir de partager ce moment-là avec Evie.

– J'aimerais être le premier à t'y emmener, dis-je calmement en la regardant à la dérobée.

Elle me répond d'un simple sourire. Je suppose que c'est un peu tôt pour les projets de voyage. Je commence à bien déchiffrer son visage, ses expressions me reviennent comme une chanson que je n'aurais pas entendue depuis longtemps, mais dont je n'aurais pas oublié les paroles. Elle a raison : je lis en elle comme dans un livre ouvert.

La première fois que je l'ai vraiment remarquée, une petite garce lui faisait passer un mauvais quart d'heure en lui disant des méchancetés sur sa mère. En un coup d'œil, j'avais vu sa peine et sa honte apparaître sur son visage. J'étais resté pétrifié, incapable de détacher mon regard de cette belle jeune fille, de ses émotions inscrites dans ses yeux. Je n'avais pas vu autant de vulnérabilité depuis longtemps. J'étais hypnotisé. N'avait-elle pas appris à les cacher ? Ne connaissait-elle pas le sens du mot stoïque ? Donner ce genre de munitions à l'ennemi, c'était du suicide. Mais mon cœur se serrait dans ma poitrine ? Sur le moment, je n'avais pas trouvé de réponse, mais je savais que ça relevait de la beauté pure. Comme voir le soleil percer subitement les nuages. J'avais envie de tendre mon visage vers sa chaleur. Elle avait surpris mon regard, mais je crois qu'à ce stade, j'étais déjà à moitié amoureux, mes sentiments bourgeonnaient dans mon cœur.

– Pourquoi tu me regardes comme ça ? avait-elle sifflé, en essayant maladroitement d'être dure.

Ça m'avait plu, ça aussi. J'avais continué à la dévisager un instant avant de répondre.

– Parce que ton visage me plaît.

Je n'avais pas pu réprimer un sourire, le premier depuis très longtemps. *Ma tendre dompteuse de lion.*

Nous continuons à rouler dans un silence confortable, tous deux perdus dans nos pensées, la radio en fond sonore.

Nous nous garons à quelques numéros de son immeuble, et je coupe le moteur. Evie me regarde comme si elle attendait quelque chose de moi. Quand je la dévisage, mon cœur se coince dans ma gorge.

– Tu es belle quand tu souris.

Tu m'as tellement manqué.

Je me penche, l'embrasse délicatement et appuie mon front contre le sien. Nous étions plus ou moins dans la même position la nuit où nous nous sommes dit au revoir.

Nous nous fixons un long moment. Elle écarquille imperceptiblement les yeux, et je sens son pouls s'accélérer sous mes doigts. Soudain, son regard s'emplit d'interrogations et ses yeux s'écarquillent davantage. Je me fige. Elle devient rêveuse... elle rejette ses questions. *Je la vois faire ça.* Cet attitude restera gravée à jamais dans mon âme. C'est mon

Evie en mode survie. *Elle ne veut pas savoir.* Les émotions me frappent de plein fouet : la confusion, la peur, l'amour. Elle redresse le dos.

– Qu'est-ce qui ne va pas ? je demande, inquiet.

Elle soupire.

– Rien, mais tout cela est nouveau pour moi.

Elle me sourit et, sans savoir comment, je trouve l'énergie de sourire en retour.

Je la raccompagne jusqu'à l'entrée de son immeuble. Son expression continue de me hanter. Je n'ai pas envie de la quitter. Je dois faire vite, tant que j'ai encore la force de la laisser partir.

Devant sa porte, je l'embrasse sur la bouche, lui souris et murmure « bonne nuit » avant de retourner à ma voiture. Notre magnifique soirée m'a déstabilisé. J'aimerais tant avoir quelqu'un à qui parler. La seule personne à qui j'ai réellement envie de me confier, c'est Evie, mais bien sûr, ce n'est pas envisageable. Je me rends compte de mon absolue solitude. Quelque chose se rompt en moi alors que je démarre et m'engage sur la route.

Chapitre 11

Je conduis sans but, agrippé au volant en me forçant à m'éloigner d'Evie au lieu d'aller la retrouver. Je suis confus, insatiable, et ça n'a jamais été une bonne combinaison pour moi. Quand l'un de mes désirs est inassouvi, je me sens faible et cela me met en colère. C'est le grand combat de ma vie, et ça me rend malade de retomber dans ce cercle vicieux. Réduit à la solitude, j'ai l'impression que cette menace rôde en permanence autour de moi.

Ce soir, embrasser Evie a été l'un des meilleurs moments de ma vie. Mais maintenant, je veux recommencer, et je ne sais pas quoi faire de ma frustration. À présent, j'ai le choix entre m'enfoncer sur ce chemin et la garder dans ma vie, ou prendre le risque qu'elle me rejette si je lui dis qui je suis.

Je me gare devant chez moi, mais au lieu de monter, je marche jusqu'à un bar, à l'angle de ma rue. Je n'ai pas la force de rester seul. Je veux voir du monde. Me noyer dans la masse. Quelques verres de bourbon m'en donneront l'illusion. Temporairement.

Je m'installe au bar et commande deux doses de Wild Turkey. C'est ce que Lauren et Phil gardaient en réserve. Sec, nature. Ce sera le nom de mon groupe, quand j'en aurai un, que j'aurai appris à jouer de la guitare et que je partirai en tournée. L'envie de ricaner me démange, mais je me contiens, de peur de passer pour un fou. Je les vide l'un après l'autre, fais la grimace et en demande deux autres au barman. Quatre est le chiffre magique. Pas ivre au point de tituber, mais juste assez pour me détacher de la réalité. J'ai réduit l'abrutissement à une science. Ce sera le titre de mon premier single. La bande-son de toutes les tendances autodestructrices du genre humain. Je grimace.

Je commande une bière, ça dure plus longtemps. Au moment où le barman pose la bouteille devant moi, une femme s'assied sur le tabouret voisin et me sourit quand je la regarde. Des cheveux blonds au carré. Jolie. Une prédatrice, assurément.

– Bonsoir, sourit-elle en se tournant vers moi.

Elle boit une gorgée d'un liquide rose dans un verre à martini.

– Salut, dis-je sans la regarder.

L'alcool rend déjà ma voix pâteuse.

– Je m'appelle Alana.

Elle me tend la main, et je la regarde un instant avant de pivoter juste assez pour la serrer.

– Jake.

– Comment ça se fait que vous soyez ici tout seul, Jake ? demande-t-elle en suçotant sa paille.

Je prends le temps de réfléchir.

– Alana, je suis ici parce que l'amour de ma vie est chez elle, à l'autre bout de la ville, et si je ne me mets pas dans un état pitoyable, je vais monter dans ma voiture, aller frapper à sa porte et me ridiculiser.

Stupéfaite, elle cligne des yeux, réduite au silence. Puis elle ébauche un grand sourire.

– Et qu'est-ce qui vous empêche d'aller frapper à sa porte et de vous ridiculiser ?

Je réfléchis un court instant.

– Elle me dirait d'aller me faire foutre, et ça ne me dit rien. C'est avec elle que j'ai envie de coucher.

Alana accuse le coup.

– Eh bien, vous n'y allez pas par quatre chemins, dit-elle en souriant.

Je hausse les épaules et bois une gorgée de bière.

– Vous savez, Jake, je crois qu'il vaut mieux prendre le risque de passer pour un idiot que d'avoir des regrets.

Je hoche la tête. Si seulement c'était aussi simple. Nous restons silencieux un moment.

– Et vous, Alana, qu'est-ce qui vous amène ici ?

Elle soupire, et boit une gorgée.

– Eh bien, l'histoire globalement est à dormir debout. Mais nous sommes dans un bar, à noyer nos chagrins, alors il serait plus approprié que je m'en tienne à la partie triste, mon mariage de dix ans qui s'est arrêté quand j'ai découvert que mon mari me trompait avec une voisine mariée, son âme sœur, comme il dit. Nous sommes divorcés depuis un an maintenant.

Je fais la grimace.

– Désolé. Vous aviez des soupçons ?

Elle est pensive un instant.

– Oui, je crois. Rien de précis, bizarrement. J'avais juste l'impression qu'il avait la tête ailleurs... Il changeait constamment d'humeur. Je pourrais aussi dire qu'il n'a jamais été fou de moi.

Elle hausse les épaules.

– En ce cas, Alana, vous êtes peut-être mieux maintenant qu'à l'époque où vous étiez mariés. Il vous a probablement rendu service. Prenez-le comme une seconde chance.

Je termine ma bière et fais signe au barman de m'en servir une autre.

– Vous buvez autre chose ?

Elle refuse d'un geste. Quand le serveur m'apporte ma bière, Alana dit :

– Nous méritons tous une deuxième chance, non ? Trinquons aux secondes chances.

Elle fait tinter son verre contre ma bouteille.

– Aux secondes chances, dis-je en pensant à Evie.

Est-ce que nous le méritons tous ? Même moi ?

Au bout d'un moment, elle reprend.

– Nous nous sommes mariés parce que je suis tombée enceinte, et je me suis toujours dit que nous ne serions pas ensemble s'il n'y avait pas notre fille. Je tiens à elle comme à la prunelle de mes yeux, mais c'est probablement vrai.

Je hoche la tête.

– La vie ne se déroule pas toujours comme prévu.

– Non, c'est sûr. Mon ex épouse son âme sœur ce week-end. Ce soir, c'est le bon moment pour aller prendre un verre, voire vingt. (Elle rit faiblement.) C'est tellement injuste.

Sourcils froncés, elle baisse la tête.

– Comme je vois les choses, on ne peut pas affirmer qu'elle soit injuste avant la fin. Si on s'arrête au beau milieu de n'importe quelle histoire, elle paraît injuste. Vous êtes toujours en train d'écrire la vôtre.

Elle m'observe un instant, puis acquiesce en souriant.

– Ça me plaît bien. Seulement, je fréquentais un homme avant de rencontrer Colin, mon mari. Nous avons rompu pour une raison idiote, et j'ai rapidement rencontré Colin, je suis tombée enceinte... vous connaissez la suite. Mais je n'ai jamais cessé de penser au premier. Je l'ai cherché sur Facebook récemment. Il est divorcé et a deux enfants.

Je me tourne vers elle.

– Vous lui avez envoyé un message ?

Elle secoue la tête.

– Non. Je ne sais pas... j'ai peur qu'il m'en veuille. Et si ça ne l'intéressait pas ?

– Vous ne m'avez pas dit qu'il valait mieux passer pour un idiot que d'avoir des regrets ? Vous ne suivez pas vos propres conseils ?

Elle rit.

– C'est souvent le cas, non ? C'est facile de donner des conseils. Les suivre, c'est une autre paire de manches.

Je glousse. C'est sûrement vrai. Entre savoir ce qui est mieux et le faire, il y a tout un monde. Prendre conscience de ce qui est mieux est la première étape, mais la suite dépend de multiples variables personnelles. Je soupire et me tourne vers Alana en buvant la dernière gorgée de ma bière. Dans le mouvement, je me rends compte que je suis plus ivre que je ne le croyais. Je dois rentrer chez moi.

– Alana, envoyez-lui un message.

Je pose assez d'argent sur le comptoir pour payer mes verres et laisser un pourboire, et me lève.

Elle me sourit.

– Jake, je crois que je vais le faire. Et vous... faites ce qu'il faut pour ne plus vous retrouver à boire seul, après votre prochain rendez-vous avec cette fille.

Elle me fait un clin d'œil et j'ai un petit rire.

– Content de vous avoir rencontré. Vous saurez rentrer chez vous ?

– Je vais prendre un taxi. Je n'habite pas loin. J'ai été ravie de vous rencontrer, Jake. Sincèrement.

Je souris et sors du bar.

Je rentre chez moi et m'écroule sur le canapé en enlevant mes chaussures. Je reste allongé quelques minutes, me laissant bercer par l'alcool. Dans un demi-sommeil, le sourire d'Evie revient s'imposer devant mes yeux. Trop agité pour dormir, je me redresse et prends mon téléphone. Je n'aurais pas dû boire. Je ne suis pas alcoolique, j'en suis certain. Je n'ai jamais eu de problème à m'arrêter à un verre ou deux de vin. Je ne pense pas être d'une nature à développer des addictions, ce qui est étonnant, sachant d'où je viens. Mais je suis assez intelligent pour reconnaître que j'ai longtemps consommé de l'alcool pour me soigner, et le docteur Fox a raison d'affirmer qu'étouffer une blessure ne mène à rien. J'en reviens toujours au point de départ, avec une gueule de bois et des regrets supplémentaires.

Je compose le numéro du cabinet du docteur Fox, bien qu'il soit dix heures passé. Le répondeur se déclenche et j'entends sa voix : « Vous êtes bien au cabinet du docteur Edward Fox. Je ne peux pas vous répondre pour l'instant, mais veuillez laisser votre nom et votre numéro de téléphone, même si vous pensez que je les ai déjà, afin que je puisse vous rappeler dès que possible. En cas d'urgence, merci d'appeler au 619-555-4573. »

Je raccroche sans laisser de message. Oui, c'est une urgence. J'ai passé ma vie entière en état d'urgence.

Assis sur le canapé, téléphone en main, je fixe le mur. Parfois, j'ai l'impression d'être en pièces détachées, et que je cherche comment les assembler.

Je finis par aller dans ma chambre, prendre de l'aspirine dans l'armoire à pharmacie. Je me déshabille et m'écroule sur le lit en boxer-short. Je sombre rapidement dans un sommeil salutaire.

Chapitre 12

Je me réveille en me sentant étonnamment bien, physiquement et moralement. Je n'aurais pas dû boire hier soir. J'aurais pu mieux gérer mon état. Toutefois, j'ai fait des progrès. Est-ce que j'avance dans la bonne direction ? Il faut dire que j'ai une excellente motivation : Evie. En route pour le travail, je lui envoie un SMS.

J'ai passé une excellente soirée avec toi. Que fais-tu aujourd'hui ?

Je reçois deux messages au moment où je me gare.

Moi aussi j'ai passé une très bonne soirée. ;) Deux boulots. Je vais rentrer tard.

Tu es au courant que la serrure de ma porte est réparée ?

Je prends ma veste et mon attaché-case, et réponds tout en marchant vers l'ascenseur.

Possible que j'aie menacé ton propriétaire de porter plainte s'il ne la réparait pas. Content qu'il ait réagi. Ta sécurité avant tout.

Mon téléphone vibre lorsque je sors de l'ascenseur. Est-ce qu'elle n'a pas apprécié que j'intervienne auprès du propriétaire ? Dommage. Maintenant que nous avons repris contact, il est hors de question que je ne veille pas à sa sécurité.

Merci, ça me fait plaisir.

– Billy ! s'écrie Christine.

C'est le surnom qu'elle m'a donné. Quand les membres du conseil m'ont baptisé « le Kid », elle a voulu arranger ça en ajoutant « Billy ». « C'était un hors-la-loi débrouillard et fatal », avait-elle murmuré. J'avais ri. « Leurs voix trembleront quand ils t'appelleront «Le Kid » et nous saurons pourquoi maintenant. » Ensuite, elle s'était mise à siffler une musique de western. Sincèrement, ce surnom ne me dérange pas. « Le Kid » est nettement préférable à « bon à rien », d'autant que c'est plus une référence à mon âge qu'à mes compétences de directeur, alors je l'accepte. Tous les membres du conseil sont respectueux envers moi, et je sais que je le mérite davantage de jour en jour, y compris de la part du père de Gwen. Je ne veux rien que je n'aurai pas mérité.

– Bonjour, Christine. Comment allez-vous ? dis-je en souriant.

– Très bien. L'équipe va bientôt entrer en réunion. Le café et les bagels sont servis. Votre présentation est chargée dans l'ordinateur et l'écran est en place. Les rapports ont été distribués.

– Merci, Christine. Que ferions-nous sans vous ?

– Je le sais déjà, ricane-t-elle.

Je dépose mes affaires dans mon bureau et réponds rapidement à Evie.

Tout ce que tu voudras. Suis en réunion. Passe une bonne journée + soirée. Je peux t'appeler demain ?

Et si je dis non ?

Je te téléphonerai quand même ;) Bonne journée, Evie.

Je suis content de savoir qu'elle travaille ce soir. Je vais avoir assez de mal à passer la soirée avec Gwen. Si je savais que je pourrais la passer avec Evie à la place, ce serait insupportable.

La journée se déroule sans incidents, et je suis prêt à partir à cinq heures. Au moment où je quitte le bureau, Christine lance :

– À tout à l'heure, en costume de pingouin !

Elle aussi va au gala de charité. Ce sera sympa de pouvoir discuter avec quelqu'un que j'apprécie vraiment.

– Oui, j'y vais avec Gwen, dis-je en faisant la grimace.

– Pourquoi ? demande-t-elle, horrifiée.

On ne peut pas dire qu'elle l'adore. Gwen peut se montrer très grossière envers tous ceux qu'elle considère comme « inférieurs ». Pour la dixième fois de la journée, j'envisage d'être terrassé par une gastro. Je soupire. Néanmoins, par loyauté vis-à-vis de Seth, je me résigne à y faire un saut, remettre un gros chèque et rentrer avant onze heures.

– J'ai voulu être sympa et ça m'est retombé dessus, dis-je en me frottant le visage.

– Jake, arrêtez de faire des efforts avec cette fille. J'ai essayé pendant des années, chaque fois qu'elle passait voir son père, ou durant son stage. Il n'y a rien de bon en elle, malheureusement. On ne peut pas continuer à être gentil avec quelqu'un qui vous prend constamment de haut. En ce qui me concerne, je n'essaie plus d'être sympa. Et vous devriez suivre mon exemple. Sans compter qu'elle ne veut pas être votre amie. Vous ne faites que lui donner de nouvelles occasions de vous mettre le grappin dessus.

Je ris jaune.

– Vous avez raison. Sur tous les points. Vos enfants ont de la chance d'avoir une mère comme vous, vous savez ? Je parie que vous leur donnez de bons conseils.

– Je donne de bons conseils à qui veut bien m'écouter. Y compris à vous, dit-elle avec un clin d'œil.

Je lui souris.

– Merci, Christine. Je suis content que vous veniez ce soir.

– Moi aussi, et si vous avez besoin de vous échapper, grattez-vous la nuque et je viendrai vous délivrer.

Je ris en reprenant mes affaires avant de monter dans l'ascenseur.

– D'où me vient le pressentiment que je vais en avoir besoin ?

Je me gare devant la maison du père de Gwen à Indian Hill. Je préférerais manger un hot-dog seul sur un banc public que de me rendre à un dîner habillé avec Gwen. Mais bon, terminons-en au plus vite.

En smoking, je monte les marches de leur perron quatre à quatre, et frappe à l'aide du heurtoir à tête de lion dorée. Le félin me fait penser à Evie, et je souris. J'ai hâte de l'appeler demain, et...

La porte s'ouvre brusquement, et Gwen me surprend en train de sourire. Zut ! Elle va s'imaginer que je suis ravi d'être là.

– Salut, Gwen. Tu es ravissante.

Elle ressemble à Barbie Noël, moulée dans sa robe en velours rouge, parée de bijoux en or, ses cheveux blonds enroulés sur le sommet de son crâne.

– Salut, dit-elle d'une voix aguichante, appuyée contre le chambranle. Tu veux entrer une minute ? Mon père est déjà parti au gala. Nous pourrions nous entraîner à être... amicaux ?

Elle hausse les sourcils. Je serre les dents.

– Non, Gwen. Je préfère y aller tout de suite. J'espère arriver avant la fin du cocktail.

Elle affiche une moue boudeuse, sans chercher à cacher sa déception.

– Très bien, soupire-t-elle. Je vais chercher mon manteau.

Je l'attends sur le seuil.

Elle ferme la porte à clé. Je lui ouvre la portière, et elle se glisse sur le siège sans chercher à tirer sur sa jupe trop fendue qui remonte assez pour que je constate qu'elle ne porte pas de culotte. Je me détourne rapidement et claque la portière. C'est répugnant.

– Alors, Jake, ronronne-t-elle quand je démarre. Qu'est-ce qu'on fait après ? Je n'ai pas encore visité ton nouvel appartement.

Elle bat des cils et fait un sourire suggestif. Ai-je vraiment surmonté tous mes problèmes, enduré autant d'horreurs, une longue thérapie avec Doc, plusieurs opérations chirurgicales, de longs combats, pour mourir dans ma voiture, asphyxié par le parfum mielleux d'une femme refaite et égocentrique ? Gwen n'est pas le genre de personne que je désire avoir pour amie. Au diable le sentiment de culpabilité. Il faut qu'elle me lâche.

J'ignore son commentaire et son manque total de respect envers ce que je lui ai dit dans mon bureau en début de semaine, et décide que la meilleure tactique consiste à changer de sujet.

– Alors, comment est ton nouveau travail, Gwen ?

– Pfft, siffle-t-elle dans une sorte de soupir las. Je me demande pourquoi j'y vais. (Elle examine ses ongles, l'air renfrogné.) Papa tient à ce qu'on m'apprécie pour mon ardeur au travail. Quel ennui !

Elle soupire de nouveau comme si je pouvais compatir.

Après tout, un poste dans un prestigieux cabinet d'avocats lui est tombé du ciel grâce aux relations de son père. J'ai du mal à la plaindre. Je suis mal placé pour la critiquer, puisque je n'ai pas eu de mal à trouver du travail moi non plus, mais j'ai le bon sens de reconnaître ma chance.

Je pense à Evie, qui travaille dur en tant que femme de ménage et qui le fait avec dignité. Elle pourrait apprendre à Gwen à mieux apprécier la valeur du travail. Je manque éclater de rire.

– Qu'est-ce que tu pourrais faire d'autre, Gwen ? Du shopping toute la journée ?

C'est méchant, mais les gens comme Gwen m'agacent, et je commence à manquer de patience. Elle est tellement narcissique qu'elle ne se rend pas compte qu'il y a tout un monde en dehors de ses faux problèmes. Elle est trop superficielle pour apprécier sa vie dorée, tous les cadeaux qu'elle reçoit sans avoir eu à travailler pour les obtenir. Je ne parle même pas de confort matériel, mais d'une famille, un endroit protégé vers lequel se retourner. J'aurais donné mon bras droit pour ça, alors que Gwen s'en plaint. Quelle cloche !

Elle me regarde.

– Il n'y a rien de mal à soutenir l'économie, Jake. En faisant du shopping, je fais tourner le marché de l'emploi. Et d'ailleurs, tu crois que c'est facile d'avoir mon physique ? Je travaille dur pour avoir cette apparence. C'est un métier à part entière. Entre les mèches, l'épilation, les gommages, les manucures, le bronzage et...

Je cesse de l'écouter. Elle parle sérieusement ? Maintenant, je me rappelle pourquoi avant j'avais besoin d'être saoul pour la fréquenter.

Je monte le volume de la radio, et nous roulons en silence pendant cinq minutes. Je suis exténué alors que je ne suis avec elle que depuis vingt minutes. Nous nous garons devant le Millenium Hotel, et je confie mes clés au voiturier.

Pendant que nous marchons vers l'ascenseur, Gwen s'accroche à mon bras. Dès que nous montons dans la cabine, je me dégage en la regardant de travers. J'ai dit amis, pas « et plus si affinités ». Ça ne lui est toujours pas rentré dans le crâne.

Lorsque nous sortons de l'ascenseur, elle me reprend le bras. Par pitié. Respire à fond. Deux heures.

Je l'entraîne vers le bar, où est réuni un groupe de collègues, dont Christine. Celle-ci nous présente à son mari, Tom, que je n'ai jamais rencontré, et nous bavardons un instant avant qu'un serveur passe avec un plateau de flûtes de champagne. J'en prends deux et en donne une à Gwen.

– Gwen, quelle jolie robe. Elle ne cache rien de votre charmante silhouette, dit Christine avec un sourire radieux.

Gwen passe ses mains sur ses hanches avec un grand sourire hypocrite.

– Merci, Christine. Pourquoi cacher ses atouts, hein ? C'est vrai que quand on en manque... eh bien...

Elle laisse sa phrase en suspens et balaie la silhouette de Christine du regard. Son mari manque s'étrangler en buvant une gorgée, et je serre les dents.

Toutefois, comme Christine semble se retenir de rire, j'inspire à fond.

– Je vais chercher des amuse-gueules. Je meurs de faim.

Je me retourne et grogne en constatant que Gwen me suit, pendue à mon bras.

Je lève les yeux en entendant un petit cri étouffé.

Evie se tient devant moi, en uniforme de serveuse, un plateau de petits fours à la main. Elle est pétrifiée. Mon cœur me donne l'impression de s'élancer vers elle, et un sourire me fend automatiquement le visage. J'ai envie de courir la prendre dans mes bras et de semer des baisers sur son beau visage. La surprise est encore plus agréable après une heure et demie aux côtés de Gwen. Oh, merde. Gwen. Accrochée à mon bras. Putain !

– Evie, dis-je en me saisissant du bras de Gwen pour m'en dégager.

Je la sens se raidir, mais mes yeux restent fixés sur Evie qui cligne des yeux et me décoche un sourire forcé. Merde.

– Mon Jakey, tu la connais ? s'écrie Gwen d'une voix putassière, mais je suis incapable de détacher mon regard d'Evie.

Jakey ? C'est nouveau ? Evie lance un regard à Gwen, la peine traverse brièvement son visage. Je me suis rarement retrouvé aussi coincé.

Ses yeux noirs débordent de tristesse et de confusion quand elle reporte son attention sur moi et murmure :

– Salut.

Je suis le dernier des cons, même si je n'ai rien fait de mal. Ça, elle ne le sait pas. Il faut absolument que je l'emmène à l'écart pour lui expliquer. Oh, merde, elle travaille. Je ne voudrais pas lui attirer des ennuis, ou lui faire perdre sa place. C'est très, très important pour elle.

Mâchoires serrées, je réponds à Gwen.

– Oui, je la connais. Je te présente Evie Cruise. *L'amour de ma vie.*

Evie lance un regard interrogateur à Gwen.

– C'est Gwen Parker, je précise avec un mouvement de tête plus ou moins dans la direction de Gwen.

Evie hoche la tête vers elle.

– Salut, dit-elle très calmement.

– Je n'ai pas besoin que tu nous présentes, Jakey. Je suis seulement surprise que tu la connaisses, dit la garce dans toute sa splendeur.

Elle se raccroche à mon bras, et m'agrippe plus fort quand j'essaie de me dégager.

Le sang afflue dans ma tête et les muscles de ma mâchoire se crispent.

Evie baisse les yeux vers le bras de Gwen, toujours agrippé à moi, et dit calmement :

– Bon. Passez une bonne soirée.

Lorsqu'elle se retourne, je me retiens de la rattraper pour l'entraîner jusqu'à ma voiture. Ses mains tremblent de plus en plus, et elle finit par renverser son plateau dans un son mat. Un cracker plein de caviar tombe directement sur le pied de Gwen. But ! Je ravale à peine le rire qui menace d'exploser dans ma gorge, mais qui est rapidement étouffé par les cris de Gwen.

– Oh, mon Dieu ! Vous savez combien coûtent ces chaussures ? Non, bien sûr que non ! Elles valent mille quatre cents dollars !

Ça aussi, c'est drôle, et je suis une fois de plus tenté d'éclater de rire jusqu'à ce que je remarque la réaction d'Evie. Elle rougit, les yeux ronds. Elle est humiliée. Merde ! Mon instinct m'exhorte à la protéger. Pendant des années, j'ai pris ce rôle très au sérieux. Evie n'a pas la moindre idée du nombre de raclées que j'ai reçues ou que j'ai données en la défendant. J'ai toujours préféré être du côté de l'attaquant, mais l'issue importait peu tant que le crétin qui l'avait insultée apprenait que c'était intolérable. Les gamins méchants s'en prennent toujours aux plus faibles, et on ne trouve pas plus faible qu'un enfant placé en famille d'accueil, privé d'amour-propre et qui porte des vêtements usés jusqu'à la corde. Dans cette cour d'école, nous étions comme des cibles géantes. Cependant, tant que je pouvais m'interposer, Evie n'était pas en danger.

Avant que je puisse intervenir, le serveur blond qui nous a proposé du champagne un peu plus tôt se précipite vers Evie, lui murmure quelques mots et prend le plateau en me lançant un regard noir. Qui est ce type ? Je lui rends son regard, serrant davantage les dents.

Evie se penche pour aider Gwen, qui peste contre les serveurs, à essuyer son pied.

– Je m'excuse. Je vais vous aider. Si vous voulez bien venir avec moi aux toilettes, je vais trouver un linge propre. Ça va partir, j'en suis sûre, dit-elle.

– Très bien ! siffle Gwen, et je pense que c'est mieux qu'Evie l'emmène loin de moi car je rêve d'envoyer cette harpie au diable et je pense sincèrement que je n'aurais pas pu m'en empêcher.

Le blond revient me proposer du champagne. Je prends deux coupes sur son plateau, et je les descends coup sur coup. Je le regarde d'un air dénué d'expression, tandis qu'il me lance un dernier coup d'œil dégoûté.

Un autre protecteur d'Evie. Pas étonnant.

Je fixe la sortie des toilettes, attendant qu'elles émergent mais aussi pour m'assurer qu'Evie va bien.

Christine, qui a dû assister à la scène, apparaît à mes côtés et me touche délicatement le bras.

– Ça va ?

– Non, pas trop.

Elle me regarde avec sollicitude.

– Je vais occuper Gwen, si vous voulez aller parler à cette fille.

Je soupire.

– Je ne peux pas, Christine. Elle travaille. Je ne ferais qu'aggraver les choses.

Elle retrousse les lèvres et soupire lourdement.

– Très bien. (Elle marque une pause.) Comment est-ce qu'elle s'appelle ?

Je lui lance un bref regard.

– Evie.

– Evie sait que vous l'aimez ?

Je reste silencieux un instant.

– Avant, oui. Mais plus maintenant.

Pendant le silence qui suit, Christine doit essayer de comprendre le sens de ma réponse.

– Eh bien, trouvez un moyen de le lui rappeler.

Je la regarde.

– J'essaie.

Evie ressort en premier des toilettes, l'air blessée. Elle se hâte de quitter la salle de réception. Merde ! Gwen est une vraie salope ! J'entends Christine tenter de me prévenir, mais je n'écoute pas. Je m'élance, entre en trombe dans les toilettes pour dames. J'aurais dû le faire dix minutes plus tôt. Pourquoi ai-je laissé Evie seule avec une sorcière calculatrice comme Gwen ?

Devant le miroir, elle se recoiffe d'un air satisfait.

– Tiens, salut, dit-elle en s'appuyant contre le lavabo.

– Qu'est-ce que tu lui as dit ? je vocifère sous le coup de la colère.

Ahurie, elle pouffe et se retourne face au miroir.

– Qu'est-ce que ça peut faire ? Ce n'est qu'une domestique, Jake. Tu n'es pas sérieux ?

Dubitatif, je la fixe un instant.

– J'en ai marre, Gwen. J'arrête d'être sympa avec toi par culpabilité. Tu n'es qu'une garce gâtée et insensible, tellement ennuyeuse que j'ai du mal à rester éveillé quand tu ouvres la bouche. Tiens, on devrait te vendre en flacon, tu ferais un excellent somnifère.

Elle se retourne lentement, bouche ouverte, yeux plissés. Elle croise les bras.

– Je croyais que tu avais plus de classe que ça, Jake. Chassez le naturel, il revient au galop.

C'est plus fort que moi, j'éclate de rire. Toute la colère et le stress que j'accumule depuis une demi-heure rejaillissent dans un accès d'hilarité. Elle ne sait pas de quoi elle parle !

– Naturel ? C'est toi qui parles de naturel, Gwen ? Tu connais ce mot ? Tu t'es déjà vue au naturel ?

C'est tellement inimaginable que je dois m'adosser au mur pour reprendre mon sérieux. En réalité, j'avais oublié qu'elle savait que j'avais été adopté. C'est la première fois qu'elle évoque le sujet. Ça doit l'aider à mieux dormir d'éviter de s'associer à un homme qui n'est pas né avec une cuillère en argent dans la bouche.

Gwen continue de me fixer, bouillant de colère.

Je me rapproche.

– Tu ne comprends pas pourquoi c'est amusant, Gwen, et tu ne le comprendras jamais, mais laisse-moi dire deux ou trois choses. Tu ne sais pas qui je suis. Et tu ne la connais pas non plus, et tu ne la connaîtras jamais. Mais écoute bien ceci : ne m'approche plus, c'est compris ? Si jamais je te revois lors d'un événement public, pars dans l'autre sens, et si je te croise par hasard dans la rue, fais comme si tu ne m'avais pas vu. Maintenant, hélas, nous sommes placés à la même table ce soir, mais nous ne sommes pas obligés de nous adresser la parole. Si tu as besoin de sel, demande à quelqu'un d'autre de te le passer. Quand le dîner sera terminé, ton père te ramènera parce que, franchement, je ne supporterais pas de passer vingt minutes en voiture avec toi. C'est bien clair ?

Elle me fixe longuement, les yeux toujours plissés, avant de finir par rétorquer.

– Tu vas le regretter, Jake. Considère que nous ne sommes plus amis.

– Enfin.

Je quitte les toilettes au moment où une femme d'âge mûr entre.

– Oh ! s'exclame-t-elle.

– Désolé, je me suis trompé de porte.

J'entre dans les toilettes pour hommes et m'agrippe au lavabo pour me ressaisir. Cette soirée a viré au cauchemar. Je m'asperge le visage d'eau froide et, en prenant une serviette enroulée sur un plateau, je tombe sur les *Meilleurs bonbons du monde*. J'esquisse un sourire et en glisse un dans ma poche.

Chapitre 13

Le lendemain matin, je me réveille en faisant la grimace au souvenir de la soirée. Le dîner a été une vraie torture. Chaque fois que la porte de la cuisine s'ouvrait, mon cœur bondissait dans ma poitrine. Mais je n'ai pas revu Evie. J'ai donné le bonbon à son ami blond, très certainement homo si je me fie à sa manière d'onduler des hanches. Il m'a regardé d'un air incertain quand je lui ai confié le bonbon pour Evie, mais il a fini par le ranger dans sa poche avant de retourner en cuisine.

Après le dîner, j'ai fait une offre sur quelques objets mis aux enchères, puis je suis rentré chez moi. Je me suis retenu de téléphoner à Evie, mais je savais qu'elle sortirait tard du travail et qu'elle n'aurait pas envie d'entendre parler de moi. J'ai eu du mal à trouver le sommeil. J'ai réussi à patienter jusqu'au matin, malgré mon instinct qui m'intimait d'aller chez elle pour m'expliquer. J'ai commencé à lui écrire un SMS, mais au bout de plusieurs minutes à chercher les mots justes, j'ai lancé mon téléphone sur ma table de nuit et je me suis écroulé sur le lit.

Je me prépare pour aller chez Evie. Le besoin de lui fournir des explications me met les nerfs en pelote. Il faut que j'arrange les choses, sinon je vais perdre la boule. Je sonne à l'interphone, et n'ayant pas de réponse, je cherche le numéro du Hilton sur mon téléphone et appelle l'hôtel tout en faisant les cent pas devant son immeuble. Quand j'arrive à joindre le responsable de l'entretien, je lui raconte que je dois passer chercher Evie Cruise mais que j'ai oublié à quelle heure elle m'avait demandé d'être là. Sans me poser de questions, il me fournit la réponse. Ça m'énerve un peu, même si j'ai l'information que je voulais.

Bien que ce soit samedi, j'ai quelques réunions avec Preston et les ingénieurs chefs dans la matinée. Nous avons des tests à réaliser dans des délais serrés, et l'équipe a accepté de sacrifier quelques week-ends pour les respecter. J'aimerais mieux passer mon temps à penser à Evie, mais je dois endosser ma casquette de directeur et être présent au bureau. Je le dois aux gens qui font des heures supplémentaires pour moi. Je termine la première série de réunions juste à temps pour surprendre Evie à la sortie du travail.

Je me hâte de traverser la ville et me gare près de l'arrêt où Evie prend toujours son bus. En stationnement interdit, j'attends qu'elle sorte. Je ne me sens pas nerveux, juste déterminé. Je vais lui expliquer ce qui s'est passé hier soir. Je n'ai pas d'autre choix.

Je ne laisserai pas Gwen mettre en péril la relation que j'ai commencé à reconstruire avec Evie.

Au bout d'une dizaine de minutes, Evie apparaît à l'angle de l'hôtel. Par chance, il n'y a personne devant moi et je peux rouler lentement à sa rencontre, tandis qu'elle remonte la rue. Quand elle tourne la tête vers moi, je me penche en travers du siège passager en souriant.

– Tu montes, petite fille ? dis-je en espérant lui arracher un sourire.

Raté. Elle me regarde comme une mouche qui aurait atterri dans son assiette. Super. Pas grave, je suis prêt à tout.

– Très drôle. Non, Jake. Je préfère prendre le bus.

Elle continue à marcher.

– Evie, il faut qu'on parle, dis-je sérieusement.

Elle poursuit son chemin sans m'accorder un regard.

– Non, Jake, nous n'avons rien à nous dire.

La barbe, il y a des voitures garées le long du trottoir à partir de là, si bien que je dois me garer sur le côté et descendre de voiture. Ça m'est égal, je la laisserais au milieu de la route si c'était nécessaire.

Je la rattrape au petit trot, elle s'assied à l'arrêt désert et se tord le cou pour vérifier si le bus arrive. Je suis prêt à monter dans le bus avec elle.

Comme des gens se regroupent devant elle, je dois rester en retrait, légèrement sur sa gauche.

– Evie, écoute, hier soir, ce n'est pas ce que tu crois.

– Jake, m'interrompt-elle, j'ai eu une longue journée. Je te demande sérieusement de laisser tomber, d'accord ? Tu aurais dû me dire que tu avais une petite amie. Tu ne l'as pas fait. C'est trop tard. Va-t'en.

Elle se tourne vers le bus qui arrive. Mon sang bout dans mes veines, pas parce que j'en veux à Evie d'être en colère, mais à cause de Gwen qui m'a créé des ennuis. C'est tellement absurde que j'en perds mes mots. Je serre les dents.

– Gwen n'est pas ma petite amie, Evie. J'aurais espéré que tu aies une meilleure image de moi après les moments que nous avons passés ensemble.

– Jake, encore une fois, va-t'en.

– Je ne m'en irai pas, Evie.

Sûrement pas.

Impatiente, elle libère un long souffle et retrousse ses belles lèvres. Elle est furieuse. Elle se lève et me fait face, les yeux plissés.

– Écoute bien, Jake. Tu ne me connais pas. Tu crois me connaître, mais tu te trompes. Tu crois que tu sais quel genre de fille je suis, alors que tu n'en as aucune idée. Donc tu n'as pas le droit de faire ça. Tu n'as pas le droit de t'immiscer dans ma vie, en t'imaginant que je te suis reconnaissante de me faire l'honneur de ta présence. Depuis hier soir, c'est parfaitement clair que tu n'as aucune raison d'être ici. Alors, je te demande une nouvelle fois de me laisser tranquille.

Alors qu'elle s'éloigne, je la rattrape par la main et l'oblige à se retourner vers moi. Elle va m'écouter, même si pour cela, je dois la coincer contre un mur. Est-ce que je ferais vraiment ça ? Sans hésiter. J'espère tout de même ne pas en arriver là, parce qu'alors, je la mettrais vraiment en rogne. Je préférerais avoir cette conversation dans ma voiture, mais j'en demande trop.

– Je n'avais pas l'intention de faire ça dans la rue, mais cette petite têtue m'y oblige, dis-je, presque à moi-même.

Bon, je m'adapte. Je prends une profonde inspiration, sous le regard scrutateur d'Evie. Cette fois, elle ne cherche pas à partir. C'est un bon début.

Je n'ai pas besoin de lui révéler mon identité pour lui dire ce qui est clair comme de l'eau roche depuis que j'ai commencé à la suivre. Je pourrais aussi bien être un étranger et être tombé sous son charme.

– Tu crois que je ne te connais pas, Evie ? Je vais te dire ce que je sais à ton sujet. Cette semaine pendant laquelle je t'ai suivie, je sais que tu as pris ce fichu bus pour aller déposer des cookies chez un vieux monsieur.

Éberluée, elle me fixe un instant.

– Monsieur Cooper ? dit-elle finalement, confuse, la colère disparaissant de ses yeux. Il habitait à côté de la maison où j'ai vécu pendant quatre ans. Il a toujours été gentil avec moi. Il est veuf. Seul. Il aime beaucoup mes cookies aux pépites de chocolat.

– C'est deux heures de trajet en bus, Evie.

Elle continue à me regarder comme si j'étais dérangé. Elle inspire profondément.

– Jake, où veux-tu en venir ?

– Ton voisin d'en face m'aurait tué si j'avais eu le moindre geste déplacé.

– Maurice ? dit-elle, de plus en plus perdue. Il est très protecteur.

Je poursuis, bien décidé à me faire comprendre.

– Comme le type, hier soir, qui a failli me faire griller sur place tellement ses yeux lançaient des flammes parce qu'il a cru que je t'avais manqué de respect en public ? dis-je doucement, lui lâchant la main, certain qu'elle ne tente plus de s'enfuir.

– Landon ? C'est un très bon ami, il...

Ne suis-je pas encore assez clair ? Je n'ai jamais rencontré personne qui ait autant de mal à comprendre un compliment. Pourtant, je comprends ça. Mais ce n'en est pas moins frustrant lorsqu'on s'applique à faire l'éloge d'un être cher. Il est probable qu'on l'a rarement félicitée dans sa vie, depuis que j'en suis sorti, et ce n'est pas étonnant qu'elle ait du mal à reconnaître un compliment. À cette idée, un élan de possessivité m'envahit, et je fais vœu de lui répéter tous les jours qu'elle est merveilleuse, jusqu'à la fin de ma vie. Si par malheur, elle me rejette une fois qu'elle connaîtra toute la vérité, je le ferai écrire dans le ciel tous les matins, au-dessus de son immeuble. C'est la pire des injustices que cette fille, mon amour, ne saisisse pas la profondeur de sa beauté.

– Evie, je crois que tu ne saisis pas ce que j'essaie de te dire. Alors je vais être plus clair, Bébé.

Je la regarde bien en face.

– Tu es polie avec tout le monde, Evie. Tu as failli foncer dans un épagneul que son maître promenait en laisse et quand tu l'as évité, tu lui as demandé pardon. Tu as demandé pardon à un chien, Evie. Je suis sûre que tu n'y as même pas réfléchi. Tes bonnes manières sont profondément enracinées en toi, c'est comme une seconde nature. Et d'après ce que je sais de ton passé, je devine que personne ne te l'a enseigné. C'est tout, Evie.

Elle me fixe, sans voix. Je le prends comme une invitation à poursuivre.

– Ce que je sais de toi, c'est que les gens qui ont la chance de gagner ta confiance et ton amitié te défendraient bec et ongles. C'est parce que tu donnes de ta personne, et ils savent que quand tu franchis ce pas, ils ont gagné beaucoup. Aussi, Evie, quand tu te détournes de quelqu'un, même d'un inconnu, tu dois savoir qu'il te suit du regard. Et je vais te dire pourquoi, parce que je l'ai ressenti moi-même. C'est parce qu'ils ne veulent pas voir la lumière que tu représentes, ta lumière, disparaître. Ils veulent la voir venir vers eux, et rester avec eux.

– Euh...

Elle essaie de m'interrompre, mais je suis sur ma lancée, et c'est mon sujet de prédilection. Je ne veux pas arrêter.

– Alors je ne sais pas quel est ton repas préféré, et peut-être que je ne connais pas ta date d'anniversaire. Mais ce que je vois est beau, et ce que je connais de toi me donne envie d'en connaître plus.

Bien sûr, je connais sa date d'anniversaire. Aussi bien que je connais la mienne, mais dans le cas contraire, ça n'aurait pas d'importance. Ça ne changerait rien si je ne connaissais d'elle que ce que j'ai appris en dix jours. Je le sais d'expérience, puisqu'il ne m'a fallu qu'un quart d'heure pour savoir que j'allais tomber amoureux d'elle alors que je n'avais que onze ans. Le jour où je l'ai remarquée pour la première fois, assise à cette table de la salle à manger, toute en émotions, elle m'a ramenée à la vie et m'a fait espérer. Pour cette raison, je me hais d'autant plus de l'avoir trahie.

Tout cela traverse mes pensées en accéléré tandis que nous nous tenons les yeux dans les yeux, à un arrêt de bus.

– Euh, Jake ? dit-elle calmement.

– Quoi, Evie ?

– J'ai raté le bus. Je vais avoir besoin que tu me raccompagnes.

Quand je réalise ce qu'elle vient de dire, un sourire gigantesque se dessine sur mon visage. Je l'entraîne vers ma voiture, lui ouvre la portière et vais prendre place derrière le volant.

Je démarre. J'ai besoin que mon absence de relation avec Gwen soit claire entre nous.

– Je veux que tu m'écoutes à propos d'hier soir.

Elle me lance un regard en se mordant l'intérieur de la joue. Le signe révélateur.

– Le père de Gwen est le directeur financier de la société de mon père. Je devrais plutôt dire ma société, parce qu'elle est à moi maintenant, même si j'ai toujours du mal à m'y faire.

Je n'avais jamais vu les choses sous cet angle, mais en cet instant, je réalise que c'est le cas.

– Quoi qu'il en soit, je connais Gwen et son père depuis longtemps, et au fil du temps, il m'est arrivé de traîner avec Gwen. J'ai toujours été clair sur le fait que je ne recherche rien de plus avec elle. Gwen a clairement admis qu'elle voulait autre chose, et depuis qu'elle est petite, elle a toujours eu tout ce qu'elle voulait. Elle pense qu'il suffit de pleurnicher pour qu'on cède à ses caprices.

Elle écoute, sans rien dire, et je poursuis.

– Quand je suis venu vivre ici, j'ai essayé de me comporter en ami avec elle parce que, même si c'est une garce superficielle, il m'est arrivé de lui manquer de respect, plus jeune, en partie parce qu'en malmenant Gwen, j'embêtais mon père qui était très embarrassé par mon comportement vis-à-vis de la fille d'un collègue.

Je frémis de honte à l'évocation de toutes les bêtises que j'ai pu faire. Après une pause, je reprends.

– J'avais prévu d'aller à ce gala avec Gwen depuis plusieurs mois, et je ne pouvais plus me désister. Cette cause me tient à cœur, et je ne pensais pas prendre de risques en allant à cette soirée avec elle comme prévu. Au bout de trois secondes, je me suis rendu compte que je m'étais trompé, avant même que je te voie.

– Gwen a pourtant laissé entendre qu'il se passait des choses entre vous, observe-t-elle en regardant droit devant elle.

– C'est parce qu'elle a vu de quelle façon je te regardais. Elle a vu ta beauté, et elle a fait ce qu'elle a pu pour s'interposer entre nous. Je sais que Gwen t'a rabaissée, elle est comme ça mais, tu sais, Evie, tu pourrais porter un sac à patates et te rouler dans la boue, tu aurais plus de classe avec ton petit tablier qu'elle dans sa tenue de grand couturier. Et Gwen en est consciente. Elle déteste ça. Et c'est pour ça qu'elle a tout fait pour te rabaisser.

Elle ne dit rien pendant une bonne minute. Alors qu'elle parcourt l'habitacle du regard, puis son uniforme, je sais exactement à quoi elle pense. Elle se laisse infecter par le venin de Gwen, et se dit qu'elle est peut-être moins bien qu'elle. Après que j'ai déclaré que je la trouve merveilleuse, elle se laisse encore dominer par les injures de Gwen. Ça m'enrage.

– Jake, je ne suis peut-être pas...

Je me gare sur une place de parking, coupe le moteur et lui fais face.

– Non, Evie, avant de dire quoi que ce soit, demande-toi si c'est cohérent avec tout ce que je t'ai dit depuis une demi-heure. Si ça ne l'est pas, oublie. D'accord ?

Bouche bée, elle me scrute un instant.

– D'accord.

Je lui fais un grand sourire. Je préfère ça.

– Bonne réponse.

Tout en descendant de voiture et en allant ouvrir sa portière, je prends une décision. Elle est à moi. Je dois être très clair sur ce point. Et veiller à ce que des malentendus de ce genre ne se reproduisent plus.

– Je passe te prendre à six heures, je vais te préparer à dîner. Tu manges de la viande rouge ?

– Oui, murmure-t-elle.

Son regard se réchauffe et sa démarche sensuelle, quand elle vient vers moi, ranime ma possessivité.

– Tu travailles demain ?

– Non, je suis en congé.

Je la raccompagne à la porte de son immeuble. Là, elle me fixe, immobile. Je lui prends les clés des mains, ouvre la porte et la pousse délicatement à l'intérieur.

– À ce soir. Au fait, prends des affaires pour la nuit.

Très, très clair.

– Quoi ? bredouille-t-elle.

Sans répondre, surtout pour éviter qu'elle proteste, je laisse la porte se refermer derrière moi.

Chapitre 14

Le docteur Fox est assis près de mon lit, à sa place habituelle, un pied posé sur le genou opposé, carnet de notes en main. Il répète la question qu'il m'a posée il y a quelques minutes, à laquelle je n'ai toujours pas répondu. Débordant de colère, je regarde par la fenêtre.

– Pourrions-nous parler de Lauren ?

Sa voix me fait prendre conscience que je serre les dents.

– Il n'y a rien à dire.

– Je pense que nous savons l'un et l'autre que c'est faux.

– Très bien, alors, sujet interdit.

– Vous avez besoin d'en parler, mon petit.

– Je ne parle pas d'elle. Jamais. Elle n'existe pas.

– Ce n'est pas parce que vous l'affirmez que c'est vrai. Vous le savez bien.

La rage s'est installée dans ma tête, et je combats une à une les images qui m'assaillent. Je suis sur le point d'imploser, les poings serrés sur mes genoux, tendu de la tête aux pieds.

– Pourquoi refusez-vous de parler d'elle ?

Je le sens venir. Un déclic. Je pense même entendre mes pensées claquer l'une après l'autre dans ma tête, se tordre puis se briser. Soudain, je ne suis que colère, mon cerveau en est plein, contrôlé par ce sentiment, une tumeur envahissante de fureur. Elle se métastase de minute en minute, les cellules se multiplient, se développent et me contrôlent.

– Parce que je la hais !

Je crie, m'empare de mon plateau de nourriture posé sur la table, près du lit, et le projette violemment contre le mur. Le contenu éclabousse la chambre, et le plateau retombe sur le sol.

– Qui est-ce que vous haïssez, fiston ?

– Lauren ! Je la hais, putain ! Je la hais !

On dirait un gamin en bas âge qui pique une crise. J'en suis vaguement conscient, et pourtant ma rage me dévore. Je m'en moque. La fureur me domine.

Je bascule les jambes sur le côté du lit, et me mets à balayer de grands mouvements du bras toutes les surfaces de la pièce.

– Je la hais. Je la hais, je la hais ! je hurle à chaque geste.

Ma respiration s'accélère et les mots commencent à se bloquer dans ma gorge. Comme fou, je vais clopin-clopant d'un côté à l'autre de la chambre, braillant et détruisant, un cyclone de colère et d'amertume empli de chagrin. L'ouragan Leo. De force cinq.

– Qui est-ce que vous haïssez, Jake ?

La voix du docteur Fox traverse le brouillard dans lequel ma colère me plonge.

– Je vous l'ai dit ! Je l'ai déjà dit, putain ! Lauren ! Je la hais ! Je la hais !

Je continue à hurler. Ma voix semble venir de loin. Je ne sens plus mon corps. Je ne suis plus qu'une grosse boule d'émotions, hors de contrôle.

Du coin de l'œil, je remarque vaguement qu'une infirmière ahurie entrouvre la porte pour s'enquérir de l'origine du bruit.

Le docteur Fox lève la main pour l'arrêter, hoche la tête. Elle s'empresse de disparaître, les yeux écarquillés.

– Je la hais ! Je la hais ! Je la hais !

Tout en hurlant, je retourne la table de chevet.

– Qui est-ce que vous haïssez, mon petit ? répète calmement le docteur Fox.

Je fais volte-face, et la voix de mon père, ce salaud qui prétend être mon père, me revient soudain. Je vois son visage devant moi, empli de dégoût, flottant devant mes yeux dans une brume bouillonnante de colère. La rage se répand dans ma poitrine, et je m'empare d'une chaise pour la propulser en travers de la chambre. Elle rebondit contre la grosse poubelle en plastique, dans l'angle, et retombe sur le sol, un pied cassé.

– Mon père ! Je le hais ! Putain, je hais cet enculé de fils de pute ! Je hais tout chez ce mec dégoûtant ! J'ai envie de le tuer ! Lui exploser sa putain de tête de con !

Je continue à déverser ma haine, retournant mon lit et donnant des coups de poing répétés dans le matelas.

– Qui est-ce que vous haïssez, mon petit ? réitère le docteur Fox dans mon dos, de sa voix toujours douce et maîtrisée.

– Arrêtez de me demander ça ! J'ai déjà répondu ! Vous ne m'écoutez pas ? Mon père ! Ma mère ! Lauren ! Je les déteste tous ! Je les hais ! Putain ! Qu'ils aillent tous se faire foutre ! Je les hais !

Ma voix se brise, et je respire si fort que je suis au bord de l'évanouissement. Toute une vie de colère accumulée, née de l'égoïsme de ceux qui s'en prennent aux plus faibles et les privent de toute dignité. Toute cette cruauté coule dans mes veines, tel un feu prêt à me consumer de l'intérieur.

– Qui est-ce que vous haïssez, mon petit ?

Je tape moins fort cette fois, mon matelas sans défense bénéficiant du répit temporaire de mon accès de colère. Mon souffle se bloque de nouveau dans ma gorge, et maintenant, je sens les larmes piquer derrière mes paupières, prêtes à couler. Cela ravive ma colère, aussi je frappe plus fort, même si je m'étrangle presque. La rage s'étiole, suivie de près par le chagrin qui monte comme une vague. Je suis impuissant à le repousser. Je ne peux que le laisser me submerger, inonder ma boule de colère, l'éteindre et m'entraîner la tête sous l'eau, tandis que je me débats inutilement contre son pouvoir impitoyable. C'est plus fort que la rage, que l'amertume, que la culpabilité, et je ne peux rien faire d'autre que de m'y soumettre. Je m'étouffe.

– Moi ! Je me hais ! Je me hais, je me hais, putain !

Les larmes coulent, et je m'étrangle, je crache, je frappe et je hurle.

– Je me hais, putain ! Je me hais ! Putain !

Je m'entends sangloter et marmonner, et dans le lointain, je crois percevoir ces mots « Pourquoi ? Pourquoi ? Pourquoi n'ai-je pas été à la hauteur ? Je ne suis bon à rien. Pourquoi j'ai fait ça ? Pourquoi je l'ai laissée faire ça ? Pourquoi, hein ? Je me hais. Je me hais. Je suis nul. Je me hais. »

– Qui est-ce que vous haïssez, mon petit ? demande une dernière fois le docteur Fox.

– Moi. Je me hais, dis-je en haletant. Je me hais. Mon Dieu. Je me hais.

Sa main se pose sur mon épaule tandis que j'enfouis le visage dans les oreillers qui sont miraculeusement restés empilés durant mon attaque. Je pleure enfin, pour la première fois qu'Evie m'a tenu dans ses bras, sur un toit, par une nuit d'été, et m'a dit que j'avais un cœur de lion. Je pleure pour Seth, et je pleure pour l'espoir qui m'a fait tenir bon, jour après jour, année après année, l'espoir que mes parents trouvent en moi quelque chose à aimer. Je me lâche entièrement et laisse le chagrin et le manque d'Evie me dévorer. Je pleure sa perte, et ma haine envers moi-même de l'avoir abandonnée. Je pleure pour ce que j'ai fait avec Lauren, le dégoût que je m'inspire. Je pleure jusqu'à en perdre la voix, être vide de toute émotion. Quand j'y vois un peu plus clair, que la crise de hoquets est passée, je rouvre les yeux et constate que la main du docteur Fox n'a pas cessé de me serrer l'épaule, solide comme une ancre.

Je reste immobile un instant, le temps d'être assez calme pour relever la tête. Je me rétablis sur mes pieds, me retourne lentement vers le docteur Fox. Il a l'air grave, mais il n'y a aucune trace de pitié dans ses yeux. Je lui en suis reconnaissant. Je libère une respiration saccadée et me rassieds lentement sur le lit, attendant que ma respiration revienne à la normale. Au bout de plusieurs minutes, je survole la chambre du regard. On dirait qu'elle a été dévastée par une bête furieuse. Je suppose que c'est exactement ce qui s'est passé.

– J'ai dû être pitoyable. Je me suis complètement ridiculisé, hein ?

Je fais la grimace.

– Oui, enfin. Nous allons pouvoir commencer maintenant, déclare-t-il avec douceur.

Je lève les yeux vers lui, et c'est plus fort que moi. Je ris. Je ris de plus en plus fort en imaginant à quoi nous devons ressembler. Moi, une pauvre momie bouffie, assis au milieu des débris dans une chambre d'hôpital, et Einstein et sa masse de cheveux blancs, assis tranquillement sur sa chaise comme s'il vivait ça tous les jours. Tous deux riant pour une raison floue que je suis bien incapable de comprendre.

Chapitre 15

Après deux heures de réunion, je pars faire les courses pour le dîner. J'aimais bien cuisiner pour moi quand je vivais avec Phil et Lauren. Je rassemble les ingrédients nécessaires, puis me dirige vers le rayon hygiène pour prendre une boîte de préservatifs. Je ne voudrais pas me montrer présomptueux, et je ne lui mettrai jamais la pression, mais il vaut mieux être préparé. De plus, je n'en ai pas chez moi puisque je n'ai couché avec personne depuis un an. J'espère que c'est la fin de la diète.

Mon désir pour elle m'effraie presque. Je me demande si elle a déjà couché avec un homme, et la jalousie me fait serrer les dents. Je repousse immédiatement cette idée. Au fil du temps, je l'ai parfois imaginée avec quelqu'un, juste pour me faire du mal. J'avais l'impression de mériter cette souffrance. Ça renforçait efficacement mon dégoût de moi-même, mais ça fait partie des réflexes que j'essaie d'abandonner. Pour quelle raison n'aurait-elle fréquenté personne ? Pourtant, ça me tue de l'envisager.

Quel que soit son passé sentimental, elle n'est peut-être pas prête à être avec moi, un homme qu'elle pense à peine connaître. Pourtant, l'attraction est palpable entre nous. Cela me réconforte. D'une manière ou d'une autre, j'aimerais qu'elle passe la nuit chez moi, à sa place.

Je dépose mes sacs de courses chez moi et les range rapidement avant de filer la chercher. Ma chérie. Je souris.

Sur le chemin, je me demande si Evie a préparé ses affaires pour la nuit. On ne peut pas dire que j'ai attendu sa réponse, et ce serait compréhensible qu'elle ne soit pas prête. À l'idée que nous allons être tous les deux, seuls chez moi, que je vais pouvoir l'embrasser, la toucher, mon corps s'échauffe. Je me dandine dans mon siège.

Je frappe à sa porte, et quand elle ouvre, deux éléments me sautent aux yeux. La première : elle est sublime. La seconde : elle tient un petit sac de voyage dans la main. Mon cœur bondit, et je souris sans m'en rendre compte. Elle va passer la nuit avec moi. Je suis à la fois nerveux comme un adolescent, et sur le point de lui faire l'amour sur le palier. Ce petit bagage suscite en moi de la terreur ainsi que le sentiment d'être invincible.

Elle frappe à la porte de Maurice.

– Bonne soirée, Maurice ! dit-elle en passant dans le couloir.

– Bonne soirée, Evie ! répond-il.

Cela me rappelle que tout témoignage d'affection envers Evie est susceptible d'être puni par Maurice.

En chemin, je lui parle de mes réunions de la matinée, des dates butoir qui approchent et des équipes qui travaillent dur pour les respecter. Elle m'écoute attentivement, pose des questions à l'occasion. C'est incroyablement agréable de parler du quotidien avec Evie, et non plus des coups tordus que la vie nous réservait quand nous étions plus jeunes. J'ai l'impression d'avoir attendu ça toute ma vie. J'ai souvent rêvé de rentrer à la maison en fin de journée pour retrouver mon amour. À l'époque, j'étais loin d'imaginer que je deviendrais chef d'entreprise, mais je savais que je travaillerais tous les jours pour nous offrir une vie sans tracas. J'étais déjà déterminé à la mettre à l'abri du besoin, à la rendre heureuse. Bâtir un foyer avec elle.

Et maintenant... je vais lui montrer la profondeur de mes sentiments et faire en sorte qu'elle me fasse confiance et me laisse m'occuper d'elle. Ensuite je lui dirai qui je suis, elle saura que nous pouvons faire notre vie ensemble.

Nous pénétrons dans mon garage, je lui prends son sac des mains et la guide vers le petit escalier qui mène à l'ascenseur, sans lui lâcher la main.

Lorsque nous arrivons chez moi, je lance un regard à Evie en jetant mes clés sur le guéridon près de la porte. Elle découvre les lieux en fronçant légèrement les sourcils. J'ai envie de rire. Je n'aime pas cet appartement, moi non plus. C'est lisse, moderne et froid.

– Un appartement de la boîte. Tu n'aimes pas.

Elle semble embarrassée.

– Non, non ! C'est stylé. Je trouve juste que ça manque un peu de chaleur. Peut-être quelques coussins colorés, par exemple.

Elle baisse les yeux et se mordille l'intérieur de la joue. Je souris.

– D'accord avec toi. Seulement, je ne sais pas combien de temps je vais rester ici. J'aimerais acheter quelque chose.

Je m'interdis d'imaginer le jour où nous choisirons ensemble une maison. *Ne va pas trop vite.*

Je lui prends sa veste et l'accroche dans l'entrée. Quand je me retourne, elle est devant la fenêtre et observe la ville, les lumières du Horse Shoe Casino dans le lointain.

La chaleur envahit ma poitrine en la voyant chez moi. Elle est à sa place. Là où elle doit être depuis toujours. Avec moi. Le chagrin que j'ai éprouvé durant les années d'éloignement menace de refaire surface, mais j'arrive à l'étouffer. Pas de ça ce soir. La soirée est à nous. Rien qu'à nous.

Je marche vers elle et l'enveloppe de mes bras, la serrant tout contre moi. Je me laisse imprégner par l'instant, inhalant le parfum de ses cheveux, appréciant son petit corps dans mes bras, sa chaleur pressée contre moi. Je m'en souviens nettement. Ça a toujours été magique. Elle a toujours eu le don de m'apaiser, d'un simple contact physique. Comment ai-je pu douter qu'il en serait toujours ainsi ? Mon Evie, mon cœur, ma sauveuse. Ma dompteuse de lion.

Je baisse la tête et rassemble sa chevelure sur le côté pour embrasser sa nuque, frottant le nez sur sa peau satinée. Elle frissonne, et mon sexe durcit dans mon pantalon.

– Mon Dieu, Evie, j'aime te sentir contre moi. Tu sens si bon. Tu me fais fondre. Et tu n'es pas encore à moi.

Elle se raidit.

– Jake, dit-elle en se retournant, nouant les bras autour de mon cou. (Elle me regarde dans les yeux.) À ce propos...

– Tu es nerveuse.

Mais ça ne fait rien. Qu'elle y aille à son rythme. C'est elle la reine.

– Oui. Non. Enfin...

Elle secoue la tête et a un petit rire.

C'est trop rapide, j'imagine. Enfin, pas vraiment. Nous avons quatre ans de retard. Je regrette que ma vie n'ait pas été différente, et d'avoir échoué à l'enlever et l'épouser le jour de ses dix-huit ans. Mais dans les faits, aujourd'hui, nous n'en sommes qu'au début. Toutefois, je pense qu'elle partage mes sentiments. Quoi qu'il en soit, je tiens à respecter son choix.

– Et si je te préparais à dîner ? On pourrait discuter, se détendre et si tu souhaites dormir dans la chambre d'amis, ça me convient. D'accord ? J'aimerais t'avoir dans mon lit, mais il faut que tu le veuilles aussi. Si tu n'es pas prête, je le comprends. Tout ce que je veux, c'est que tu sois ici, ce soir.

Elle fouille mon regard un instant.

– Entendu, murmure-t-elle.

– Bien, et mon regard descend vers sa jolie bouche, un véritable appel aux baisers.

Nos lèvres se rencontrent, et je souris en prenant délicatement sa lèvre inférieure entre mes dents, l'aguichant lentement. Elle s'abandonne pendant que je lèche et mordille ses lèvres, mais je m'arrête là. Je tiens à ce qu'elle mène la danse, en toute conscience.

Elle n'imagine pas ce que ça représente pour moi d'être capable de laisser volontairement une femme contrôler nos jeux sensuels. Jusqu'à présent, la plupart du temps, mon seul but était de tout diriger. Mais avec Evie, non seulement je me sens en sécurité mais je ferais n'importe quoi pour qu'elle se sente elle aussi en sûreté.

Finalement, dans un petit bruit impatient qui remonte de sa gorge, elle insinue sa langue dans ma bouche. *Oh, merde, c'est hypersexy.* Dans un râle, je sens mon sexe durcir encore plus.

Sa main sillonne mon dos, remonte sous ma chemise, et elle passe les ongles sur ma peau. Je l'embrase. Je n'ai jamais rien éprouvé d'aussi sublime.

Evie incline la tête pour m'embrasser plus profondément et renforcer mon excitation. Sa saveur est comme une drogue, et je suis complètement perdu dans la sensation de son corps contre le mien, son goût, l'idée même d'elle. Je suis émerveillé par ces sensations qui m'envahissent. C'est à cela que la complicité physique doit ressembler. Tout ce que j'ai vécu avant elle se recouvre soudain d'un voile malsain, et la beauté s'impose comme la seule voie, celle qui l'emporte sur les souvenirs maladifs de mon passé.

Elle lève la main vers ma nuque, dans mes cheveux. C'est délicieux, jusqu'à ce que je réalise que ses doigts redessinent ma cicatrice. Putain ! J'écarte mes lèvres des siennes.

– Qu'est-ce qui t'est arrivé, Jake ?

Dis la vérité, mais reste vague. Le moment est mal choisi. Je prends le temps de répondre.

– Tu te souviens que je t'ai dit que j'avais fait des bêtises pour contrarier mon père ?

Elle hoche la tête, intriguée.

– Un jour, j'ai fini par m'ouvrir la tête. Je te raconterai tout plus tard, Evie, c'est promis. Mais pour l'instant, je vais commencer à préparer le dîner ?

Sourcils froncés, elle replonge les doigts dans ma chevelure pour sentir ma cicatrice. Elle est la seule à m'avoir jamais manifesté autant de tendresse. Je ferme les yeux, lui prends la main et l'embrasse.

– Quelle douceur...

C'est le mot qui la définit le mieux.

Je l'entraîne dans la cuisine et lui avance un tabouret haut.

– Je peux te servir un verre de vin et aller me changer ?

J'ai seulement pris le temps d'ôter ma cravate et de sortir ma chemise de mon pantalon après avoir déposé les courses, de crainte d'être en retard. De plus, après ce baiser, j'ai besoin d'une douche froide si je veux préparer un repas correct.

– Et si tu allais te changer pendant que j'ouvre la bouteille et que je nous sers ? propose-t-elle en souriant.

– Parfait.

Je lui explique où trouver ce dont elle a besoin avant d'aller dans ma chambre.

Je me glisse sous l'eau froide pendant quelques minutes avant d'allumer l'eau chaude et de me savonner. Dix minutes plus tard, je me suis changé et je rejoins Evie qui est au comptoir, deux verres de vin rouge devant elle. Elle m'en tend un.

– Rouge. J'espère que ça te va. Ça va avec la viande.

Son air mal assuré est adorable.

Je souris et porte un toast.

– Aux débuts !

Aux nouveaux départs. J'entreprends de sortir les ingrédients du réfrigérateur.

– Je peux te poser une question ? je lui demande. L'autre soir, tu m'as dit que tu n'avais pas eu de petit ami au lycée. Comment ça se fait ?

J'espère me faire une idée plus précise de sa vie après mon départ. Cette information risque d'être difficile à entendre, mais j'ai besoin de savoir ce qu'elle a traversé.

Silencieuse, elle semble hésiter à me répondre, puis elle pose son verre et se lance.

– Quand j'avais quinze ans, on a diagnostiqué un cancer à ma mère adoptive, Jodi. Avec son mari, ils ont décidé qu'ils ne pouvaient plus accueillir d'enfants. Je n'étais pas proche d'eux, ils ne s'intéressaient pas vraiment aux filles qui vivaient sous leur toit. Ils n'étaient pas méchants, seulement indifférents. Ils regardaient beaucoup la télé et ne cherchaient pas à nous connaître réellement. Nous coexistions, et ils couvraient nos besoins essentiels mais, sur le plan émotionnel, ce n'étaient pas des parents, ou pas comme je définirais la parentalité. Mais j'étais bien là où j'étais, j'aimais bien cette maison, les filles avec qui je vivais, et je trouvais ma vie pas trop mal au vu de ma situation. Quand on m'a placée ailleurs, je me suis retrouvée chez un autre couple pour qui les autres filles et moi, nous étions un poids. Ils ne nous hébergeaient que pour l'argent. Avec Geneviève et Abby, nous étions principalement leurs esclaves. Nous cuisinions, faisions le ménage, et nous nous occupions de leurs jumeaux de six ans qui, je dois dire, étaient un bon moyen de nous convaincre de ne pas tomber enceintes, si c'est la leçon qu'ils voulaient nous apprendre. Nos parents d'accueil passaient leur temps vautrés sur leur canapé et dès qu'ils voulaient quelque chose, ils nous envoyaient le chercher. La mère, Carol, faisait constamment des réflexions à mon sujet, sur mon corps, mes cheveux, mon manque de personnalité, par pure méchanceté. Elle ne dépensait pas un centime de trop pour nous, ce qui fait que nous ne portions que de vieux vêtements trop petits. À l'école, les filles se moquaient de moi parce qu'elles croyaient que je mettais des vêtements trop serrés pour me faire remarquer par les garçons. Elles me traitaient de pute, et les garçons me considéraient comme telle, alors j'ai fini par me tenir à l'écart de tout le monde. Je ne débordais déjà pas de confiance en moi, mais Carol se faisait un devoir de me rabaisser. Ça ne m'a pas aidée à me sentir à l'aise, surtout avec les garçons. Je prenais mon déjeuner dans la bibliothèque, tous les midis, et je rentrais à la maison directement après les cours pour faire le ménage chez Carol et Billy. Le jour de mes dix-huit ans, j'ai décroché un boulot au Hilton et je suis partie de chez eux avec l'intention de dormir sur le canapé de Geneviève les trois premiers mois. Elle était partie vivre chez son petit ami six mois plus tôt et elle m'avait proposé de me loger le temps que j'économise l'argent de la caution. Au bout de deux mois, son petit copain m'a draguée, et Geneviève m'a jetée dehors. Je n'avais nulle part où aller. Alors la journée, je travaillais, le soir j'allais à la bibliothèque et je dormais sur une table dans un coin pendant trois heures, jusqu'à la fermeture. Ensuite je traînais dans les cafés, je buvais des cafés jusqu'à l'heure de retourner travailler où, heureusement, je pouvais prendre une douche dans les vestiaires.

Une nuit, j'ai dormi dans un foyer, mais un vieil homme a essayé de se glisser dans mon lit, en pleine nuit, et on m'a volé une paire de chaussures que j'avais laissées au pied du lit avant de m'endormir. Je ne pouvais pas prendre le risque qu'on me vole mes économies. Je gardais tout en liquide sur moi, pour prendre un appartement. Je serais revenue au point de départ, et ça, c'était impensable.

Chacun de ses mots me va droit au cœur, et je les laisse imprégner l'essence même de mon être, m'obligeant à l'imaginer seule et terrifiée, dormant sur la table d'une bibliothèque, errant seule dans la ville, sans endroit où aller. Je suis pris de l'envie de lancer des objets en travers de la pièce. De taper sur quelqu'un à coups de poing. J'ignore qui serait la victime. Probablement moi. Mais je dois être fort pour elle. Tenir à bonne distance mon désir de me punir de mon absence.

Je repense à ce jour, nous devions avoir douze et treize ans, où j'ai vu l'un de ces formulaires de vœux qu'elle avait rempli. Sa famille d'accueil le lui avait remis de la part d'une association d'aide aux enfants démunis qui concrétisait les rêves de certains enfants placés. Le mien, je l'avais froissé et jeté à la poubelle. Je refusais qu'une famille friquée m'achète des babioles et m'invite à partager leur rôti du dimanche à la table familiale, après m'avoir baladé dans leur mini-van, histoire qu'ils se trouvent formidables en rendant grâce à la communauté. Cette idée m'enrageait.

Mais j'avais entraperçu celui d'Evie, lorsqu'il était tombé de son sac à dos. Elle avait rougi et s'était hâtée de le fourrer dans son sac. J'avais fait comme si je ne l'avais pas remarqué, mais j'avais noté qu'elle demandait un oreiller et une taie rien qu'à elle. Je ne sais pas pourquoi c'était important pour elle, et je ne le lui ai jamais demandé. Comme elle changeait souvent de foyers elle voulait peut-être un bien permanent à emporter partout avec elle, un objet rassurant, qui faciliterait les choses. Je ne sais pas. Quoi qu'il en soit, sur le moment, ça m'avait tellement remué qu'en rentrant chez moi, je m'en étais pris à une espèce de gros voyou qui vivait sous le même toit que moi, le laissant principalement me faire la peau. En général, je me défendais bien, même contre des plus forts que moi. Mais ce jour-là, je n'avais pas vraiment essayé.

Quand j'en ai parlé au docteur Fox, il m'a dit que je ne faisais qu'emboîter le pas à mon père parce que je pensais le mériter. Possible. Mais il ne devait pas connaître l'atroce chagrin que l'on éprouve face un proche en souffrance auquel on ne peut pas venir en aide. La fille que j'aimais rêvait d'avoir une taie d'oreiller pour Noël. Ça me tuait, et je détestais mon impuissance. J'imagine que tout ce que je maîtrisais, c'était ma souffrance physique, à défaut d'avoir le contrôle sur mes émotions, domaine qui suscite les afflictions les plus insurmontables.

Ce sentiment me revient, maintenant que je vis la même chose dans ma cuisine, tandis qu'Evie me raconte tout ce qu'elle a enduré suite à mon abandon. Même si elle n'en est pas consciente. Je serre les dents et affronte le chagrin qui me submerge par vagues, à mesure qu'elle me raconte son parcours. Elle a vécu tout ça, et le moins que je puisse faire, c'est d'accuser le coup. Mais putain, ça fait mal.

Elle m'observe un instant avant de reprendre.

– À la fin du mois, j'avais assez d'argent pour payer la caution de l'un des appartements que j'avais visités. J'ai passé plusieurs coups de fil avant d'en trouver un dans lequel je puisse emménager dans la journée. J'ai dormi un moment par terre, en me servant de mon sac à dos comme oreiller et en me faisant un lit avec une vieille couverture rose que j'ai depuis que je suis petite. Plus tard, j'ai pu m'offrir des meubles d'occasion. J'ai eu mon bac l'année suivante.

Elle se remet à m'observer avant de boire une gorgée de vin. Je me suis occupé les mains en préparant le dîner, et cela m'a empêché de projeter le premier objet venu par la fenêtre. Evie indique les pommes de terre que je suis occupé à rincer.

– Tu veux que je le fasse ? propose-t-elle.

– Non, je veux que tu restes assise, que tu passes un bon moment, que tu boives ton verre et que tu me parles.

Je ne peux que sourire car, malgré ce qu'elle vient de raconter, elle est détendue et souriante. Elle ne cesse de m'émerveiller et de m'apaiser.

– Tu n'as pas eu la vie facile, Evie.

– C'est vrai mais, en un sens, j'ai de la chance.

– Comment ça ? dis-je, confus.

– À ton avis, combien de personnes rentrent chez elles à la fin de la journée, peut-être dans un minuscule appartement tout simple, avec le sentiment d'être les plus chanceuses du monde ? Combien savent vraiment apprécier ce qu'elles ont parce qu'elles savent ce que ça fait de n'avoir absolument rien ? J'ai traversé des moments difficiles pour en arriver là où je suis, alors je ne prends rien pour acquis, jamais.

Voilà, c'est la meilleure preuve qu'elle est la personne la plus exceptionnelle que je connaisse. Ce qu'elle vient de faire, extraire la beauté de la laideur, c'est son don. Ce que je ne suis jamais parvenu à faire, même en y mettant tout mon cœur. Moi, je me suis laissé atteindre par la laideur à en devenir amer et enragé. Et c'est peut-être grâce à cela qu'elle a pu m'aimer : elle a repoussé mes côtés sombres et trouvé l'accès au meilleur de moi. Tout ce que je sais, c'est qu'elle est la plus belle créature du monde, intérieurement et extérieurement.

– Je n'aurais jamais pensé à voir les choses de cette façon.

C'est vrai. C'est pour ça qu'elle fait de moi une meilleure personne. Elle m'inspire.

Je poursuis la préparation du dîner, elle déguste son vin, tous deux perdus dans nos pensées. Je suis merveilleusement bien ici avec elle, à lui préparer à dîner en bavardant.

Je repense aux histoires qu'elle racontait plus jeune, et pour l'inciter à parler, à partager ses réflexions, je demande :

– Evie, parle-moi de l'éloge funèbre que tu as prononcé à l'enterrement de ton amie Willow.

– Je recommence à trop parler de moi. Chaque fois que je te vois, c'est la même chose. Comment ça se fait ? demande-t-elle avec le sourire.

– Raconte-moi, tu me fascines.

Elle lève les yeux au ciel et me sourit.

– J'avais l'habitude de raconter des histoires à Willow quand nous étions petites et que nous vivions dans la même famille. Et j'ai continué même plus tard, quand j'allais chez elle l'aider à se remettre sur pied après tous ses abus, la drogue, les petits copains qui la tabassaient, j'ai tout eu.

Elle agite la main et marque une courte pause.

– Adulte, elle me demandait toujours de lui raconter l'une de ces histoires. Elle les connaissait par leurs noms, même quand il lui arrivait d'être en état d'ébriété avancée.

– On dirait qu'elle était heureuse qu'elles lui appartiennent. Elle ne devait pas posséder grand-chose. C'est beau, Evie, dis-je.

Je sais que c'est vrai parce que je ressentais la même chose pendant qu'elle me racontait des histoires. Il me suffisait de me les remémorer pour me sentir bien, et j'en avais désespérément besoin. Ses histoires étaient le médicament qui soignait mon cœur. Même maintenant, elles ont toujours cet effet sur moi.

Elle me fixe en silence, l'air attendri.

– Au début, c'était un truc de gosses. J'avais beaucoup d'imagination.

Elle a un petit rire.

– J'étais une gamine qui essayait de comprendre l'incompréhensible, tu vois ?

Je hoche la tête. Bien sûr, je sais.

Puis, c'est plus fort que moi. La question franchit mes lèvres sans me donner la permission.

– Tu veux bien me parler de Leo ?

Elle baisse la tête et boit du vin. Merde, je n'aurais pas dû soulever le sujet.

– Jake, je t'ai raconté beaucoup de choses personnelles et ça m'étonne de le faire naturellement parce que je n'ai pas l'habitude d'évoquer mon passé, mais nous pourrions garder Leo pour une autre fois ? Tu veux bien ?

Quelque chose s'allume en moi quand je vois une ombre traverser son regard à la mention de mon nom.

Du chagrin, je pense. Elle le cache mal, comme toujours. Tout à coup j'ai chaud, non seulement parce que je lis en elle aussi facilement qu'auparavant mais aussi parce qu'en réalité, elle n'a pas renoncé à moi. Je la regarde, elle est toujours tendre, gentille et aimante. Elle me regarde par en dessous et demande à quoi je pense.

Je contourne le comptoir pour m'asseoir à côté d'elle. Elle se tourne vers moi quand je lui prends la main.

– Je me disais que je suis flatté que tu me parles de toi. Et aussi que tu as réussi à ne pas t'endurcir malgré ton passé difficile. Il n'y a pas ni rancœur ni amertume en toi, pas une once. Ni dans ton attitude, ni dans ta manière de te présenter, ni dans tes yeux, ton sourire, ton amour. C'est juste toi. La vie t'a privée de beaucoup de choses apparemment, et je sais que tu as souvent été blessée, mais le fait que tu n'aies compté que sur toi-même pour t'en sortir, sans te laisser aller à devenir cynique ou froide, c'est tout toi. Voilà à quoi je pensais.

Elle me fixe un instant, puis les larmes lui montent aux yeux, et elle sourit timidement. Elle est magnifique.

Je lui fais signe d'aller s'installer à table pendant que je nous sers. Nous commençons à manger.

– Cette fois, je suis vraiment impressionnée. C'est succulent, dit-elle.

Je suis content qu'elle apprécie, car si tout se passe comme prévu, je vais cuisiner pour elle jusqu'à la fin de ses jours. Nous dînons en silence un moment, puis elle demande.

– Tu veux bien me parler de tes parents ? De quoi est mort ton père ?

Elle me regarde nerveusement.

– Crise cardiaque. C'était soudain. Il s'est accroché pendant une semaine après l'attaque, mais il a eu un caillot. C'est ce qui l'a tué, en réalité.

– Je suis désolée, Jake. (Elle marque une pause, l'air soucieux.) Il doit te manquer.

– Oui, il me manque. J'ai gâché plusieurs années avec mon père, des années que je ne pourrai jamais rattraper, dis-je sincèrement.

– Désolée.

J'éprouve toujours une certaine tristesse quand je pense à mon père, mais le docteur Fox m'a aidé à surmonter une grande partie de mon sentiment de culpabilité. Même s'il m'en reste encore un peu, j'ai parcouru du chemin.

– Pas grave. C'était dur pendant un moment, mais ça commence à passer. Maintenant, je comprends que les chemins sont nombreux dans la vie. Certains que nous choisissons et d'autres qui sont tracés d'avance. J'ai eu des ennuis, comme tout le monde, mais j'ai souvent fait les mauvais choix. Je dois assumer mes responsabilités pour ceux-là. Quel que soit ce qui nous a conduits à une situation donnée, tout ce que nous pouvons, tous autant que nous sommes, c'est aller de l'avant en partant de l'instant présent.

Tout comme avec le docteur Fox, évoquer ce sujet avec Evie me fait du bien. J'aimerais approfondir, un jour, car maintenant je sais que c'est salvateur. Un jour, mais pas ce soir. Je ne veux pas me refermer sur moi-même après qu'elle m'a beaucoup donné. Non seulement je ne peux pas creuser sans me trahir mais ça reste un sujet délicat pour moi et je tiens à ce que cette soirée soit la nôtre, sans parasites.

Elle a mieux réussi que moi à tourner la page sur son passé, elle l'a prouvé ce soir. En ce qui me concerne, c'est toujours un travail en cours. Penser à la croisade de Lauren suffit à me crisper.

– Je te raconterai tout, Evie. Tu m'as confié beaucoup de choses sur toi, et je veux en faire autant, mais pas ce soir. Ce soir, je veux profiter de ce dîner avec toi, de ta présence sans ranimer des fantômes qui me mettraient de mauvaise humeur. D'accord ?

– D'accord, murmure-t-elle en me lançant un regard compréhensif.

Reconnaissant, je lui serre la main sur la table. Nous terminons de dîner, puis elle m'aide à débarrasser et à rincer les assiettes.

Elle va aux toilettes pendant que je mets les poêles et les casseroles à tremper dans l'évier et me sèche les mains. Soudain, la réalité m'apparaît : Evie est chez moi et nous venons de dîner ensemble comme un couple lambda. Je suis heureux.

Quand elle revient dans la cuisine, je l'entraîne sur le canapé. Mon corps vibre du bonheur d'être en sa présence, et je dois le lui montrer. Je la fais asseoir à califourchon sur moi et putain, c'est sexy. Je suis saisi d'émerveillement de pouvoir la laisser prendre le dessus, et d'apprécier ça. Les yeux débordant de chaleur, elle appuie ses lèvres sur les miennes et en lèche le contour. J'ouvre aussitôt la bouche et elle gémit. Je suis déjà en érection. Je lui tiens l'arrière de la tête et l'incline pour l'embrasser plus profondément, pris d'un violent désir de la pénétrer. Nous nous embrassons fougueusement, nos langues se cherchent, se goûtent, gémissant si bien que je n'ai même pas envie de reprendre mon souffle. Elle est mon oxygène, ma raison d'exister, tout ce qui compte dans ma vie.

Son goût m'enivre, le désir coule dans mes veines, mon corps vibre du besoin d'être en elle, de la posséder. Je veux qu'elle soit mienne ! Un râle s'échappe de ma gorge et elle répond d'un gémissement, en se frottant contre mon entrejambe. Je me force à interrompre notre baiser.

– Putain ! Evie, c'est si bon de t'embrasser.

– Jake, dit-elle, le souffle court elle aussi. Je ne dors pas dans la chambre d'amis, ce soir.

– Merci mon Dieu. Merci, merci.

Je me lève en la tenant dans mes bras, et elle enroule les jambes autour de ma taille. Je la porte vers ma chambre sans cesser de l'embrasser. *Mienne !* Ce petit mot tourne dans ma tête, le besoin de lui montrer mon amour physiquement pulse dans mes veines.

Chapitre 16

Je la dépose au milieu du lit. Je me redresse et ôte ma chemise avant de la rejoindre. Mon tatouage me vient à l'esprit pour la première fois. Je ne peux pas encore le lui montrer, mais je souris intérieurement en pensant que la dompteuse de lion est à la fois dans mon dos et dans mes bras.

Je n'ai jamais été aussi excité. Je pense brièvement que ça se serait passé comme ça si elle avait été ma première fille. Ça aurait dû se passer comme ça. Le chagrin me frappe durement, mais je le repousse. Maintenant, nous sommes ensemble. Et je dois m'en tenir à l'instant présent.

Je remonte son pull, et le lance sur le sol. Je me recule pour l'admirer. Elle porte un soutien-gorge rouge en dentelle, et sa peau est lisse et sans défaut. Il faut que je la sente contre moi. Tout de suite.

– Aide-moi, Evie. Je veux sentir ta peau sur moi.

J'ai attendu toute ma vie de sentir ta peau contre la mienne.

Incertaine, elle redresse le buste et dégrafe son soutien-gorge. J'admire ses seins parfaits, petits et fermes, ses mamelons rose foncé qui se dressent sous mon regard. Je murmure.

– Encore plus belle que je ne l'avais imaginé.

Je l'embrasse, ma langue plongeant dans sa douceur, me délectant du contact de ses seins contre mon torse, de ses mains qui sillonnent mon dos. D'instinct, j'ondule des hanches, et elle gémit dans ma bouche, embrasant mon sexe. Je geins en me disant que je dois y aller doucement si je veux éviter de craquer dans trois secondes. C'est trop bon, je ne veux pas que ça se termine, mais je veux aussi que ce soit bon pour elle. Pour cela, je ne voudrais pas jouir sur son ventre avant même que ça ait commencé.

Je me décale et l'embrasse dans le cou, prenant son sein dans ma main et massant son mamelon du pouce. Sa poitrine est parfaite dans ma paume, sa peau douce comme du satin. Elle est faite pour moi de toutes les manières possibles.

Ses hanches viennent à la rencontre de mon érection, et je grogne en sentant sa chaleur se mêler à la mienne. Quand je vais la pénétrer, ce sera le paradis.

Avide de la goûter, je baisse la bouche vers son sein et l'aspire entre mes lèvres, léchant et suçant tandis qu'elle tremble sous moi. J'agace ses deux seins l'un après l'autre, et ses halètements deviennent plaintifs, ses hanches ondulent à chaque coup de langue, ses mains grattent mon cuir chevelu. Elle est sensible, parfaite. *Mienne.*

Sa main descend vers mon ventre, et j'aspire une goulée d'air. Je lève les yeux vers elle en quittant son sein. Elle ignore que je me force à prendre mon temps. Si elle me touche là, je vais m'emballer.

Je dois avoir l'air crispé tandis qu'elle me fixe, les yeux écarquillés, lèvres entrouvertes, si belle que j'en perds mes mots.

– Je suis vierge, dit-elle soudain en me fouillant du regard.

Tout se fige en moi. Mon cœur se comprime dans ma poitrine, et le sang fait battre mes tympans. Elle murmure en continuant à m'observer.

– Ça t'ennuie ?

Si ça m'ennuie ?

– Tu n'imagines pas à quel point ça ne m'ennuie pas, je réponds, la gorge serrée par l'émotion, la voix éraillée.

Est-ce qu'elle m'a attendu ? Sûrement pas. J'ai juste une chance folle que ça se soit passé ainsi, que personne d'autre que moi n'ait touché cette belle jeune femme. Comment est-ce possible ? Peu importe. Je remercie seulement le Ciel et écrase mes lèvres sur sa bouche, m'abandonnant fiévreusement à ce baiser, léchant et suçant ses lèvres. Je me sens étourdi et possessif, plus impatient que jamais de m'enfoncer en elle. Mais maintenant, je dois aussi me freiner. Je dois m'assurer qu'elle est suffisamment mouillée pour ne pas souffrir. Je dois absolument la faire jouir.

Je déboutonne son jean, puis m'agenouille pour lui enlever ses bottes. Je baisse rapidement son minuscule slip de dentelle rouge sur ses jambes. Je me hâte de me rallonger sur elle, et tout en l'embrassant, j'insinue la main entre ses cuisses soyeuses et les force à s'ouvrir. Elle frissonne et je relève la tête pour la regarder dans les yeux.

– Ouvre-toi à moi.

Elle obtempère immédiatement, laissant ses jambes retomber de part et d'autre.

– Je vais t'aider à m'accueillir en toi, dis-je.

Frémissante, elle hoche la tête.

J'enfonce délicatement un doigt entre ses lèvres, et je la sens trembler. Elle est étroite, chaude et mouillée. Ma queue tend davantage mon pantalon, impatiente de remplacer mon doigt.

Mon pouce trouve le petit bouton sensible au-dessus de son ouverture, et je le recouvre de miel avant de lentement tracer des cercles tout en faisant aller et venir mon doigt dans son intimité. Elle rejette la tête en arrière dans un gémissement. Son plaisir va me faire craquer. Le désir m'étrangle, m'accule presque au désespoir. Je n'ai jamais rien connu de semblable. La beauté de l'instant me bouleverse lorsqu'Evie est au bord de l'orgasme, le désir et l'amour se mêlent en moi.

– Tu es tellement belle. C'est bon ? dis-je malgré ma gorge nouée.

– Oui, halète-t-elle.

J'ajoute un autre doigt, l'écarte, son suc inonde mes doigts sous mes caresses.

Quand elle soulève le bassin pour rencontrer ma main, je sais qu'elle va jouir. *C'est ça, Bébé, jouis pour moi.*

– Oh, mon Dieu, halète-t-elle.

Un cri bestial s'échappe de sa gorge. Son orgasme est un spectacle beau et intense. Les joues rouges, la tête basculée en arrière sur l'oreiller, elle ondule des hanches contre ma main. Son corps se raidit brièvement, et elle crie mon nom au moment où elle jouit. *C'est ça, mon bel amour.* J'ai besoin de la pénétrer maintenant. Tout de suite.

Je m'assieds et enlève mon jean et mon boxer-short, et rampe sur elle à l'instant où elle ouvre les yeux, les traits adoucis par l'émerveillement.

Tremblant, je tends le bras pour prendre un préservatif dans le tiroir de ma table de nuit, et m'assieds sur mes talons pour l'enfiler. L'érection douloureuse, je meurs du besoin d'être en elle. Je me répète d'y aller doucement. Je ne veux pas lui faire mal.

– Je peux te toucher, Jake ? Tu veux me montrer comment faire ? murmure-t-elle.

– La prochaine fois, Bébé. Je suis à cran. Si tu me touches, nous le regretterons tous les deux, dis-je, le peu de sang-froid qu'il me reste s'étiolant de seconde en seconde.

Je me place au-dessus d'elle, et guide le bout de mon membre au bord de son ouverture trempée. J'enfonce la langue dans sa bouche, comme un avant-goût de ce que je vais faire avec mon sexe. Je gémis d'anticipation.

– Enroule les jambes autour de moi. Je vais faire vite pour réduire la douleur. D'accord ?

– D'accord, chuchote-t-elle.

Je m'enfonce d'un coup en elle. Oh, putain. Je grimace alors qu'elle crie de douleur.

Je reste immobile le temps que son corps s'ajuste à moi. Quand je la sens se décontracter, je me mets à bouger très lentement, savourant son étreinte chaude et mouillée.

Je veux être patient et prudent, mais ma queue pulse.

– Bébé, je vais aller plus vite. Ça va ?

– Oui, murmure-t-elle.

Rassuré, j'accélère la cadence, et c'est tellement exquis que je crois me noyer en elle. Me noyer dans une mer de pur bonheur.

Les jambes enroulées autour de moi, elle caresse mon dos et mes fesses, gémit sous moi, ses hanches épousant le mouvement des miennes. Elle est parfaite et je suis perdu. C'est si bon que je ne veux pas que ça cesse, mais la chaleur et le plaisir tourbillonnent dans mon ventre, et je vais bientôt succomber.

J'écrase mes lèvres sur les siennes, plongeant la langue en rythme avec les mouvements de ma queue. Excitée, elle se cambre et se contracte autour de mon membre, suscitant mon orgasme.

Je m'enfonce deux fois à fond en elle, puis j'explose avec la violence d'une éruption volcanique. Tremblant et gémissant, je vois des étoiles tant la jouissance est intense.

Dans la descente de l'orgasme, j'ondule lentement des hanches pour profiter des derniers instants de plaisir, et elle caresse mes bras de ses ongles. Le nez enfoui dans son cou, je sens un large sourire étirer mes lèvres. C'était... il n'y a pas de mots.

Je relève la tête et la regarde dans les yeux.

– Tu te sens bien ? dis-je dans un murmure.

– Oui... répond-elle avec un petit sourire comblé.

J'aimerais rester indéfiniment uni à elle, mais j'ai besoin de vérifier si elle va bien, et si elle a saigné, de la laver. Quand je m'écarte, elle pousse un petit miaulement qui me fait sourire.

– Ma petite Evie aime me sentir en elle.

Ça tombe bien, j'ai l'intention de passer beaucoup de temps en elle.

– Attends, je vais me débarrasser de ce préservatif et te rapporter de quoi te rafraîchir. Ne bouge pas.

Devant son sang virginal, un élan primaire m'emplit d'une intense satisfaction. Je ne l'admettrai jamais, mais c'est vrai.

Me plaçant prudemment face à elle, de manière à cacher mon dos, j'enfile mon tee-shirt et mon boxer.

Je vais jeter le préservatif ensanglanté dans la salle de bains. Puis je mouille un gant sous l'eau chaude et le rapporte dans la chambre. Je souris parce qu'elle n'a pas bougé d'un pouce, toujours couchée, nue comme une déesse sur mon lit. L'incarnation de la beauté.

Je m'assieds près d'elle.

– Écarte les cuisses et remonte les genoux.

Malgré son embarras, elle fait ce que je dis et me laisse essuyer le sang. Je retourne rincer le gant dans la salle de bains et le mets au sale.

Quand je reviens dans la chambre avec un verre d'eau, Evie a remis sa petite culotte rouge. Ce minuscule morceau de dentelle sur sa peau laiteuse m'excite violemment, mais je me réfrène. Elle doit avoir mal. Je me sens vaguement coupable de ne pas avoir été plus doux, mais je me suis contrôlé du mieux que j'ai pu vu les circonstances, j'ai attendu ce moment pendant des années. Et je n'ai jamais autant désiré une femme. C'était hors norme.

Elle boit de longues gorgées d'eau et me rend le verre avec un sourire tendre. Je le pose sur la table de nuit et retourne me mettre au lit pour la prendre dans mes bras. J'enfouis mon visage dans ses cheveux délicatement parfumés et tiens son sein d'une main possessive.

Je n'ai jamais fait de câlins de toute ma vie, mais avec elle, c'est naturel et délicieusement bon.

Au bout de plusieurs minutes, elle se retourne vers moi, dans mes bras, et caresse ma joue en me regardant dans les yeux. Je crois y voir... non, c'est impossible. C'est trop tôt. Mais elle tient à moi, je pense pouvoir l'affirmer. Ma possessivité grimpe d'un cran.

– Tu es à moi, maintenant, Evie. Dis-le.

Sa main s'immobilise, et elle me scrute sans que je sache ce qu'elle cherche. Je retiens mon souffle.

– Je suis à toi, Jake, répond-elle d'une petite voix.

Je libère un souffle, mais dans mon fantasme, elle m'appelait Leo quand elle me disait qu'elle m'appartenait. Je veux qu'elle sache exactement à qui elle est, et j'ai hâte de l'entendre.

Je lui souris et embrasse ses jolies lèvres. Je veux qu'elle sache que c'est important pour moi.

– Je n'ai jamais rien vécu d'aussi beau, dis-je.

Je le pense sincèrement. Elle me sourit tendrement, et je la serre plus fort. Au bout de quelques minutes, sa respiration se calme. Elle s'est endormie.

Couché, tenant Evie dans mes bras, les émotions qui me submergent ne me sont pas familières. Je crois vaguement reconnaître un souvenir, comme une expérience que je n'aurais vécue qu'une fois, il y a très longtemps. Je laisse cette impression m'envelopper comme un cocon et m'imprègne de ce sentiment d'euphorie. Je le vis à fond avant de mettre un nom dessus, avant que le mot juste ne s'impose : la joie. Je renforce mon étreinte dans le noir tout en écoutant sa respiration. Je me noie dans son odeur et la sensation de sa poitrine qui se soulève régulièrement contre la mienne. La joie. Je savoure cet instant, pleinement conscient de mon bonheur en cet instant précis.

– Tu es mon rêve, dis-je à voix basse dans l'obscurité. Tu es la réalisation de tous mes rêves.

Je me détends, profondément imprégné par toutes les sensations que j'éprouve à tenir Evie dans mes bras. Bientôt, je tombe dans un sommeil paisible.

Chapitre 17

Je me réveille en sentant le corps d'Evie se détacher de moi. J'ouvre paresseusement les yeux, à temps pour la voir entrer dans la salle de bains. Heureux, je referme les yeux en me remémorant notre nuit. La plus belle nuit de ma vie.

Elle remonte dans le lit et se blottit contre moi. Sous son regard insistant, j'entrouvre un œil. Elle m'observe avec un petit sourire.

Je lui rends son sourire.

– Tu me regardes dormir ? dis-je d'un ton taquin. C'est toi qui m'épies, maintenant ?

Elle glousse et cale la tête sous mon menton. C'est bon... Son corps chaud et sexy pressé contre moi. Des images de notre soirée m'envahissent et font pulser mon érection matinale. Je la prends dans mes bras.

Nous nous câlinons un moment avant que sa main descende vers mon ventre. Je retiens mon souffle. *Pourvu qu'elle fasse ce que je pense.* Et... oui, sa main caresse doucement mon sexe, qui grossit davantage.

Je la plaque sur le dos et m'allonge sur elle, avide de participer à ce jeu.

– Tu as envie de jouer, ma belle ?

– Oui, murmure-t-elle, le regard enflammé.

Elle serre les jambes. Elle est excitée, elle aussi.

– Tu as un peu mal ou ça va ?

Elle remue un peu les fesses et grimace légèrement.

– Juste un peu mal.

Sa déception me donne envie de rire.

– Eh bien, il y a d'autres choses...

– Oui, chuchote-t-elle une nouvelle fois.

C'est assez pour que je descende le long de son corps, en semant des baisers sur son ventre. Je lèche son nombril et plonge la langue dedans. Chaque centimètre de son corps a un goût délicieux. Comme j'ai toujours mon tee-shirt, elle ne peut pas voir mon tatouage. Je peux en profiter autant qu'elle, j'espère.

J'enlève sa petite culotte sous son regard débordant de désir. Lèvres entrouvertes, elle respire déjà irrégulièrement. C'est la femme la plus sexy du monde. Je veux la dévorer tout entière. Lui arracher des cris et la faire jouir dans ma bouche.

Je plonge la tête entre ses cuisses pour embrasser sa peau satinée. Elle frissonne et écarte les cuisses pour s'offrir à moi. *Mon amour.* Je respire son bouquet, un râle montant dans ma gorge. Je sens l'odeur de nos sexes mélangée à un vague relent de savon.

– J'aime que tu portes mon odeur, je lui murmure, avant d'enrouler ma langue autour de son petit clito rose.

Parfaite. Elle gémit alors que je le pince entre mes lèvres, le suçant doucement avant de le lécher. J'expérimente plusieurs mouvements et pressions, l'écoutant gémir pour définir ce qu'elle préfère.

Je me mets à donner des coups de langue rythmés sur sa chair gonflée, d'abord lentement puis de plus en plus vite, avec davantage de pression tandis qu'elle se tortille en geignant. Ses petits bruits, combinés à son odeur sur mon visage, son parfum enivrant, comme celui d'une fleur exotique, me fait bander à fond sous mon boxer.

Elle empoigne le drap et se met à haleter en roulant des hanches contre mon visage, à la recherche de plus de pression. Oh putain. C'est trop intense. Elle pousse un cri quand elle commence à jouir et que l'orgasme la fait vibrer. J'enfonce la langue en elle pour la goûter, la sentir jouir autour de moi.

Elle crie mon nom une nouvelle fois. C'est l'expérience la plus érotique que j'aie jamais connue. De loin.

Je sème des baisers le long de sa cuisse et relève la tête. Elle a toujours les yeux fermés, la tête tournée sur le côté, ses cheveux recouvrant une bonne partie de son visage. Avec un grand sourire, je rampe le long de son corps, l'embrasse dans le cou puis m'effondre à côté d'elle. Je prends contre moi son corps alangui. Je ferme les yeux, heureux, mais les rouvre brusquement, un petit instant plus tard, alors que sa main se glisse sous mon tee-shirt, me caresse le ventre, son doigt redessinant mes muscles. Mon sexe recommence à se dresser sous le tissu.

Penchée au-dessus de moi, elle remonte mon tee-shirt d'un air concentré et anxieux. Si seulement elle savait à quel point elle me bouleverse, elle ne serait pas aussi nerveuse. Elle ne peut pas se tromper. Je n'ai pas besoin de grand-chose d'autre que d'elle nue dans mon lit. J'apprécierai tout ce qui arrivera.

Je lève les bras et redresse un peu le dos, tandis qu'en se mordant la lèvre, elle m'enlève mon tee-shirt, sexy en diable. Elle le lance sur le sol, son mamelon rosé se rapprochant de mon visage lorsqu'elle se penche. Je me lèche les lèvres, avide de prendre ce petit bouton dans ma bouche. Mais c'est elle qui mène la danse, et je ne bouge pas. J'adore la regarder prendre les commandes, ça m'emplit d'un contentement paisible, malgré ma vive érection, quand je vois tout le chemin que j'ai parcouru en une nuit, dans l'apprentissage du lâcher-prise. Ma salvatrice. Ma dompteuse.

Elle redresse le dos, son regard balayant mon torse, juste avant de l'embrasser et de le lécher, s'attardant sur mon mamelon qu'elle mordille et suce. Sa bouche m'arrache des gémissements, et je la sens sourire contre ma peau. Toutes ces sensations sont nouvelles pour moi, et ce sont autant de découvertes que nous partageons.

Soudain, *oh oui, mon Dieu,* sa main descend vers mon bas-ventre, et je la supplie silencieusement de continuer. J'ai terriblement besoin qu'elle me touche, qu'elle me prenne dans sa main, dans sa bouche. Mais je ne sais pas si elle est prête pour ça.

– Apprends-moi ce que tu aimes, murmure-t-elle, le regard enfiévré.

– Pose juste la main sur moi. Je veux seulement que tu me touches, dis-je sans me soucier de paraître désespéré.

Je baisse mon boxer pour l'aider.

Elle descend dans le lit et prend mon sexe dressé dans sa main chaude. Il tressaille dans sa main. Ce contact est si bon que des gouttes de suc perlent déjà sur mon gland. De son pouce, elle l'étale en petits cercles habiles. L'a-t-elle déjà fait, ou est-ce d'instinct ? La jalousie gronde dans mon torse. C'est hypocrite, mais c'est la réaction qui me vient, si injustifiée soit-elle. Elle me regarde d'un air interrogateur, se demandant quoi faire ensuite, et je me détends.

– Fais monter et descendre ta main, Bébé, dis-je d'une voix étranglée. Comme ça.

Je recouvre sa main de la mienne et la guide. Elle presse les cuisses l'une contre l'autre, les yeux écarquillés devant nos mains jointes autour de mon érection. Moi aussi j'aime. C'est très érotique de lui apprendre à jouer avec mon corps, et de la voir aussi motivée à découvrir ce que j'aime. Personne ne s'en est jamais soucié avant elle. Peut-être sommes-nous tous deux en phase d'apprentissage.

Elle commence à bouger sa main, et c'est absolument merveilleux. Pressant mes paupières fermées, je m'imprègne de ses caresses, lentes au début puis de plus en plus rapides. Je note qu'elle cale les mouvements de sa main sur ma respiration, et ça décuple mon excitation.

Je veux faire durer le plaisir, me retenir le plus longtemps possible, mais c'est si bon que je suis entièrement relâché et laisse mon corps réagir. Mon sexe gonfle dans sa main, se contracte alors que des étincelles jaillissent de mon ventre. Je crie le nom d'Evie au moment où je jouis aussi fort qu'hier soir.

– Oh mon Dieu ! je gémis au moment où ses mains ralentissent.

Est-ce que ce sera toujours comme ça avec elle ? La vache. Je vais mourir avant l'âge de trente-deux ans. Mais quelle fin ! « Mort par orgasme. Il a joui tellement fort qu'il a fait une rupture d'anévrisme. Le veinard. »

Quand je rouvre les yeux, Evie me sourit fièrement comme si elle venait de découvrir un remède contre le cancer. Sans pouvoir me retenir, j'éclate de rire. Elle est tellement adorable. Et excitante. Et toute à moi.

Nous gardons ce grand sourire, tandis que je me rassieds et l'attrape sous les aisselles pour l'amener à s'allonger sur moi, les yeux dans les yeux.

– Tu es faite pour ça, dis-je en ne blaguant qu'à moitié.

Elle pose la tête sur mon épaule, le nez dans mon cou. Nous restons ainsi pendant un long moment et je me laisse totalement absorber par notre étreinte, admirant la façon dont nos corps s'emboîtent.

– Je vais te faire couler un bain et nous préparer un petit déjeuner. Ensuite, tu passeras la journée avec moi.

Je refuse de rester une minute sans elle aujourd'hui. Pas après ce qui s'est passé entre nous depuis hier soir. Et puis j'ai envie de prendre du bon temps avec elle. Je n'ai pas encore eu assez.

– Euh... ce n'est pas un peu directif ? marmonne-t-elle en souriant.

Elle se lève et part vers la salle de bains. Les mains croisées derrière la tête, j'admire ses magnifiques fesses nues. Sourire aux lèvres, j'enfile mon tee-shirt et mon boxer.

Chapitre 18

Je prépare le petit déjeuner pendant qu'Evie prend un bain. Elle fredonne, et mon sourire ne me quitte plus pendant que je sors les assiettes et réunis les ingrédients. Tout est naturel entre nous, comme si ma vie avait enfin repris son cours normal. Aussi, je suis toujours sur mon petit nuage, après la plus belle nuit de sexe de ma vie. En quittant Cincinnati, j'avais perdu ce sentiment de paix. Le retrouver me bouleverse. Je n'en aurai jamais assez d'elle. Et le fait que cette fille, celle que j'aime de tout mon être depuis que je suis petit, réunisse en plus tous mes fantasmes sexuels relève du miracle, comme une preuve supplémentaire que nous sommes faits l'un pour l'autre.

Quand Evie sort de ma chambre habillée, nous partageons le petit déjeuner, en riant et nous taquinant, et tout me semble normal et agréable. Je désire que chaque jour de ma vie commence ainsi. De temps à autre, ma supercherie revient me hanter, mais je la chasse rapidement. *Bientôt... il nous faut juste encore un peu de temps.*

Nos plaisanteries cessent lorsqu'elle vient s'asseoir à califourchon sur moi, que je la chatouille et lui mordille le cou, et m'amuse à grogner dans son oreille. Je la revois se frotter contre mon sexe hier soir, sur le canapé, et tout ce qui a suivi, et tout à coup, je suis prêt à la prendre dans l'instant, sur le tabouret de la cuisine.

Je grogne une dernière fois pour l'amuser, mais je desserre mon étreinte tout en riant avec elle.

Quand elle lèche la base de mon cou et sème des baisers jusqu'à ma joue, je gémis. M'enfoncer en elle une nouvelle fois est tout en haut de la liste de mes priorités, et je n'aimerais rien de mieux que la remmener dans ma chambre et passer la journée au lit avec elle. Mais elle a mal... je gémis, conscient qu'elle aussi est excitée.

– Evie, je croyais que tu avais mal.

Elle soupire et se redresse.

– C'est vrai. Peut-être qu'un antalgique m'aiderait un peu ?

Je la dévisage un instant puis j'éclate de rire.

– Mon Dieu, j'ai créé un démon.

Et j'approuve totalement ! Elle rit et descend de mes genoux. Son corps me manque déjà.

– Alors que vas-tu faire de moi, aujourd'hui ? demande-t-elle.

– Déjà allée au zoo ?

La première fois que je suis allé au zoo, c'était à San Diego. J'avais dix-sept ans et à la maison, ça n'allait pas du tout. J'avais adoré. Durant deux heures, comme un gosse, j'avais apprécié une sortie simple que je n'avais jamais faite dans mon enfance. Pendant un court moment, je m'étais consacré à une activité amusante. Je veux qu'Evie connaisse ça aussi.

Elle semble surprise.

– Non. Tu vas m'emmener au zoo ?

Un beau sourire se dessine sur son visage. Ravi, je hoche la tête.

– Super. Tu as des chaussures de marche ?

– Oui, j'ai apporté des baskets.

– Parfait. Je vais prendre une douche rapide avant de partir.

Nous terminons de déjeuner, et je l'embrasse avant d'aller me doucher. J'ouvre les robinets et me déshabille. Alors que je m'apprête à me glisser sous le jet d'eau, j'aperçois mon tatouage dans le miroir. Si Evie venait à entrer sans que je l'entende... pris de culpabilité, je verrouille la porte.

Quand je retourne dans la cuisine, Evie vient vers moi, enroule les bras autour de ma taille et pose la tête sur mon torse. Elle lève la tête en me souriant. Je l'embrasse sur le front et murmure :

– Evie, tu es si douce. *Mon Evie. Mienne.*

Observer Evie au zoo est l'une des expériences les plus réjouissantes de ma vie. Je la regarde plus elle que les animaux. Je regrette de ne pas pouvoir remonter le temps pour remplacer son horrible passé par l'enfance amusante et insouciante qu'elle aurait méritée. Toutefois, je peux lui donner ça maintenant.

Tout en l'admirant, je songe que c'est un peu pour moi aussi. Toutes ces années d'impuissance, pendant lesquelles j'ai été incapable de lui donner une vie meilleure... possible que je m'en guérisse aussi. Peut-être même que c'est essentiellement pour moi. Elle n'a jamais eu de mal à trouver la paix intérieure. La fierté m'envahit comme chaque fois que sa force me frappe.

Devant les éléphants, elle dit sans les quitter des yeux.

– Les éléphants pleurent comme les humains. Ils versent des larmes de tristesse pour leurs morts.

Je la regarde.

– Ah, bon ? Comment le sais-tu ?

– J'ai lu un livre sur les éléphants l'an dernier.

– Tu as lu un livre sur les éléphants ?

Je hausse un sourcil. Elle se tourne vers moi.

– Ne te moque pas. J'essaie de me cultiver sur toutes sortes de sujets. On ne sait jamais, le sujet des pachydermes peut être soulevé à tout moment. Je veux être capable de prendre part à la conversation si ça arrive en société.

Elle me fait un sourire aguicheur et se retourne vers les éléphants.

– Les pachydermes ?

– Différentes espèces de non-ruminants... comme l'éléphant, le rhinocéros, l'hippopotame...

– Les non-ruminants ?

– Les animaux qui ont un estomac à poche unique.

Face à moi, elle sourit.

– Pourquoi tu ne m'as pas dit que tu étais une véritable encyclopédie animalière ? Tu aurais pu me faire une visite guidée.

Elle rit.

– Pas tous les animaux, juste les éléphants. Je n'ai pas encore lu les autres ouvrages de la section « êtres vivants » de la bibliothèque.

La beauté de son grand sourire me va droit au cœur.

Elle hausse les épaules et se remet à observer l'imposant pachyderme majestueux, et apparemment sensible, tandis que je l'observe. Une raison de plus de passer ma vie avec elle. Je ne connais personne d'autre qui emprunterait un livre sur les éléphants dans le seul but de se cultiver.

Je me place dans son dos, l'enlace, et nous observons ensemble les éléphants.

– Tu as faim ?

Elle hoche la tête et lève son visage souriant vers moi.

– Tu veux bien m'offrir un hot-dog ? demande-t-elle.

Je ris.

– Oui, Evie, je vais t'offrir un hot-dog.

Le zoo de Cincinnati est plus modeste que celui de San Diego, mais des paons vivent en liberté dans ses allées. Nous nous baladons main dans la main. J'arrive à peine à contenir mon sourire permanent.

Pendant que nous déjeunons, un grand oiseau au plumage coloré passe devant notre table. Evie pousse un cri admiratif et s'empresse de le suivre pour le photographier Elle danse joyeusement autour de lui. Je ris devant le spectacle du paon qui l'évite en contournant les tables et les chaises, et d'Evie qui s'obstine à le suivre. Mais soudain, cet oiseau me regarde droit dans les yeux puis marche droit vers elle. Il s'arrête devant Evie et fait la roue, se pavanant de droite à gauche. Evie n'en revient pas. Émerveillée, elle prend des photos en rafale. J'ai complètement cessé d'exister. Maudit animal. Je me demande quel goût aurait un paon grillé.

Elle revient en sautillant.

– Regarde ! s'écrie-t-elle en brandissant son téléphone sous mon nez pour me montrer les dizaines d'images du paon.

Je grommelle, las de ce stupide volatile. Quand je lève les yeux, elle me fixe, l'air incrédule.

– Tu es jaloux d'un oiseau ? demande-t-elle.

– Quoi ? Non !

Je n'aime pas tellement les paons, rien de plus.

– Tu es jaloux d'un oiseau ? répète-t-elle avec une lueur amusée dans les yeux.

Elle reporte son attention sur l'écran.

– Il est magnifique. Incroyablement beau, ronronne-t-elle.

– Très drôle, fais-je en me retenant de rire de ma réaction ridicule. Cet oiseau essaie d'envahir mon territoire. Je reconnais les mâles impudents de loin.

Elle éclate de rire, et je m'efforce de garder mon sérieux. Je finis par lui faire un grand sourire et nous rions ensemble.

– Tu es ridicule, dit-elle, sans se départir de son sourire.

Ouais, complètement fou. Fou de toi, Evie.

Elle s'assied sur mes genoux et prend mon visage entre ses mains. Nous restons les yeux dans les yeux, puis elle fixe ma bouche, et mon sexe se dresse dans mon pantalon.

– Jake... murmure-t-elle.

– Evie.

Je l'embrasse fougueusement, plongeant ma langue dans sa bouche au goût de crème glacée.

Quand nous reprenons notre souffle, elle appuie son front contre le mien.

– J'ai passé une très, très bonne journée, Jake.

Je scrute son visage, oppressé par tout ce que j'aimerais lui dire. Que je ferai tout pour la rendre heureuse, que tout ce qui m'appartient est à elle. Mais je ne peux pas. Pas encore. Au lieu de ça, je souris.

– Elle n'est pas encore terminée, Bébé. Allons voir les tigres.

Nous quittons le zoo en toute fin d'après-midi. J'espère l'emmener dîner et l'inviter chez moi ensuite. L'idée de la déposer chez elle ne me réjouit pas, mais j'aborderai le sujet pendant le dîner. Après tout, elle a sa vie, un travail, et je ne peux pas m'imposer autant que je le souhaiterais. Elle le prendrait mal. Toutefois, je vais devoir être clair sur le fait qu'elle fait partie de ma vie maintenant, et comme nous sommes ensemble, c'est logique que nous passions la plupart de nos nuits chez moi. Je ne vais pas pouvoir y aller trop doucement. J'espère vivement qu'elle partage mon avis.

Je l'invite chez Ferrari, un petit restaurant italien de Madeira où je suis allé deux ou trois fois.

Une fois que nous sommes installés, je commande une bouteille de vin rouge, et lui conseille ce que j'ai déjà mangé ici. Elle referme le menu et propose un toast.

– Aux paons irrésistibles ! dit-elle avec un large sourire.

Je ronchonne, mais je finis par trinquer en souriant aux anges.

Nous passons commande, puis je demande avec une nonchalance forcée.

– Tu travailles à quelle heure demain ?

J'ai besoin de me faire une idée de son planning de la semaine pour réserver son temps libre. J'aimerais lui prendre son agenda et écrire JAKE en travers de toutes les pages.

– De dix heures à dix-sept heures, toute la semaine.

Maintenant, j'ai envie de lui dire de démissionner dès demain et de venir vivre avec moi. Elle n'a plus besoin d'être femme de ménage. Je me demande ce qu'elle ferait si elle avait le choix.

– Tu as déjà envisagé de faire autre chose ?

– Tu veux savoir si j'ai l'ambition de faire mieux que femme de ménage ?

– Oui, enfin, tu sais que je n'ai rien contre ce que tu fais. Seulement, tu es intelligente, tu pourrais trouver autre chose. Je me demandais juste si tu y avais pensé.

Il y a des sujets dont nous n'avons jamais parlé, étant plus jeunes. Les combats quotidiens prenaient tout notre temps, si bien que nous libérer des services sociaux était la priorité absolue. Nous repoussions à plus tard les projets professionnels. C'est du moins ainsi que je voyais les choses. Personne ne m'a jamais demandé ce que je voulais faire comme métier, mais je voulais devenir policier quand j'étais petit. Je trouvais que secourir les victimes m'apporterait des satisfactions. Possible que tous les petits garçons rêvent d'être policiers ou pompiers. Je ne sais pas. Ensuite j'ai été adopté, et après cela, mes ambitions sont devenues accessoires. J'inspire profondément. C'est comme ça, je ne peux rien y changer. Je peux seulement aller de l'avant. Et c'est justement ce que je suis en train de faire.

Elle soupire.

– Oui, pour tout te dire, j'aimerais reprendre mes études, mais ça coûte cher. Je n'ai pas les moyens. Mais ce que j'aimerais vraiment faire, c'est écrire. J'ai une idée de livre...

Le feu aux joues, elle laisse sa phrase en suspens. Elle ferait un merveilleux auteur. C'est vrai, elle est née pour raconter des histoires. Ça aussi, il faut qu'elle le sache.

– Fais-le. Pourquoi tu n'écris pas ?

– Eh bien, il faut un ordinateur pour écrire. J'emportais un disque dur à la bibliothèque, à un moment donné, mais ce n'est pas pratique. Et quand j'étais inspirée, la bibliothèque était fermée. Ça ne fonctionnait pas.

La serveuse apporte nos assiettes et nous commençons à manger. Evie prend une bouchée et ferme les yeux en gémissant.

– C'est bon ? dis-je, l'esprit ailleurs.

– Mmmm...

– Tu passes la nuit avec moi ?

– Je ne peux pas, Jake. Je dois me préparer pour la semaine. J'ai besoin de rentrer chez moi pour m'organiser.

– Et demain soir ? *Et toutes les nuits de ta vie ?*

– Pas possible demain soir, non plus. J'ai une mission de serveuse qui va se terminer tard. C'est rare que je travaille le lundi soir, mais c'est une sorte d'expo, dans une galerie du centre. (Elle me lance un regard prudent) Tu n'y vas pas, dis-moi ?

Je ris.

– Je n'en avais pas l'intention, mais maintenant, je vais voir ce que je peux faire.

– N'essaie même pas.

Déçu, je reste silencieux.

– Mardi, je dois me rendre à la succursale de San Diego, mais je serai de retour mercredi soir. Tu passeras cette nuit-là avec moi ?

Je suis agacé de devoir passer trois nuits sans elle. Mais elle sourit.

– D'accord.

Je me détends, et nous mangeons un instant en silence avant qu'elle demande.

– Je suppose que tu as fait des études ?

– Je suis allé à l'université de San Diego. Je travaillais avec mon père en parallèle, pour me familiariser avec la société puisqu'il était prévu que j'y bosse dès la fin de mes études. À l'époque, nous ne savions pas que je finirais par la diriger. C'est à ce moment-là que nous nous sommes un peu rapprochés, mon père et moi. J'avais quitté la maison, et c'est vraiment ce qui nous a permis de partir sur de nouvelles bases. C'était la première fois que je me sentais presque heureux depuis longtemps, loin de mes parents, juste « à me chercher », comme on dit.

Je me retiens de grimacer. Quand j'ai quitté la maison, j'ai commencé à aller un peu mieux, à voir plus clairement que Phil n'était pas responsable de ce qui se passait avec Lauren depuis des années. Pour me défaire de ma colère envers lui, je devais accepter l'entière responsabilité de mes actes. L'intense sentiment de culpabilité qui en découlait me projetait dans une spirale dépressive dans laquelle j'étais toujours quand je me suis retrouvé à l'hôpital.

Elle hoche la tête en me scrutant.

– Tu n'es pas proche de ta mère ?

Ces mots me donnent la nausée.

– Proche ?

Si elle savait de quelle manière nous l'avions été... Je tressaille mais réponds comme elle l'entend.

– Non.

Je contrains mon esprit à retrouver le fil de la conversation que nous avions avant d'aborder le sujet de Phil et Lauren.

– Je veux te payer tes études, Evie.

Crispée, elle cligne des yeux.

– Quoi ? Pourquoi tu ferais ça ?

Oh, terrain miné.

Je m'exhorte à la prudence. Manifestement, l'idée lui déplaît. Comment le lui reprocher ? Moi aussi, ça m'aurait agacé qu'on me fasse la charité, à n'importe quel moment de ma vie. Mais je dois lui faire comprendre que mon offre n'est pas un acte de charité. Je tiens à elle, et je suis prêt à tout pour l'aider à réaliser ses rêves, pas parce que je suis désolé pour elle mais parce qu'elle est incroyable.

– Parce que je crois en toi. Parce que je te trouve intelligente, et tu as besoin d'une pause si tu veux réaliser tes rêves un jour.

Soudain, me revient le souvenir d'un Noël, quand j'avais onze ans, juste avant d'être placé. Chez nous, Noël était un jour aussi pourri que les autres : pas de sapin, ni de cadeaux, ni rien du tout, mais je savais quel jour c'était et ça m'enrageait. J'étais sorti faire un tour, juste pour aller ailleurs. Je le faisais autant que possible, tant que Seth était en sécurité pour un court moment. À mon retour, un gros sac-poubelle noir était posé sur les marches de la maison, fermé par un ruban rouge. Je l'ai ouvert, vaguement perplexe, et à l'intérieur il y avait un chien en peluche avec un pull rouge, et un ballon de foot. J'ignorais qui l'avait déposé là, mais dans mon esprit de gosse, c'était magique. Je savais que le ballon devait m'être destiné, et le chien pour Seth, mais en mon for intérieur, je préférais cette peluche. J'ai donné le ballon à Seth, au risque de passer pour un bébé avec ce chien. Pour Seth, c'était du pareil au même. Comme je n'assumais pas mon choix, je l'ai caché à mon père, mais j'adorais ce chien en peluche.

Je l'ai emmené avec moi en foyer, et je le gardais sous le lit, pour ne le sortir que la nuit. Deux mois plus tard, j'ai accompagné ma mère d'accueil faire les courses, et j'ai consulté les petites annonces à l'entrée du magasin. Sur une affiche, j'ai vu qu'on cherchait des bénévoles pour livrer des cadeaux de Noël aux enfants nécessiteux. En me rapprochant, j'ai vu des photos des bénévoles de l'année précédente, qui déposaient des sacs-poubelle noirs fermés par un nœud rouge sur le perron des maisons. Quelque chose s'est brisé en moi. La honte et une vive déception m'ont submergé avec une telle intensité que j'ai failli fondre en larmes. Ce n'était pas de la magie. C'était de la charité. Dans le fond, je le savais mais je pouvais faire semblant jusqu'à ce que j'aie la preuve sous les yeux, affichée sur un panneau. Je m'en voulais d'avoir autant de peine.

Quand je suis rentré, j'ai pris le chien et je l'ai emmené chez Evie. J'ai commencé à le bombarder de cailloux, sur le terrain vague à côté de chez elle. Elle est sortie de chez elle, et lorsqu'elle m'a vu, elle m'a pris la main et m'a demandé ce que j'étais en train de faire, d'un air confus et inquiet. J'ai tout raconté, la gorge nouée, évoquant pêle-mêle la charité, la magie et toutes sortes de foutaises, sans cesser de lancer des cailloux. Elle m'a écouté sans un mot, puis elle a pris un caillou et a visé le chien. Elle l'a touché en plein dans la tête. Nous nous sommes regardés dans un élan de joie, puis nous avons continué à lapider ce stupide chien réduit à une boule informe de rembourrage. Elle a passé les bras autour de mon cou et m'a serré contre elle après m'avoir allégé d'un poids. Elle arrangeait toujours tout.

Je reviens à la réalité pour la voir refuser mon offre d'un mouvement de tête.

– Jake, tu sais, c'est gentil à toi, mais j'ai travaillé très dur pour en arriver là. Je sais que pour toi, ma vie n'est pas un modèle de réussite mais je m'en sors, et je trouverai un moyen de reprendre mes études, un jour ou l'autre... Je veux dire, nous n'avons passé qu'une nuit ensemble, et je ne sais pas vraiment comment ça marche, mais nous devrions peut-être attendre de voir comment ça évolue entre nous, avant de m'offrir de grosses sommes d'argent.

C'est dur d'accepter la générosité des autres quand on a eu une enfance comme la nôtre, mais je n'apprécie pas qu'elle souligne que nous commençons à peine à sortir ensemble.

– Tout d'abord, je crois avoir clairement dit qu'en réalité, je considère ta vie comme un modèle de réussite. Et ensuite, ai-je besoin de te rappeler ce que tu m'as dit dans mon lit, il y a moins de vingt-quatre heures ?

Elle cligne des yeux.

– Euh...

– Tu m'as dit que tu étais à moi, Evie. Ce n'était pas une simple partie de jambes en l'air. Ça n'a rien de banal pour moi. Je pensais que tu l'avais compris.

– Et alors ? Tu es mon petit copain ? C'est ça ?

Oui, exactement.

– Petit ami, homme, amant, tu choisis le nom que tu veux, tant que ça signifie que nous prenons soin l'un de l'autre, même en dehors de la chambre. Et si je prends soin de toi, c'est normal que je te propose l'argent qui te manque pour réaliser tes rêves.

J'espère que c'est plus clair maintenant. Je me rends compte que j'ai tendance à m'imposer en responsable avec Evie. Je ne sais pas vraiment d'où ça vient, mais c'est ainsi depuis le début, et ça nous allait. Avant, ça l'apaisait et me calmait en retour. J'avais besoin de tout contrôler, tandis qu'elle préférait céder les commandes. Quoi qu'il en soit, plus jeunes, ça fonctionnait, et je me surprends à m'y conformer à présent, en particulier dans les moments où je tiens à ce qu'elle m'entende bien.

– Penses-y, tu veux bien ?

Elle me fixe un instant.

– D'accord.

– Très bien.

Pendant que nous recommençons à manger, une autre idée me vient, et comme je suis le responsable de nous deux...

– Tu dois aussi prendre la pilule. Je ne veux pas utiliser de préservatif avec toi.

Elle bat des cils et répond calmement.

– Je prends déjà la pilule. Mes règles sont irrégulières. Je la prends depuis des années.

En réalité, je m'en souviens. Elle allait voir l'infirmière tous les mois, l'air blafard.

– Bon, très bien. Finis de manger.

Elle reste silencieuse un instant.

– Puisque nous n'allons plus mettre de préservatif, je dois te demander...

– Je n'ai rien. J'ai toujours mis des préservatifs et je me fais régulièrement contrôler. Je peux te montrer les bilans sanguins, si tu veux.

Par chance, j'ai toujours été prudent. Ayant grandi dans une famille où j'étais indésirable aux yeux de tous, je n'aurais pas risqué de provoquer une grossesse non désirée. Jamais.

Elle me scrute sans rien dire, et je me demande à quoi elle pense.

– Non, je te fais confiance.

Je hoche la tête et lui prends la main sur la table, souriant tout en fixant ses beaux yeux bruns.

Après le dîner, je la reconduis chez elle. Nous nous embrassons quelques minutes dans la voiture, puis je redémarre en grommelant « tu me tues ». La frustration me fait rugir. Avant de s'engouffrer dans l'immeuble, elle m'envoie un dernier baiser en souriant par-dessus son épaule. Je souris malgré moi, même si je suis mécontent de rentrer seul.

Chapitre 19

Je reviens de la kinésithérapie en marchant. Dans la chambre, j'ai l'impression que je vais m'évanouir. Mais ça fait du bien. J'ai fait travailler tous mes muscles et je sens une vraie différence. Je suis plus fort, plus sûr de moi, même si je n'ai pas retrouvé toutes mes capacités. Mais pour la première fois, j'ai eu un aperçu de ce que j'étais avant.

J'ai été déplacé dans le secteur de la rééducation il y a deux jours, et je sais que ça signifie que je vais bientôt sortir. Je suis à la fois impatient et terrifié de partir. Cet hôpital est devenu ma zone de sécurité par de nombreux aspects.

En allant aux toilettes, je me lance un regard dans le miroir. Je m'habitue aux petits changements produits sur mon visage par la chirurgie. Ils sont assez subtils, à vrai dire, mais je me demande si avec ces transformations, en plus de tout ce qui a changé en moi, Evie me reconnaîtra facilement. Je me demande aussi si elle a changé après toutes ces années.

Je prends une longue douche chaude, et au moment où je sors de la salle de bains, le docteur Fox entre.

– Salut, Doc, dis-je en souriant.

Il sourit en s'asseyant sur sa chaise habituelle.

– Comment ça va, mon petit ? Comment c'était, la kiné ?

– Bien, en réalité. Si je continue comme ça, ils vont me virer.

Je souris. Il me rend mon sourire mais il est pensif.

– Comment se passent tes projets de déménagement ?

– Bien. J'ai trouvé un appartement dans le centre-ville de Cincinnati, et Preston me fait préparer mon bureau.

– Formidable. Et Evie ?

– Je commencerai à la chercher quand je serai installé. Je... je ne suis pas encore prêt. Je ne sais pas ce que je vais lui dire ni comment je vais lui présenter mon passé.

Renfrogné, je me passe la main dans les cheveux.

– En parlant de ça, j'aimerais vous parler de quelque chose qui sort peut-être un peu de la thérapie classique.

Il fronce les sourcils et s'enfonce dans le silence. Je patiente. Je devine la suite. Je lui ai parlé de Lauren après avoir pété de plombs. C'était dur, mais il avait déjà plus ou moins anticipé mon secret au vu de mon état général et de ma crise.

– Je crois que vous devriez porter plainte contre Lauren.

– Non.

– Pourquoi ça ?

– Eh bien, déjà, le délai de prescription est dépassé pour une plainte de détournement de mineur. J'ai fait des recherches pour essayer de la... décourager de m'approcher. Ensuite, je ne ferais pas ça à la société de Phil... de mon père. Vous imaginez la mauvaise publicité ? Surtout maintenant que je la dirige ? Tout ce qui est relié à mon nom l'est à la compagnie. La presse en ferait un putain de mélo. Phil a travaillé toute sa vie pour développer cette boîte. C'était son rêve. Après tout ce que je lui ai fait, je ne pourrais plus me regarder en face si je lui causais du tort. Traîner son nom dans la boue ? C'est exactement ce que les médias feraient, même s'il n'avait rien à voir avec ça. Je n'ai pas seulement été adopté par Lauren. Si ses mœurs sont remises en question, celles de Phil le seront aussi, même si ce n'est pas justifié. C'est non.

Il réfléchit un instant.

– Je ne sais pas si vous êtes conscient que ce n'est pas un simple cas de détournement de mineur. Cette... femme vous a adopté, un gamin fragile issu des services sociaux, dans le seul but de vous maltraiter. Sa perversité est pathologique. Elle vous a promis de l'espoir et, au lieu de ça, à travers ses actes maladifs, elle a renforcé le message que vous ne méritiez pas d'être aimé et protégé. Vous comprenez que son délit va beaucoup plus loin que le détournement de mineur ?

Je regarde par la fenêtre. Il a raison. Je ne doute pas qu'elle m'a accueilli sous son toit dans l'intention d'avoir des relations sexuelles alors que j'avais quinze ans. Je le sais parce qu'elle me l'a dit. Mais c'est le passé. Intenter des poursuites ne changera pas ses méfaits.

– C'est toujours non. Je ne ferai pas ça à mon père.

C'est définitif. Je ne peux pas lui faire ça.

– Jake, d'où vient toute cette culpabilité dès qu'il est question de votre père ?

Je ris sans amusement.

– Eh bien, baiser sa femme n'était pas très sympa.

– C'est votre façon de le dire qui rend l'acte dégoûtant. Ce n'est pas ce qui s'est passé. Une femme, adulte, vous a accueilli chez elle pour vous manipuler. Vous étiez...

– C'est bon, Doc, j'ai compris. J'y arrive doucement. Nous en avons parlé lors de la dernière séance. J'essaie de me dépêtrer de cette culpabilité. Au moins en partie, juste assez pour pouvoir me pardonner, d'accord ? Mais en ce qui concerne mon père, il a toujours été bon pour moi, et non seulement j'ai couché avec sa femme dans son dos pendant trois ans mais je l'ai traité comme une merde. J'étais tellement en colère contre eux deux, et je croyais qu'il avait des doutes et qu'il la laissait faire. Ou peut-être que je m'en suis convaincu pour pouvoir haïr quelqu'un d'autre et lui faire porter le chapeau. Mais au final, notre secret l'a tué. Il est mort à cause de moi, de nous.

– Mon petit, il a modifié son testament pour vous léguer son entreprise, son rêve, l'œuvre de toute une vie. Il vous l'a entièrement donnée à vous. Vous ne trouvez pas que ça en dit long ?

Je me recoiffe d'un geste.

– Oui, sûrement. Mais ça ne fait que renforcer ma décision de mettre toute mon énergie à le satisfaire en étant à la hauteur de son cadeau.

– Alors vous laissez Lauren s'en tirer à bon compte, malgré tout ce qu'elle a fait ? Même si elle continue à vous harceler ?

– Je pars m'installer dans une autre ville, Doc.

– Quelqu'un qui est obsédé par une personne abandonne rarement pour aussi peu.

Je réfléchis un instant, le regard perdu dans le ciel.

– Je peux vous toucher quelques mots sur la psychologie des femmes comme elle ?

Je soupire.

– Si vous y tenez. Ça ne changera rien, mais je veux bien vous écouter.

Il attend une minute avant de reprendre.

– La plupart des femmes d'âge mûr qui s'engagent dans une relation sexuelle avec des garçons adolescents ont un développement arrêté. D'un point de vue psychologique, elles se voient comme des adolescentes et par conséquent, elles ne se sentent pas coupables dans cette relation. Généralement, elles la justifient en disant qu'ils sont tombés amoureux. Elles sont malades, Jake. Extrêmement malades.

Ça n'est que trop familier. Il poursuit.

– Les hommes victimes peuvent présenter le même traumatisme que les femmes : dépression, anxiété, violence, problèmes relationnels... le déséquilibre des forces et le fait que le corps masculin coopère sont des éléments qui portent à la confusion, et sont excessivement traumatisants.

Très bien, donc je suis un cas d'étude. Ça ne change toujours rien. J'inspire à fond.

– Tout cela est très intéressant, mais je sais la gérer maintenant, Doc. Je n'ai plus quinze ans.

Il soupire, l'air vexé. Pendant le silence qui suit, je le vois se creuser les méninges, mais à quel sujet précisément, je l'ignore. Peu importe. Je ne changerai pas d'avis.

Il se lève, pose les mains sur mes épaules et les presse gentiment avant de se diriger vers la porte.

– Pas de paroles de sagesse avant de se quitter, Confucius ?

À ma plaisanterie, il se retourne en souriant, toujours pensif.

– Oui, vous allez bien, mon petit.

Quand il sort, je crie.

– C'est tout ? C'est à peine une miette de gâteau chinois, ça.

Je ne l'entends pas rire, tandis qu'il s'enfonce dans le couloir.

Chapitre 20

Les deux jours suivants passent lentement, même si je suis débordé de travail. Je téléphone à Evie autant que possible, entre deux réunions et ses deux emplois. Ça m'ennuie qu'elle continue à se déplacer en bus, mais elle a refusé d'avoir le chauffeur de ma société à son service. J'aimerais insister, d'autant qu'elle finirait par céder, mais je sais qu'elle tient à son indépendance, et je ne vais pas l'en priver seulement pour me faire plaisir. Pas à ce stade. Je ne vais pas la perdre à cause de ça, alors elle continue à prendre le bus. Je ne suis pas content, mais je suis résigné, pour l'instant.

La journée de lundi est surchargée. Je prépare mon voyage pour San Diego, où je dois rencontrer des investisseurs et assister à un dîner de charité sponsorisé par la boîte. En plein milieu d'un rendez-vous, le nom d'Evie apparaît sur mon écran. Je m'excuse pour prendre son appel dans le couloir.

– Salut, Bébé.

– Salut. (J'entends un sourire dans sa voix.) Qu'est-ce que tu fais de beau ?

– Je suis en rendez-vous...

Preston passe la tête dans le couloir et agite un schéma qu'il tient à la main. Il fait signe que c'est bon et articule « ça va ? ». Je hoche la tête, sachant qu'il me demande s'il peut le partager en réunion.

– Désolé, Evie, je ne peux pas te parler longtemps. Tu me manques. Ça va, toi ?

– Oui, très bien. Tu me manques aussi.

– Mon lit est froid sans toi...

Elle rit.

– Tu devrais prendre une assiette de cookies au lit.

– Mmm... excitant. Nous allons essayer ça.

Elle éclate de rire.

– Bon, tu dois retourner travailler. Je t'appelle mardi, en rentrant du travail, d'accord ?

– J'attends ton appel. Salut, Bébé.

– Bye.

Souriant, je retourne en réunion en me demandant comment j'ai pu vivre sans elle. En fait, je ne vivais pas vraiment, toutes ces années. Je survivais. Je mettais un pied devant l'autre, je m'en sortais. Les bons jours, j'étais hébété et les mauvais, misérable.

Mardi, je prends l'avion pour San Diego. En survolant l'eau, je repense à Evie et à la première fois que j'ai pris l'avion pour la Californie. J'ai eu une boule dans la gorge pendant les cinq heures de trajet.

Elle me manquait déjà horriblement. Cependant, j'étais également plein d'espoir, pour la première fois de ma vie. L'espoir d'avoir enfin une famille, des gens qui nous aideraient, Evie et moi, à construire notre vie, le moment venu. Tout allait être plus facile.

Je passe la journée à rencontrer des investisseurs, à l'extérieur du bureau, dans la salle de réunion d'un hôtel donnant sur la baie. La vue est saisissante, pas un nuage dans le ciel, la mer scintille et les voiliers voguent à l'horizon. Mais je ne me sens pas chez moi ici. Chez moi, c'est là où elle est, et je suis impatient de retourner dans ma ville froide et grise du Midwest – du moins en cette saison. Je souris intérieurement. Chez moi. J'ai toujours cru que c'était une question de lieu, alors qu'en réalité, c'est une personne. Chez moi, c'est auprès d'Evie.

J'aimerais rentrer ce soir, mais j'ai ce dîner de charité au profit des enfants défavorisés de San Diego, une cause importante pour Phil. C'est probablement ce qui l'a incité à m'adopter en premier lieu. Quoi qu'il en soit, je ressens la nécessité de le représenter. De mauvais gré, je passe mon smoking et m'y rends.

Durant le cocktail, je me mêle à quelques directeurs de la succursale de San Diego, et alors que je m'apprête à m'attabler, je vois Gwen venir vers moi. Elle a essayé de me parler plusieurs fois au cours de la soirée, mais j'ai réussi à lui échapper. Apparemment, quand je lui ai dit de ne plus m'approcher, c'est rentré par une oreille et sorti par l'autre. Comment se fait-il que les femmes ne m'entendent pas ? Je serre les dents en priant vainement pour qu'elle change de direction.

– Jake ! crie-t-elle.

Je me retourne lentement.

– Gwen. Qu'est-ce que tu fais ici ?

– Maman ne pouvait pas venir. Papa m'a demandé de l'accompagner.

Elle fait son sourire le plus radieux.

Au même moment, le photographe de la soirée vient nous demander l'autorisation de nous prendre en photo. J'envisage brièvement de l'envoyer sur les roses, mais je ne veux pas faire une scène. Aussi, je me penche vers Gwen et dit avec un sourire forcé : « Tu as de la chance que nous soyons devant un appareil photo, à un gala de la société, sinon je ne serais déjà plus là. »

Elle rit comme si c'était une blague. Une fois que la photo est prise, je pars dans la direction opposée. J'ai à peine fait quelques pas que Gwen crie :

– C'est à cause d'elle, c'est ça ?

Je m'arrête et me retourne lentement.

– Elle ?

Déhanchée, Gwen plante le poing sur sa taille.

– La fille dans ton dos. Tu n'arrives pas à tourner la page, c'est ça ?

Je regarde autour de moi ; personne n'est à portée de voix. Je secoue la tête.

– Non. Je n'ai jamais pu. Et je ne le pourrai jamais.

Sourire en coin, elle croise les bras sous ses seins.

– Contente de savoir que ce n'est pas à cause de moi.

Je la fixe un instant avant de rétorquer.

– Si ça peut t'aider à dormir...

Je fais volte-face et disparais.

Je pars dès que les bonnes manières le permettent.

Il est encore tôt, mais j'ai hâte de rentrer attendre l'appel d'Evie. J'entre, vide mes poches sur la commode et commence à ôter ma veste quand on frappe à la porte. Pensant qu'il doit s'agir du personnel de nettoyage, j'ouvre et me retrouve face à Lauren.

– Jake, avant que tu me refermes la porte au nez, s'il te plaît, pourrions-nous parler une minute ?

Je la fixe.

– Lauren, je n'ai rien à te dire...

– S'il te plaît. Je veux juste te voir une minute. Je t'attends dans le hall depuis une heure. S'il te plaît.

– Lauren, dépêche-toi de me dire ce que tu as à me dire. Pas besoin d'entrer pour ça. Je te donne trente secondes. Et je suis généreux.

Elle fait la moue.

– Mais tu ne le vois donc pas ! Notre moment est venu, Jake ! Phil n'est plus là, nous pouvons être ensemble. Nous pouvons tout avoir, maintenant, Jake. Nous...

Grimaçant, je recule.

– Oh, mon Dieu. Tu vas vraiment mal.

Elle avance d'un pas.

– Mon seul problème est de ne pas être avec toi, Jake. J'ai besoin...

– De l'aide d'un psy. Je veux que tu t'en ailles, Lauren. Comment peux-tu imaginer que ça puisse marcher entre nous ?

J'essaie de fermer la porte, mais elle la retient, refusant de partir.

– Très bien. Fais comme tu veux. Je ne vais pas me bagarrer avec toi sur le pas de la porte. Je vais aller prendre une douche et fermer la porte à clé. Quand je sortirai de la salle de bains, si tu n'es pas déjà partie, j'appellerai la sécurité pour qu'on te mette dehors. Tu as compris ?

– Jake, s'il te plaît...

Je pars vers la salle de bains, claque bruyamment la porte et ferme le verrou. Je reste appuyé au rebord du lavabo, les yeux fermés. La voir suffit à me rappeler ma faiblesse d'enfant de quinze ans dépossédé de ses moyens. Je me passe les mains sur le visage, ouvre les robinets, faisant couler l'eau le plus chaud possible. J'enlève mon smoking et le lance en tas sur le sol avant de me glisser sous l'eau brûlante, aussi longtemps que j'arrive à le supporter. Ensuite, je sèche ma peau irritée.

Quand je sors de la salle de bains, la pièce est vide. Je m'allonge sur le lit et envisage brièvement de téléphoner à Evie. Ce soir, elle a prévu de voir une amie, et je ne veux pas la déranger. Elle doit m'appeler en rentrant chez elle. Je ferme les yeux pour me reposer un instant. Les émotions que Lauren réveille en moi me fatiguent toujours beaucoup. J'ai juste envie de tout oublier.

Je me réveille brusquement. Où suis-je ? Je redresse le dos en me frottant le visage. Je n'ai pas changé de position depuis que je me suis allongé. Au réveil, il est 2h58 du matin. Presque six heures dans l'Ohio. Evie n'a pas téléphoné. *Merde !* Et s'il lui était arrivé quelque chose ? Maudit bus. J'aurais dû insister pour le chauffeur. J'appuie sur le raccourci d'appel avant même de me rendre compte que je tiens mon téléphone dans la main.

Le cœur battant, j'écoute les sonneries successives. Puis finalement :

– Allô ?

Je l'ai réveillée. Les battements de mon cœur ralentissent, puis l'angoisse monte. Pourquoi ne m'a-t-elle pas téléphoné ?

– Evie.

Elle hésite.

– Salut.

Quelque chose ne va pas.

– Salut. Tu ne m'as pas appelé hier soir. Je l'aurais bien fait mais je me suis endormi en attendant ton appel. Je viens tout juste de me réveiller. J'étais inquiet.

Le silence s'étire.

– Jake, je t'ai téléphoné. Une femme m'a répondu. Elle a dit que tu étais sous la douche.

J'entends la tristesse dans sa voix. Je cligne des yeux, confus, avant de comprendre. Putain, Lauren !

Elle a dû décrocher avant de quitter ma chambre. Horrible coïncidence. Le mensonge qui sort de ma bouche – j'ai invité des collègues à prendre un verre dans ma chambre, et une collaboratrice aura répondu – sort trop naturellement, à mon sens. Je mens par réflexe dès qu'il est question de Lauren. J'ai passé tellement d'années dans le secret. Quelle horreur... Cependant, je ne suis pas prêt à partager ce fardeau avec Evie. Je supporte à peine Lauren pendant cinq minutes alors que je sais depuis des années ce qui s'est passé. Qu'est-ce que ça ferait à Evie ?

Je lui demande si elle est fâchée, et elle ne répond pas tout de suite.

– Si c'est la vérité, Jake, alors non, je ne suis pas fâchée. Seulement, je ne vois pas pourquoi elle répondrait sur ton portable et ne t'aurait pas laissé de message.

Je ferme brièvement les yeux, en me détestant.

– Je ne sais pas, mais tout le monde avait bu. Je suis désolé, Bébé. Tu as dû avoir un choc, dis-je calmement.

Je n'ose même pas imaginer ma réaction si un homme avait décroché son téléphone pendant qu'elle se douchait. Cette hypothèse me donne des envies de meurtre.

Elle soupire.

– J'étais confuse, Jake. Ça va. Si c'est ça, ce n'est pas de ta faute.

Je me sens soulagé, mais la honte me saisit. J'ai tellement envie de tout lui confier, mais c'est précisément ce qui nous a séparés et qui risque encore d'avoir raison de notre histoire.

Je m'éclaircis la gorge.

– Tu me manques. J'ai hâte de te voir. Je viens toujours te chercher au travail, ce soir ?

– Oui. Alors à ce soir, d'accord ?

– D'accord. Evie, je... tu me manques vraiment beaucoup. Je sais que ce ne sont que deux petits jours, mais je suis très impatient de te voir.

Je la désire tant que le besoin coule dans mes veines.

– Moi aussi, Jake. À ce soir, dit-elle d'une voix plus chaleureuse.

Je raccroche et roule sur le dos. Les yeux au plafond, je me demande si Evie me pardonnera quand elle apprendra la vérité.

Ma réunion matinale est rapidement bouclée, et je prends l'avion de Cincinnati avec une heure d'avance. Après avoir récupéré ma voiture dans le garage longue durée, il me reste plein de temps pour aller au centre commercial. Je vais offrir un ordinateur portable à Evie. Elle va protester, mais je le lui donnerai quoi qu'elle dise. J'ai besoin d'améliorer sa vie, je n'y peux rien. Peut-être parce que je crains de ne faire que temporairement partie de sa vie. Je ne l'espère pas, et cette idée me fait paniquer. Je me battrai bec et ongles, mais si ce scénario impensable venait à se concrétiser, je tiens à avoir tout fait pour l'aider à réaliser ses rêves.

Je le dépose chez moi, avant d'aller chercher Evie au travail. Je l'attends dans ma voiture, et quand elle sort, elle s'immobilise en me voyant, son beau sourire illumine son visage. Je me détends immédiatement. Je ne m'étais même pas rendu compte que j'étais tendu avant de la voir. Maintenant, je suis vivifié par sa présence.

– Salut, dit-elle.

– Salut, je réponds sans me départir de mon sourire béat.

Nous éclatons de rire, et je ne peux plus attendre une minute de plus pour la toucher. Je la soulève et inspire son odeur.

– Tu m'as tellement manqué... Ton sourire et... (je frotte mon nez dans le creux de son épaule) ton parfum, ton corps contre le mien la nuit.

– Toi aussi, tu m'as manqué, murmure-t-elle.

– Tu as faim ?

– Je meurs de faim.

– Tu aimes les sushis ?

– J'aime les sushis, mais je ne peux pas sortir avec mon uniforme sur le dos.

– Et si nous prenions à emporter pour manger chez moi ?

– Bonne idée.

Nous prenons la voiture jusqu'à un petit restaurant et je vais acheter à emporter pendant qu'elle m'attend dans la voiture.

Dès que nous arrivons chez moi, Evie s'arrête dans l'entrée après avoir remarqué le MacBook que j'ai laissé sur la table, entouré d'un ruban rouge.

Mon cœur s'emballe tandis qu'elle examine l'ordinateur, puis me regarde d'un air inquiet.

– Jake, tu n'as pas...

– Evie, dis-je en levant la main pour l'interrompre. Ne dis rien avant de m'avoir écouté. Je sais que tu penses déjà à refuser mon cadeau mais, s'il te plaît, écoute-moi.

Elle hausse les sourcils, mais ne dit rien.

– Si je veux te l'offrir, ce n'est pas uniquement pour te faire un cadeau. C'est parce que je te trouve incroyable et qu'en réalisant ton rêve d'écrire, tu toucheras du monde, et ça ne changera pas seulement ta vie, ça m'affectera moi aussi, et plein de gens au-delà de nous.

Elle inspire profondément, les larmes aux yeux, et dit dans un petit rire.

– Pas de pression, hein ?

Quand elle se rapproche de l'ordinateur pour l'examiner, je sais qu'elle va l'accepter. J'en suis vraiment heureux

– C'est très difficile de refuser, après ce que tu viens de me dire. Tu sais ça, Jake Madsen ?

Elle prend une inspiration, et je sais ce qu'elle ressent. J'ai connu ça, moi aussi. Accepter un cadeau de la part de quelqu'un de plus nanti, c'est un coup dur pour l'amour-propre. J'espère qu'elle l'accepte parce qu'elle sait qu'elle me donne beaucoup. Rien de matériel, bien sûr, mais tout l'essentiel. Elle me rend heureux. Incroyablement heureux. Et ça vaut toute la technologie du monde.

– Merci, finit-elle par dire en me regardant dans les yeux.

Je lui réponds d'un sourire.

La nuit est fraîche, aussi j'allume la cheminée à gaz avant de nous servir un verre de vin. Je les pose sur la table basse et place notre repas sur une couverture étalée sur le sol.

– Un pique-nique de sushis ? demande-t-elle en s'asseyant avec le sourire.

– Ouaip. Évidemment ! Il faut manger les sushis à la mode japonaise.

Souriant, je m'agenouille en face d'elle. Les mains jointes en prière, j'incline le buste. Elle glousse et salue à son tour. Je lui tends son verre.

– À quoi nous trinquons ? demande-t-elle.

Je réfléchis.

– Aux rêves, dis-je en trinquant.

Elle boit une gorgée.

– Merci encore pour l'ordinateur, Jake.

Je lui souris. Ce n'est pas le rêve que j'avais en tête, mais je ne la contrarie pas.

J'ouvre tous les récipients. J'ai pris un peu de tout, puisqu'elle m'a demandé de la surprendre. Elle prend ses baguettes et je déballe une fourchette en plastique.

– Sérieusement, Jake ? demande-t-elle en indiquant ma fourchette. Il faut manger les sushis à la mode japonaise.

– Bébé, je fais l'impasse sur les baguettes. Je préfère la nourriture dans ma bouche.

Elle fronce les sourcils.

– Allons, c'est facile comme tout, avec ces gros sushis. Personne ne te demande de pincer un minuscule grain de riz. Regarde.

D'un geste habile, elle saisit un rouleau Alaska et le met dans sa bouche. Je considère la nourriture, ma fourchette et soupire. Je m'empare de mes baguettes, les détache et les positionne entre mes doigts. Je me penche et attrape un sushi que je rapproche de mon visage. À quelques centimètres de ma bouche, il m'échappe et tombe sur mes genoux.

Je me renfrogne alors qu'Evie ricane d'une façon peu féminine.

– Ça t'amuse, hein ?

Les yeux baissés, elle se retient de rire et pince un autre sushi qu'elle engloutit. Elle prend le temps de mâcher et d'avaler.

– Non, pas du tout. Il suffit d'un peu d'entraînement. Essaie encore.

Je fais semblant de la regarder de travers en reprenant mes baguettes. Cette fois, j'essaie avec un tempura à la crevette. Je l'amène à mi-chemin, et quand j'ouvre la bouche, il tombe sur mon entrejambe.

Evie éclate de rire.

– Bon, ça suffit. Je garde ma fourchette.

J'essuie mon pantalon taché et lance la serviette près des récipients.

– Il me semble que ça porte malheur de manger japonais à la fourchette. Bon, si tu renonces aux baguettes, je vais te donner la becquée. Ouvre la bouche.

Elle saisit un rouleau Alaska et le rapproche de ma bouche. Elle me nourrit, les yeux rivés à mes lèvres. Les battements de mon cœur s'accélèrent.

Dans ses yeux, je vois du désir. En un instant, l'ambiance s'est chargée d'ondes sensuelles. Elle baisse rapidement les yeux et prend un morceau de crevette qu'elle glisse entre mes lèvres. Cette fois, elle laisse traîner les baguettes dans ma bouche et les ressort lentement. L'excitation gronde dans mon bas-ventre. Qui aurait dit que les sushis pouvaient être sexy ?

Elle me donne d'autres bouchées puis mange à son tour. Je la regarde mâcher. Observer sa bouche est un spectacle incroyablement érotique, si bien que je me penche pour goûter ses lèvres.

– Tu as un goût salé, la sauce de soja, peut-être, dis-je en souriant au bord de ses lèvres. Sucré et salé.

– Mmm, murmure-t-elle, en se penchant pour que je continue.

Nous nous savourons les lèvres pendant quelques minutes, puis je redresse le dos et me rapproche d'elle. Je lui prends la main et l'entraîne vers la cheminée. Nous terminerons le pique-nique plus tard. Dans l'immédiat, j'ai faim d'autre chose.

Je l'embrasse tendrement avant de baisser la fermeture de son uniforme. Nous ne nous sommes pas encore donné la peine de nous changer. Sans la quitter des yeux, je l'abaisse sur ses épaules. Elle me scrute de ses yeux noirs écarquillés. Elle sourit délicatement comme si elle était satisfaite par ce qu'elle voit.

Je lui retire son soutien-gorge, l'embrassant dans le cou tout en m'allongeant. Elle soupire de plaisir.

– Tu es si belle.

Intimidée, elle baisse les yeux.

– Tu trouves ?

– Oui, je trouve.

Je prends son visage entre mes mains et me remets à l'embrasser, insinuant ma langue dans sa bouche, jusqu'à ce que nous reprenions notre souffle.

Quand elle pose la main sur mon érection, j'inspire lourdement. Je la regarde dans les yeux, et son désir me submerge.

Elle se lève, laisse retomber sa robe à ses pieds. Elle est seulement vêtue d'une petite culotte de coton blanc, bordée de dentelle. Ce sous-vêtement a quelque chose de pur tout en étant sexy. Je sens mon érection s'affirmer davantage. Elle tourne les talons et s'éloigne.

– Où vas-tu ?

Elle me regarde par-dessus son épaule, avec un petit sourire.

– Je viens de me souvenir que j'ai un autre rendez-vous. À un de ces quatre ?

J'ai un petit rire, et elle éteint la lumière avant de venir me rejoindre.

Elle s'agenouille devant moi et pose la main sur ma joue. Je m'appuie dans sa paume.

– Je veux qu'il n'y ait que toi, moi et le feu de cheminée, murmure-t-elle.

Je hoche la tête et l'embrasse. J'ai constamment envie de sa bouche. Envie *d'elle.*

Je déboutonne ma chemise, l'enlève et la lance à côté de moi. La lumière des flammes projette des ombres dansantes autour de nous, créant l'impression que nous sommes seuls dans un autre monde.

Je m'allonge sur le tapis, et elle se couche face à moi. Front contre front, nous nous embrassons, le feu dans son dos.

Je pose la main sur son sein, pince son mamelon durci tandis qu'elle gémit et frotte son bas-ventre contre moi.

Je m'écarte pour la laisser déboutonner mon pantalon, et roule légèrement sur le dos pour le faire descendre pendant qu'elle termine de se dévêtir. Rallongés face à face, nous sommes entièrement nus.

Pendant que nous nous fixons en silence, j'admire son expression tendre. Elle pose la main sur ma joue, retrace mes lèvres de son pouce et chuchote :

– Je peux te poser une question ?

Je hoche la tête.

– Tu as dit que tu ne t'étais jamais engagé dans une histoire.

Après une pause, elle ajoute :

– Pourquoi moi ?

Je la regarde dans les yeux, les fouille en regrettant de ne pas pouvoir lui expliquer, dans l'immédiat, toutes les raisons pour lesquelles je n'aimerai jamais qu'elle.

– Tu es tout ce que j'ai toujours voulu. Pour moi, tu es parfaite, dis-je dans un murmure.

Elle me fixe sans un mot, puis sourit et chuchote.

– Même ce gros grain de beauté sur mon épaule ?

Je vois à peine le point qu'elle m'indique dans la pénombre.

– Surtout ce grain de beauté. Je n'étais pas sûr de moi avant de le voir. Mais là, ça change tout.

Elle rit.

– Bon, je suis sauvée. Merci, petit grain de beauté.

Je souris et l'embrasse. Je glisse un doigt entre ses cuisses. Mon Dieu, elle est trempée. Elle se presse contre moi pour réclamer ma main. J'enfonce un doigt dans sa chaude humidité, et mon pouce danse sur son petit bouton gonflé. En frémissant, elle gémit dans ma bouche.

Elle descend la main vers mon érection et me caresse lentement. Je cesse de l'embrasser pour grogner son nom. Nous nous regardons dans les yeux. Lèvres entrouvertes, elle écarquille les yeux. Nous continuons à nous explorer tout en observant les changements sur nos visages à mesure que l'excitation nous transporte. C'est intime et intense, et je sens déjà l'orgasme monter en volutes dans mon ventre. Je ferme les yeux et me contracte, le temps de le repousser. Pour l'instant.

– Jake, je vais jouir, dit-elle dans un souffle. Je veux jouir en te sentant en moi.

Elle me presse légèrement et étale une goutte de suc sur mon gland.

– Ahhhh.

– Ça veut dire « oui, Evie » ? taquine-t-elle.

– Oui, dis-je en ramenant sa jambe sur ma hanche pour la plaquer tout contre moi.

Je m'allonge sur elle. Son sexe étroit me comprime, et sans préservatif, la sensation est indescriptible. Je redoute presque de bouger. Mais pas mon corps, apparemment, mes hanches se mettent à onduler instinctivement. Je gémis.

– Oh Bébé, mon Dieu, tu es merveilleuse.

Elle resserre son étreinte. À la lueur des flammes, nous bougeons à l'unisson, gémissant et retenant notre souffle, sans nous quitter des yeux. Il y a quelque chose de primitif et de beau dans le fait de faire l'amour devant un feu de cheminée, comme si, même dans une autre époque, ce serait toujours elle et moi, enlacés dans cette danse intemporelle du désir.

Alors que sa respiration s'accélère, je descends la main entre ses jambes et malaxe son clitoris. Je ne tiens plus, il faut qu'elle jouisse.

Quelques secondes suffisent pour qu'elle se cambre, se presse contre moi. La voir en plein orgasme, sentir ses parois se resserrer autour de moi me fait automatiquement jouir. Je tressaille par saccades, au sommet de chaque vague de plaisir. Nous jouissons ensemble.

Après avoir fait notre toilette et nous être habillés, nous finissons de dîner. C'est encore meilleur après nos petits exercices physiques. Envie m'autorise même à me servir de ma fourchette.

Après le dîner, je m'assieds sur le canapé et allume la télé. Comblé, je suis d'humeur à m'abrutir devant un programme léger.

Evie va allumer son ordinateur, à la table de la salle à manger.

– Tu fais connaissance ? Tu t'es déjà servie d'un Mac ? dis-je en la regardant par-dessus mon épaule.

– Non, mais je suis plutôt doué avec les ordinateurs. Je vais l'adopter rapidement.

Quand elle referme l'ordinateur dans un claquement, je quitte l'écran des yeux pour me tourner vers elle. Elle est blême. Je me lève immédiatement.

– Qu'est-ce qu'il y a, Bébé ? *Merde, qu'est-ce qui se passe ?*

Elle m'ignore, pars dans l'entrée et mets ses chaussures.

– Evie ! Qu'est-ce qui se passe ? Pourquoi tu t'en vas comme ça ?

Mon cœur s'emballe.

– La femme dans ta chambre d'hôtel, c'était Gwen, n'est-ce pas, Jake ?

– Quoi ?

Je suis pris de court. D'où lui vient cette idée ? Je reprends le mensonge avec lequel j'ai expliqué pourquoi Lauren avait répondu au téléphone à ma place.

– Non, bien sûr que non. Tu crois que j'inviterais Gwen à prendre un dernier verre dans ma chambre après la façon dont elle t'a traitée ?

– Ce n'est pas pour prendre un verre que tu l'as invitée dans ta chambre, à mon avis. Tout ce que je sais, c'est que tu as l'air à l'aise quand tu lui parles à l'oreille, sur les photos de la soirée de gala où vous étiez ensemble mardi soir.

En quelques secondes, tout s'emboîte. Oh, non, elle m'a cherché sur Google et vu une photo de Gwen et moi, au dîner de San Diego. Fichu Google. J'avais oublié cette photo. Je me passe la main dans les cheveux. Pourquoi faut-il que Gwen s'interpose entre Evie et moi ? C'est tellement absurde que j'en rirais si Evie n'avait pas cet air blessé.

– Evie, c'était un gala organisé par la société. Gwen est venue avec son père. Elle a essayé de me parler à plusieurs reprises et je ne voulais rien avoir à faire avec elle. Quand elle m'a coincée devant un photographe, je me suis penché pour lui dire qu'elle avait de la chance que je ne sois pas du genre à faire des éclats devant la presse. Elle a ri, comme si c'était une blague, sauf que j'étais sérieux. C'est tout. Je ne lui ai plus adressé la parole de toute la soirée.

Elle me dévisage, et finit par inspirer profondément.

– J'aimerais te croire, Jake, mais je... je ne veux pas...

– Evie, écoute, si seulement tu savais...

Je ris tristement.

– Si seulement je savais quoi ?

– Si seulement tu savais à quel point c'est absurde que tu puisses imaginer que je te trompe, surtout avec Gwen. Je te jure, si tu pouvais entrer dans ma tête, tu rirais, toi aussi.

– Jake...

– Je t'en prie, fais-moi confiance. Ne pars pas.

Elle fouille mon regard, puis hoche imperceptiblement la tête. Je libère un souffle et la ramène dans le salon, tout en lançant son manteau sur le banc de l'entrée.

Chapitre 21

Evie travaille comme serveuse toute la soirée, et a déjà prévu de se faire raccompagner chez elle en quittant le travail. J'aimerais qu'elle vienne chez moi pour la nuit, mais je m'applique à ce qu'elle se sente à l'aise dans notre « nouvelle » relation. C'est la partie la plus difficile pour moi tant j'ai de l'avance sur le plan émotionnel, mais à certains moments, j'ai l'impression que ses sentiments pour moi sont déjà forts pour un début. Je me demande si ça l'intrigue. Si elle se pose des questions. D'un autre côté, comme elle manque d'expérience, peut-être que non.

Dans la journée, en sortant de réunion, Preston me prend à part, l'air inquiet.

– Qu'est-ce qu'il y a ? Un problème ? dis-je.

– Eh bien, tu dois savoir que Lauren a contacté le conseil. Elle demande à organiser une réunion, mais elle ne donne pas d'explication.

Ah, merde ! Je réfléchis à ce qu'elle pourrait bien attendre du conseil, et si ça a un rapport avec le fait que je l'ai virée de ma chambre, il y a quelques jours. Est-ce sa nouvelle tactique pour m'atteindre ? Je détiens la majorité des parts, alors concrètement, elle ne peut pas faire grand-chose. Mais en tant que directeur, je ne participerai pas à la réunion et je ne saurai ce qu'elle veut qu'après coup.

– Bon, merci de m'en parler, Preston. Je suis désolé que nos drames familiaux affectent l'entreprise.

– Ça ne l'affecte pas. L'entreprise est florissante. C'est pour toi que je me fais du souci.

Il me regarde un instant, comme s'il hésitait à poursuivre.

– Tu sais, j'étais un proche collaborateur de ton père. Quand je suis allé le voir à l'hôpital, après sa crise cardiaque, il ignorait que tu reprendrais aussi rapidement les commandes de la société, mais il a été très clair sur le fait que, le moment venu, Lauren ne devait pas interférer avec l'entreprise. Il m'a demandé de veiller sur toi, au cas où il ne serait plus là. J'espère ne pas paraître condescendant. Ce n'est pas mon intention, mais je pense qu'il avait l'impression de ne pas avoir été à la hauteur avec toi, et il tenait à ce que tu saches que tu aurais mon soutien.

L'émotion me serre la gorge, mais je la contrôle.

– Merci, Preston. Je te suis reconnaissant de...

– Inutile de me remercier. Je voulais juste te dire que je gère la réunion, d'accord ?

Il me donne une tape dans le dos et s'éloigne.

Je demande à Evie de passer la nuit de vendredi chez moi. J'ai une idée qui devrait la rendre heureuse. Non seulement nous n'avons jamais pas eu la chance d'avoir une vie d'enfants, mais nous n'avons jamais été comme un jeune couple non plus, à faire tout un tas de choses amusantes dans une totale insouciance. Si toutefois nous avons été jeunes et insouciants.

Par la même occasion, je vais satisfaire une envie de longue date : lui offrir une robe et l'emmener danser. Ça ne sera pas aussi bien que de danser avec elle sous les étoiles dans un parc désert, ce qui, hormis ma nervosité et le fait que je lui ai écrasé les pieds, était la meilleure danse de ma vie. Deux enfants placés dansant ensemble dans un parc parce qu'ils n'ont pas de tenues appropriées. Pitoyable, mais totalement magique.

Quand je repense à cette danse, il y a des années, je ne peux pas m'empêcher de sourire. C'était perturbant, et pourtant si fort, l'un de ces souvenirs gravés en moi pour toujours. C'est marrant, je ne me souviens pas des chansons qui passaient tant nos corps vibraient l'un contre l'autre. Son parfum délicieux, sa façon de bouger contre moi m'entêtaient. Je me demande si elle se souviendrait des chansons. C'est le genre de questions que je brûle d'envie de lui poser. Nos souvenirs.

L'un des seuls bons souvenirs qui me reste.

Quand je lui ouvre la porte, vendredi, elle est belle mais fatiguée. Je la prends dans mes bras, et annonce que je vais lui préparer un bain moussant avant qu'elle change d'avis car je suis décidé à l'emmener danser.

Elle n'est pas très enthousiaste à l'idée de sortir et me lance un regard exaspéré quand je l'informe que je lui ai acheté une tenue. Toutefois, elle part vers la chambre, pressée de découvrir mon choix. C'est bon signe, je pense.

Je la suis et la regarde effleurer le tissu soyeux de la robe, inspecter ses Jimmy Choo. La vendeuse du grand magasin m'en a proposé plusieurs, assorties à la robe que j'ai préférée. Une paire coûtait plus que les mille quatre cents dollars que Gwen a déboursés pour ses fameux escarpins tachés de caviar. Je les ai automatiquement choisies. C'est mesquin et superficiel, mais ça m'a plu qu'Evie porte des chaussures plus chères que cette garce snob.

Elle se tourne vers moi en souriant.

– J'adore. Merci. C'est toi qui l'as choisie ?

– Eh bien, je me suis fait aider par une vendeuse, chez Saks. Mais je lui ai indiqué la couleur que je voulais et j'ai regardé ta taille sur les vêtements que tu as laissés ici.

– Bleu paon, hein ? fait-elle en arquant un sourcil.

Je hausse les épaules avec un large sourire.

– J'aime bien cette couleur. Mais ne me demande pas de t'emmener au zoo.

Elle rit, et je vais faire couler son bain.

Je fais cuire des pâtes pendant qu'elle se prépare, et quand elle me rejoint dans la cuisine, je suis sous le choc. Elle est sublime. Je l'ai pourtant vue nue, et je sais que son corps est parfait, mais cette robe met tous ses atouts en valeur, ses petits seins haut perchés, son ventre plat et ses fesses fermes, sans montrer trop de peau.

– Tu es magnifique.

Je ne suis pas sûr de vouloir t'emmener dans un lieu public habillée comme ça. Je regrette un instant de ne pas avoir opté pour le sweat-shirt ample noir que j'ai vu en passant dans le rayon des tenues d'intérieur.

– Merci. J'ai un *shopper* personnel qui connaît bien ma silhouette.

Une fois qu'elle commence à manger, je décide de révéler le tee-shirt que j'ai fait personnaliser dans une petite boutique, en allant acheter son ordinateur, juste pour la faire rire. J'enlève mon pull et me tourne nonchalamment face à elle pour lui montrer l'inscription en grosses lettres noires, *Le Meilleur du monde.*

Elle manque s'étrangler et plaque sa serviette devant sa bouche en tentant de ravaler son rire.

– Quoi ?

Elle montre mon tee-shirt du doigt.

– Le meilleur quoi du monde ?

– Ah ça ? je dis en pointant le doigt sur mon torse. Ça inclut tout. Le meilleur mec du monde, le meilleur amant du monde, le meilleur cuisinier du monde. Dans tous les domaines, je suis le meilleur.

– J'admire ton assurance. Mais tu sais, tu t'exposes à la critique en prétendant surpasser les autres. Ça donne envie de te mettre à l'épreuve.

– Il n'y a qu'un seul avis qui m'importe. Et j'ai hâte que tu me testes. Plus tu me feras passer de tests, mieux ce sera. Teste-moi autant que tu veux.

Je fais un clin d'œil.

– Tu es ridicule comme ça. Tu t'en rends compte, j'espère ? demande-t-elle en secouant la tête, avec un grand sourire.

Je ris.

– Finis de manger. Je vais me changer. On part bientôt.

– Tu ne vas pas sortir avec ce tee-shirt ? crie-t-elle tandis que je m'enfonce dans le couloir.

– Ça t'ennuie que toute la ville soit au courant ?

Je l'entends rire pendant que j'ouvre ma penderie.

J'enfile une tenue plus habillée, et dix minutes plus tard, nous sortons.

J'emmène Evie au Igby's, une boîte de nuit relativement récente réputée pour son intérieur réaménagé dans l'esprit loft new-yorkais.

Nous prenons nos verres, puis elle mentionne son ami Landon, le serveur qui me regardait de travers après l'incident avec Gwen lors du gala de charité. Evie tient à lui, et je saisis l'occasion pour faire meilleure impression. Je lui propose de l'inviter à nous rejoindre. Elle hésite un instant avant d'accepter. Environ une heure plus tard, il nous rejoint avec son ami Jeff.

J'offre une tournée, et nous nous serrons autour de la petite table. Ça ne me dérange pas qu'Evie soit pratiquement assise sur mes genoux. C'est une bonne excuse pour la tenir tout contre moi. J'ai déjà surpris quelques regards trop appuyés, aussi je tiens à montrer clairement qu'elle est avec moi.

Landon se penche vers moi.

– Alors, Jake, tu es de Cincinnati ?

Décontenancé, je ne réponds pas immédiatement, puis je réalise qu'Evie n'a pas dû avoir le temps de lui parler de moi et qu'il fait seulement la conversation. Alors au lieu de dire, ouais, j'ai grandi en banlieue Nord, comme Evie, je réponds :

– Non, je viens de San Diego.

– En Californie ? C'est vrai ? J'adore San Diego. J'y suis allé deux fois. Je logeais sur Pacific Beach, chez un copain. Et toi, tu habitais dans quel quartier ?

– La Jolla.

Je bois une gorgée d'eau et croque un glaçon.

D'une maison d'accueil délabrée de la banlieue Nord de Cincinnati, je suis passé à une demeure perchée sur les falaises de l'océan Pacifique. Deux cauchemars d'un genre différent.

Il me fixe un instant. Manifestement, il connaît ce quartier puisqu'il siffle.

– Joli coin. Qu'est-ce qui t'a amené ici ?

– La société de mon père a des bureaux ici. J'ai commencé à en prendre la direction il y a six mois.

Landon hoche la tête, sourcils arqués, et lance un regard à Evie.

– Le soleil doit te manquer, intervient Jeff.

Je regarde Evie.

– Il y a plein de soleil ici aussi, dis-je en lui souriant.

– C'est ringard.

Elle rit, mais dépose un petit baiser sur mes lèvres. Nous nous regardons un instant en souriant, et quand je me tourne vers Landon, je m'aperçois que lui et Jeff nous observent en souriant largement. Je serre Evie contre moi et regarde les garçons.

– Et toi, Landon ? Evie m'a dit que tu allais à l'université. Qu'est-ce que tu étudies ?

– Le commerce.

Je hoche la tête.

– Sympa. Tu en as pour combien d'années ?

– Encore deux. Je suis lent, dit-il en souriant, avant de boire une gorgée.

– Et toi, Jeff, qu'est-ce que tu fais dans la vie ?

– Je suis ingénieur.

– C'est vrai ? Dans quel domaine ?

Il m'explique qu'il est ingénieur mécanicien et nous bavardons de ma société.

Au bout de quelques minutes, une bonne chanson démarre et je me lève, entraînant Evie avec moi.

– J'aimerais te voir danser.

J'ai besoin de la sentir contre moi. Elle hésite un peu puis adresse un petit signe aux garçons avant de me suivre.

Nous nous frayons un chemin jusqu'au milieu de la piste, et elle passe les bras autour de mon cou. Nous bougeons en rythme avec la musique. Nos corps se balancent l'un contre l'autre au rythme des basses. C'est délicieusement excitant. Je constate que les yeux d'Evie pétillent.

– Je me doutais que tu étais un bon danseur, chuchote-t-elle à mon oreille.

Son souffle sur mon oreille soulève un frisson de désir dans tout mon corps. Je me presse davantage contre elle.

Au moment où la chanson change, Landon arrive derrière Evie, et j'en profite pour aller aux toilettes.

– Prends soin d'elle, dis-je à Landon en lui confiant Evie.

À mon retour, un gros type outrageusement musclé tire Evie vers lui tandis que Landon la tire dans l'autre sens. Je vois rouge, et soudain, j'ai de nouveau quatorze ans, et un élève moleste Evie dans la cour d'école. Seulement maintenant, les motifs du tyran sont sexuels. Je suis tenté de le plaquer au sol et de le rouer de coups. Au lieu de ça, je l'attrape par le col de chemise et le tire vers moi.

À deux centimètres de son visage, je dis :

– Hé, connard, laisse tomber quand on te dit non.

Il me jauge du regard un bref instant. Il est plus musclé, mais je suis plus grand, et il doit voir que je suis prêt à aller plus loin.

– C'est bon, mec.

Moqueur, il lève les mains comme pour montrer qu'il se rend, et me repousse avant de disparaître. Gros bras sans cervelle. Je me tourne vers Evie, et le temps que nos regards se croisent, tout disparaît autour de nous alors qu'elle penche la tête sur le côté, d'un air rêveur. Elle sait. Mais subitement, elle secoue la tête et me fait un sourire radieux, m'invitant à m'approcher en agitant son doigt recourbé. Quand je suis devant elle, elle me susurre.

– Mon héros.

Je secoue la tête en notant qu'elle est pompette, et sa capacité à me désarmer me fait sourire. Ma douce et belle dompteuse de lion.

Nous dansons avec les garçons pendant trois quarts d'heure. Landon est hilarant, et je comprends pourquoi Evie l'aime bien. Sur « Troublemarker » d'Olly Murs, Landon se met à faire des mouvements que je n'avais jamais vus avant. Son numéro nous amuse tous, si bien qu'une partie de la clientèle l'acclame. Je regarde Evie, ravi de la voir rire autant. Le temps semble ralentir et la musique disparaître. Il n'y a plus qu'elle, et je n'ai besoin de rien d'autre pour être heureux.

La musique recommence à résonner dans ma tête et le temps reprend son cours lorsque Landon entraîne Jeff avec lui, et qu'ils se lancent dans une danse endiablée sous les applaudissements de la foule. Jeff n'arrive pas à la cheville de Landon, mais il se défend. C'est amusant, mais je suis prêt à emmener Evie chez moi, dans mon lit. Après l'altercation avec le musclé et la danse débridée, je suis électrique. Je n'ai qu'une idée en tête, m'allonger sur elle et m'enfoncer dans son sexe étroit, humide et chaud.

Alors que les danseurs envahissent de nouveau la piste et que Landon vient vers nous en dansant, j'annonce que nous allons partir. Il hoche la tête.

– Ça m'a fait plaisir de te rencontrer.

Je souris et salue Jeff, puis Evie leur envoie un baiser pendant que je l'entraîne hors de la piste.

Evie part aux toilettes, et pendant que je l'attends, je tourne la tête en remarquant du coin de l'œil qu'une femme marche dans ma direction. C'est une blague ? Un afflux d'adrénaline monte en moi. Lauren. Elle m'a suivi jusqu'ici ? Je lance un rapide regard vers les toilettes avant d'aller droit vers elle. Je l'attrape par le bras et la force à me suivre vers la sortie. Je suis presque obligé de la traîner. Je me dégage.

– J'en ai assez. Lauren, je te promets.

– Jake, arrête ! Attends, je suis à Cincinnati pour réunir le conseil demain. Tu as refusé de m'écouter à San Diego ! Je suis allé chez toi, mais ton portier m'a dit que tu étais ici. Je ne pensais pas que ça te déran...

– Si, ça me dérange. Tu ne crois pas que tout ce que j'ai dit ou fait ces cinq dernières années prouve que tu me déranges ? Et pourquoi tu réunis le conseil ?

Je serre tellement les dents que mes mâchoires bougent à peine pendant que je crache ces mots. Cette folle furieuse doit vivre dans un monde imaginaire. C'est la seule explication.

Je vérifie la porte des toilettes, le cœur battant. Evie va revenir d'une seconde à l'autre. Lauren ne doit surtout pas découvrir que je suis accompagné. Elle ferait une scène – je me souviens de sa façon de traiter les filles avec lesquelles je suis sorti à l'époque où je vivais sous son toit. C'était moche. Si je la vois refaire son numéro avec Evie, il se pourrait que je la tue. Et maintenant qu'Evie fait de nouveau partie de ma vie, l'idée d'aller en prison ne me tente pas.

– Je te dirai tout, Jake. Mais s'il te plaît...

– Très bien, appelle-moi ce week-end. Si tu pars tout de suite, je te répondrai et nous parlerons à ce moment-là, d'accord ? Je suis avec des amis, et ce n'est ni le moment ni l'endroit.

Elle me considère avec méfiance, survole la salle du regard puis reporte son attention sur moi.

– Très bien. Mais je préfère t'en parler en personne. Je te téléphone en sortant de la réunion. Veille à répondre, Jake.

Elle fait volte-face et marche vers la sortie. Je laisse échapper un soupir et me retourne vers les toilettes. Aucun signe d'Evie.

Je vais demander au videur s'il y a la queue à l'extérieur. Sa réponse affirmative me rassure. Si Lauren essayait de revenir avant notre départ, elle serait contrainte de patienter.

Quand je lève les yeux, Evie est assez proche de moi. Merde, je ne l'ai pas vue sortir. Je souris, espérant paraître naturel, et lui prends la main.

– Prête ?

– Avec qui tu parlais ? demande-t-elle, intriguée.

La barbe, elle m'a vu avec Lauren. Encore des mensonges. J'en ai assez. La dépression me menace dangereusement.

– Juste une femme ivre qui faisait une scène. Les videurs lui ont appelé un taxi et je l'ai reconduite à la sortie. Attends, je vais te chercher un verre d'eau avant de partir, j'ajoute pour changer de sujet.

– Non, ça va, dit-elle. Tu as l'air fâché.

– Pas vraiment. Elle était juste un peu agressive. Elle a essayé de me draguer. Je l'ai repoussée, c'est à peu près tout. Mais tu devrais boire de l'eau. Demain matin, tu seras contente de l'avoir bue, surtout que tu dois travailler.

Je ne sais pas ce qu'elle a vu, mais je m'efforce de couper court à cette conversation. Je l'assure de me faire confiance pour le verre d'eau et l'entraîne vers le bar. Je la regarde boire tout en m'efforçant de me calmer.

La soirée vient de prendre un mauvais virage.

Elle repose le verre avec un sourire aguicheur.

– Ramène-moi à la maison.

Je ris, mais intérieurement, je tressaille.

Un quart d'heure plus tard, nous entrons dans mon garage. Pendant le trajet, Evie a pris plaisir à évoquer la soirée. Elle semble heureuse.

Je ne saurais pas dire comment je me sens. Je suis remonté, pris d'une énergie dont j'ignore si elle est positive ou négative, ou peut-être les deux. Je suis aux anges d'avoir rendu Evie heureuse ce soir, fort de nos instants l'un contre l'autre, à écouter de la musique, mais je suis aussi prêt à exploser de colère envers Lauren qui ne me laisse pas tranquille, et de culpabilité pour les mensonges qui s'accumulent entre Evie et moi. C'est de pire en pire. Ce poids m'écrase et je ne sais qu'en faire. Par le passé, mon énergie était uniquement négative et j'essayais de m'abrutir à coups de substances illicites, mais maintenant, une rivière de joie s'écoule au milieu de tout ça et s'immisce dans mon esprit. Je me sens bien et agressif et totalement confus.

Je coupe le moteur et prends le visage d'Evie entre mes mains, déversant toutes mes émotions dans un baiser. Enfiévrée, elle grimpe sur moi et putain ! Il faut qu'on poursuive ce numéro chez moi si je veux la baiser correctement.

– Viens, allons chez moi.

Nous entrons chez moi, trébuchons contre le mur, toujours en riant. Je la presse contre le mur dans un élan viril. Mon désir pour elle grimpe en flèche. Elle est si belle. Sous mon regard, son visage devient grave.

– Jake, tu sais, ça m'est rarement arrivé de me lâcher comme ça. Je tiens à te remercier. Je sais que ça peut paraître idiot, mais c'est énorme pour moi. Merci de tout mon cœur pour cette soirée.

C'est la plus belle chose qu'elle puisse me dire. C'était mon unique but.

– J'ai hâte de vivre d'autres moments insouciants avec toi, ma beauté.

Je la plaque contre le mur et écrase ma bouche sur la sienne. Nos langues se cherchent, se lèchent et se sucent. Sa salive a un goût de chardonnay. Ce mélange enivrant m'arrache un gémissement mais, en réalité, c'est elle qui me grise. Sous le coup de l'excitation, mes sensations sont décuplées, mon corps réagit, ma langue l'envahit. Je roule des hanches contre elle, tandis que ses gémissements ont raison de moi. Étourdi de désir, je perds tout contrôle. J'ai autant besoin de m'abandonner que de la posséder.

Je la soulève pour qu'elle enroule les jambes autour de ma taille, et la presse plus fermement contre le mur. Sa main se faufile entre nous, et elle me caresse à me rendre fou. Mon unique souhait est de la pilonner. J'ai complètement perdu le contrôle et c'est parfait comme ça.

Quand un tissu se déchire, je réalise que je viens de lui arracher son string. Que faisait-il sur mon chemin, celui-là ? Elle inspire entre ses dents, puis gémit bruyamment quand j'explore son sexe trempé, sans la pénétrer, juste pour écarter ses lèvres en traçant de petits cercles. Un râle monte dans ma poitrine.

– Tu es toujours mouillée pour moi, dis-je d'une voix éraillée.

Elle noue fermement ses bras autour de moi et appuie l'arrière de sa tête contre le mur, m'offrant un accès idéal à la peau douce de son cou. Je continue à masser sa chair, étalant son suc autour de son clito. Elle se trémousse en geignant, ravivant mon désir de la faire fondre. J'espère qu'elle est prête à frapper fort, car c'est tout ce que je suis en mesure de lui offrir en cet instant.

J'écarte mon bassin et je sens des gouttes perler sur mon gland quand Evie proteste d'un geignement.

– Libère ma queue, Evie, dis-je d'une voix rauque et lointaine.

Elle glisse la main dans mon pantalon, puis dans mon boxer, et la sort. C'est presque insoutenable. Mais elle la lâche rapidement, et lui tenant les fesses d'une main, de l'autre je me positionne à son ouverture. Je m'enfonce en elle brutalement. Son cri me ramène un instant à la raison, et je m'immobilise en fixant ses yeux brillants de désir pour m'assurer qu'elle va bien. Rassuré, je me retire lentement et replonge violemment en elle. Ses muscles contractés m'arrachent un sifflement de bien-être. Les yeux fermés, elle gémit la bouche entrouverte, et mon corps prend de nouveau le dessus. Je me laisse guider par le désir qui me prive de toute capacité à raisonner.

Je plaque ma bouche sur la sienne et la pilonne sans retenue, si profondément que son dos tape contre le mur. Je veux la posséder, avoir la confirmation qu'elle m'appartient. Me convaincre que dans ce monde, j'ai quelque chose de beau, qui n'est qu'à moi.

Submergé par le plaisir, mon gland s'inonde à nouveau. J'insinue la main entre nous et passe le doigt sur son bouton excité. Elle se met à panteler dans ma bouche au moment où elle jouit.

Je détache ma bouche d'elle pour voir la jouissance s'inscrire sur son visage. C'est si beau que les mots « À moi, tu es à moi seul. Pour toujours. Mienne » jaillissent involontairement de ma bouche tandis que je continue à donner des coups de butoir impitoyables.

Alors que l'orgasme m'emporte, ma tête part automatiquement en arrière. Des étoiles éclatent devant mes yeux alors que mon sexe enfle et tressaille en elle.

À mesure que les scintillements s'évanouissent lentement, c'est comme si je reprenais connaissance et je me demande ce qui vient de se passer. Aussi incroyable que cela puisse paraître, j'espère ne pas lui avoir fait mal, surtout contre le mur. Mais alors que je redresse la tête, tout en allant et venant lentement en elle, son expression me rassure aussitôt. Elle semble émerveillée et satisfaite, et baisée jusqu'à plus soif. Pris de fierté, j'éprouve un vif sentiment d'exclusivité.

– Tu es si beau, dit-elle d'une voix paresseuse.

Je souris, et la repose délicatement sur ses pieds.

– C'est toi qui es belle.

Elle se hisse sur la pointe des pieds pour m'embrasser tendrement et je l'emmène dans la chambre.

Plus tard, après un brin de toilette, Evie se blottit contre moi, et sa respiration se calme. Elle s'est endormie.

– Je t'aime, je chuchote même si elle ne m'entend pas.

– Mmm... Leo... murmure-t-elle.

Je me fige et mon cœur cesse de battre un instant. Oh mon Dieu. Putain de merde. Mon cœur se remet à battre furieusement maintenant. L'esprit embrumé, j'écarquille les yeux dans le noir. Je ne sais plus où j'en suis, mais il me faut plusieurs heures avant de tomber dans un sommeil agité.

Chapitre 22

Après qu'Evie est partie travailler, le lendemain matin, je paresse un peu au lit avant d'aller à la salle de sport. J'entends sans cesse sa voix dans ma tête, murmurant « Leo » dans son sommeil. Je ne sais toujours pas ce que je dois en conclure. Rêve-t-elle toujours de moi ? Est-ce qu'une partie d'elle continue à s'accrocher au garçon que j'ai été ? Quand elle apprendra la vérité, ça facilitera ou compliquera les choses ?

Je fais deux heures de sport avant de rentrer chez moi. Je suis aussi survolté parce que Lauren et le conseil se réunissent aujourd'hui. Et je ne sais pas pourquoi. Quoi qu'il en soit, je suis à peu près certain que son unique motivation est de gagner un certain contrôle sur moi, et cela suffit à alimenter ma colère. Pendant combien de temps vais-je devoir supporter sa folie ? Comment puis-je imposer cela à Evie ? C'est sans fin. Et je sais d'expérience que si Lauren s'aperçoit que je revois Evie, ça n'ira qu'en s'aggravant.

Mais je n'ai pas envie de penser à Lauren aujourd'hui. Toutefois, il faut que je sache ce qu'elle mijote. Malgré ma rancœur, je dois à ma société de savoir ce qu'elle prépare. Mieux vaut la confronter en public avant d'aller chercher Evie. Si je ne voulais pas savoir ce qu'elle a en tête, je n'aurais qu'à éviter ses appels comme je le fais généralement. Mais elle risquerait de se pointer chez moi, et si Evie était là en même temps... j'en ai déjà la migraine. Je m'accorde un temps de réflexion, assis au comptoir de ma cuisine, la tête entre les mains. Je finis par aller prendre ma douche, me raser puis je travaille de chez moi, en jogging, pour le restant de l'après-midi.

Le numéro de Lauren est enregistré de manière à être directement dirigé vers la messagerie. Aussi je dois vérifier régulièrement ma boîte vocale. Une fois que son message m'arrive, je la rappelle aussitôt.

– Jake, je monte, dit-elle sans même attendre mon bonjour.

– Comment ça, Lauren ? Je ne t'ai pas invitée chez moi. Qui t'a laissée monter ?

– Le portier, je lui ai dit qui j'étais. Évidemment, il m'a laissée passer.

Ah, zut, j'ai oublié de dire deux mots à Joe. Je vais lui faire la tête au carré.

Je sors dans le couloir au moment où l'ascenseur atteint mon étage. Lauren en sort avec un sourire radieux que je ne lui rends pas.

– Toujours le même adolescent renfrogné, je vois, dit-elle en entrant directement.

Elle survole l'appartement du regard.

– J'aime beaucoup, Jake.

Elle marche jusqu'à la fenêtre pour admirer la vue.

– Tu sais que je viendrais vivre ici si tu me le demandais. Je préférerais que tu reviennes t'installer à San Diego avec moi, mais…

– Lauren, pourquoi cette réunion avec le conseil ? Pourquoi sacrifieraient-ils leur samedi pour toi ?

Elle se rapproche en soupirant.

– Jake, j'ai réuni le conseil aujourd'hui pour leur annoncer que je contestais le testament. Phil n'avait pas toute sa tête quand il t'a légué la majorité des parts. Mon avocat m'a affirmé que j'avais toutes les chances de mon côté. J'ai fait appel auprès du conseil pour que toutes les décisions financières soient suspendues jusqu'à ce que je récupère la société. Car je ne doute pas d'y parvenir.

Je la fixe un instant en me demandant si elle a réellement tenté ce coup.

– Tu rêves. Phil a laissé un testament très précis et il avait toute sa tête. Tu as largement de quoi vivre jusqu'à la fin de tes jours. Je sais que ton seul but est de me contrôler. La vie te souriait quand tu faisais de moi ce que tu voulais, pas vrai ?

– Oh, Jake, soupire-t-elle. Tout ce que je veux, c'est récupérer ce qui m'appartient de droit. J'ai été marié à un bourreau de travail pendant vingt ans. As-tu idée de tout ce que j'ai sacrifié ? Avant toi, j'étais seule en permanence. Tu devrais te débarrasser de cette culpabilité totalement futile. Phil n'étant plus là, c'est plus facile pour nous deux. C'est la vérité. Les choses se sont passées ainsi. Tu n'as pas de remords à avoir. Quand deux êtres s'attirent autant que nous, c'est forcément pour une bonne raison.

– Lauren, je perds mon temps, tu n'entends que ce que tu veux bien entendre, mais tu ne m'as jamais attiré, tout du moins, pas pendant plus que vingt minutes perturbantes et atroces il y a huit ans, durant un moment qui a été le début de la fin pour moi. Le pire étant qu'une partie de moi s'est pliée à tes désirs de peur de te décevoir. Toute ma vie, je n'ai été qu'une déception et j'ai cru… j'ai cru que j'allais enfin avoir une famille qui tienne à moi. Une partie compliquée et très confuse de moi voulait juste que tu m'apprécies, quelles que soient les circonstances. Et, d'une certaine manière, je pense que tu le sais, que tu as même joué là-dessus. Quand tu parles de ce qui te « revient de droit », j'ai le sentiment que tu fais plus référence à moi qu'à la société, Lauren.

Je crache quasiment mes mots, mâchoires serrées. Je sais qu'elle ne l'entend pas, mais j'ai tout de même besoin de le dire. Pour moi, pas pour elle.

Elle semble vaincue un bref instant, et je me demande si mes mots l'ont touchée, mais elle essaie de poser la main sur ma joue. Je bloque son geste et m'écarte d'elle.

– Tu n'as pas besoin d'être comme ça. Laisse-moi arranger les choses, trésor.

Elle se hisse sur la pointe des pieds et essaie de m'embrasser. Je recule en levant la main devant moi. Ça suffit. On en revient toujours au même point.

– Tu n'as pas de raison d'agir de cette façon. Laisse-moi arranger les choses, mon chéri.

Je réponds d'une voix sèche, chargée de colère.

– Ne recommence pas avec tes conneries. Je t'ai déjà expliqué à San Diego. Il n'y a pas de relation, compris ?

– Tu te mens à toi-même, Jake. Tu ne peux pas tirer un trait sur cette histoire. Tu ne peux pas faire comme si je n'existais pas.

– Évidemment que je peux te chasser de ma vie. Sors d'ici !

Elle esquisse un pas vers moi et essaie de m'enlacer.

– Fous le camp de chez moi ! ! je hurle, pris de colère.

Pourquoi ai-je gaspillé ma salive avec elle ? Elle est folle à lier.

Elle baisse les yeux et murmure d'une voix à peine audible.

– Je ne te retrouverai jamais, c'est ça ?

Je ne réponds même pas. Pour quoi faire ? Une fois qu'elle se sera ressaisie, elle reviendra à la charge d'une manière ou d'une autre.

Je vais ouvrir la porte en grand. Putain, Evie est dans le couloir, et me regarde en clignant des yeux. L'adrénaline me submerge face au pire scénario possible. Qu'a-t-elle entendu, exactement ? Je ne me souviens même pas de ce que j'ai dit tant je déborde de colère, et maintenant de peur.

– Merde. Evie, qu'est-ce que tu fiches ici ?

Blême, elle ouvre la bouche comme pour parler, ses grands yeux expressifs emplis de tristesse. Putain, non ! J'ai envie de rugir et de tout casser.

Je serre les dents, luttant pour garder mon sang-froid alors que Lauren franchit ma porte et s'arrête net en voyant Evie. Son regard va d'elle à moi.

– Sérieusement, Jake ? Déjà ?

C'est un cauchemar. Evie ne doit pas découvrir son existence de cette façon. Je ferme un instant les yeux, puisant de la force au fond de moi.

– Va-t'en, je dis aussi calmement que possible.

Lauren m'ignore, comme d'habitude, et se dirige vers Evie.

– Lauren, dit-elle de sa voix de salope condescendante qui ne présage rien de bon.

Evie bat des paupières et lui tend timidement la main en murmurant.

– Enchantée, je...

– Maman ! je hurle.

Je refuse qu'Evie prononce son nom. Lauren ne l'a jamais vue, mais elle doit se souvenir de son prénom que j'ai prononcé cent fois le jour du déménagement. Elle sait aussi que c'est celui de la fille tatouée dans mon dos. Je doute qu'elle reconnaisse la fillette en elle, d'autant qu'elle a rarement vu mon tatouage, mais il ne faut pas qu'elle l'entende. Je sais qu'appeler Lauren « maman » la fera réagir. Elle a toujours détesté ça.

– Si tu ne t'en vas pas d'ici, je te jure que je vais appeler la sécurité pour qu'on te fasse descendre de force.

Je serre et desserre les poings.

Lauren fait la moue mais se reprend rapidement.

– Très bien, Jake, comme tu voudras.

Rien ne se passe jamais comme je le souhaite, surtout pas avec toi, espèce de barjot.

Elle pose le pied dans l'ascenseur, se retourne pour regarder directement Evie.

– Vous n'êtes qu'une fille parmi tant d'autres. Autant que vous le sachiez.

Evie laisse échapper un petit bruit discret qui me fait l'effet d'un coup de poignard. La consternation me glace le sang.

Je reste immobile un instant, essayant de reprendre possession de mes moyens, d'étouffer un peu de ma fureur, pris de l'envie d'évacuer le dégoût qui me submerge devant Lauren et Evie réunies dans le même couloir.

Evie est la première à bouger. Elle marche vers l'ascenseur et appuie sur le bouton. Ses mouvements me sortent de ma colère hébétée et je suis pris par la panique. Elle va me quitter maintenant.

– Evie ! Où vas-tu ?

– Je m'en vais, Jake. Manifestement, je n'ai rien à faire ici. Je suis désolée, j'ai quitté le travail en avance et je croyais que... enfin... que ça ne te dérangerait pas. J'ai essayé de t'appeler...

Elle laisse sa phrase en suspens, les larmes aux yeux.

– Evie, mon bébé, s'il te plaît. Laisse-moi t'expliquer. Je suis désolé, tellement désolé. Je fais tout de travers.

Je me passe la main dans les cheveux en cherchant une explication plausible. Je tire très légèrement sur sa main, espérant qu'elle me suive chez moi. Elle reste immobile une minute, scrutant mon visage avant de céder. Je note qu'elle dépose ses affaires près de la porte. Elle va me laisser parler, mais elle est prête à s'enfuir rapidement, en cas de besoin.

Nous nous asseyons au salon, et je me lance.

– Avant toute chose, je suis désolé que tu aies eu l'impression de ne pas être la bienvenue. Tu peux venir ici quand tu veux. Je ne m'attendais pas à ce que ma mère... (Je soupire.) Nous sommes brouillés. Nos rapports sont mauvais, comme tu l'as remarqué.

J'ai un rire étranglé. Il n'y a vraiment rien de drôle dans cette histoire.

Je raconte à Evie que Lauren est venue faire appel auprès du conseil, et même si je ne veux rien avoir à faire avec elle, je dois régler ce problème précis.

J'expose mes rapports compliqués avec ma mère, n'omettant que la première raison de notre brouille. Qu'Evie parle de Lauren m'est très difficile. J'ai passé tant d'années à faire comme si ce problème n'existait pas, à repousser mes émotions, à étouffer la peine que m'évoque tout ce que j'ai vécu dans cette maison. Ça ne marche pas, à l'évidence, mais c'était un moyen d'essayer d'avancer. Je me rends compte qu'il m'est difficile de lui présenter la nature de mes relations avec Lauren, la véritable cause de mon comportement perturbé au lycée, et distant avec mon père.

Même si je ne lui donne que peu de détails, c'est cent fois plus dur que de confier mes secrets les plus sombres à Doc. D'abord, parce que Doc est mon psychologue. Quant à Evie, elle est... tout pour moi. Je redoute tant qu'elle me tourne le dos que je suis profondément terrifié.

Je veux qu'elle comprenne pourquoi je lui ai mal parlé. C'était mal de ma part, je le sais. Mais la racine du mal n'a rien à voir avec Evie, ou très peu.

– Quand je t'ai vue là, j'ai eu du mal à croire que tu puisses la croiser. C'est une garce impitoyable, prête à tout pour arriver à ses fins. Je n'étais pas en colère de te voir ici, j'étais furieux que cette vipère t'approche. Et ce n'était pas de ta faute, mais je me suis emporté. Je m'en excuse.

Je la supplie du regard de me comprendre.

– Jake, quand tu me parles de toi, j'ai l'impression que tu parles un langage codé. Je saisis l'essentiel, mais tu ne me dis pas grand-chose, en fait.

Elle a entièrement raison, bien sûr, et je me sens nul, mais je ne peux pas faire mieux pour l'instant. Pour lui présenter toute l'étendue de ma haine envers Lauren, je devrais lui dire qui je suis. Or, dans l'immédiat, je ne trouve pas le courage d'aller jusque-là. Je suis lâche. Quand il est question d'elle, je suis lâche. Mais je tiens au moins à ce qu'elle sache que je regrette.

Nous restons silencieux un moment, puis je lui presse les mains.

– Pardonne-moi de t'avoir parlé sur ce ton.

Elle inspire profondément et me regarde, l'air pensif.

– Je te pardonne. Et tu n'as pas à t'excuser pour ta mère, Jake. Je sais mieux que personne qu'on n'est pas responsable de ses parents.

– Merci, dis-je d'une petite voix.

Je porte ses mains à mes lèvres et embrasse ses phalanges une par une.

– Je ne veux pas te faire de mal, Evie. Jamais. Tout ce que je fais, c'est parce que mes sentiments pour toi sont si forts... C'est... très nouveau pour moi. Sois patiente avec moi, d'accord ?

Alors, ma douce Evie fait la seule chose que personne ne m'a faite en huit ans, la seule chose que je ne pouvais même pas réclamer, faute de savoir que j'en avais autant besoin. Elle me prend dans ses bras et me serre très fort.

Chapitre 23

Je commande à dîner pendant qu'Evie se douche. J'ai merdé, et je le sais. Je regrette de lui avoir parlé comme je l'ai fait. J'étais en colère contre Lauren et je m'en suis pris à elle. Et je continue à l'implorer d'être patiente avec moi. Pendant combien de temps va-t-elle le supporter ? Même si elle devine que je lui cache des choses, elle continue à me faire confiance. Je crois qu'elle sent que mes sentiments envers elle sont sincères, mais elle doit se douter que mes secrets pourraient modifier l'image qu'elle a de moi. Dans un sens comme dans l'autre, je lui ferai du mal. Et je la perdrai. Malheureux, je regarde par la fenêtre sans voir la ville.

Evie s'approche derrière moi et enroule les bras autour de ma taille. Je soupire en m'abandonnant à sa chaleur. Elle appuie la tête contre mon dos et je prends ses mains sur mon ventre. J'ai besoin qu'elle me réconforte. Nous restons ainsi plusieurs minutes, et je retrouve un peu de paix dans sa chaleur et sa douceur. Ses bras sont un baume pour mon cœur.

Je respire profondément, m'imprégnant de sa magie. Quand elle m'enlace, ce monde de fous n'est plus si terrible que ça. Plus rien ne me semble insurmontable tant qu'elle est là. J'ai envie de tomber à genoux devant elle pour lui déclarer mon amour éternel, lui dire que je suis prêt à mener toutes les batailles pour elle, pourvu qu'elle reste. *Irais-je jusqu'à lui dire la vérité ? Risquer de la perdre ?* Un murmure résonne dans le fond de ma tête. Je m'accroche plus fermement à elle.

Elle me serre et remonte les mains sous mon tee-shirt. Je la sens se baisser, ses lèvres embrassent et lèchent mon dos. Je la sens sourire contre ma peau. Alors qu'elle remonte, je me crispe. Mon dos est zone interdite, pour l'instant. Un jour, bientôt, mon bébé, je te dirai que tu m'as tellement manqué que je t'ai gravée sur ma peau de façon permanente pour tenir le coup.

Quand je me retourne, mon ventre est à la hauteur de son visage. Elle lève les yeux, et appuie les lèvres sur ma peau.

– Evie, je souffle.

Je me sens coupable de l'avoir rabrouée, et je devrais l'empêcher de poursuivre sur sa lancée, mais devant son regard enflammé, je flanche. Les yeux dans les yeux, le courant passe si bien entre nous que mon sexe enfle immédiatement. Je tiens à m'assurer que c'est ce qu'elle veut.

Quand elle me sourit en s'agenouillant, déboutonne mon jean, je suis si soulagé que mes pensées se dissolvent. Elle ouvre ma braguette, descend mon pantalon et mon boxer sur mes jambes, libérant ma queue. L'air frais caresse mon érection, et le désir d'être dans sa bouche me torture.

– Pose ta bouche sur moi, s'il te plaît, Evie.

Elle pose sur moi ses grands yeux sombres et lèche le dessous de mon érection. Oh mon Dieu...

Elle me prend dans sa bouche, passant la langue sous mon membre, puis suce lentement tandis que je vais à la rencontre de ses mouvements. Je suis tout à elle, et j'adore ça. M'abandonner à son contrôle me procure un soulagement inestimable.

Ses cheveux retombent sur son visage, et je les dégage pour l'admirer. Les sensations physiques sont merveilleuses, mais l'image de ses lèvres autour de mon sexe est si excitante que des ondes de plaisir me traversent le ventre et m'arrachent un gémissement involontaire.

Quand elle m'aspire entièrement dans sa bouche, elle lève les yeux vers moi et du liquide afflue sur mon gland. Elle prend la base de mon sexe dans sa main, et me suce en rythme. Je suis entièrement à sa merci.

– Oh, putain ! Evie... ta bouche... comme ça ! dis-je d'une voix chargée de plaisir.

J'enfonce les mains dans ses cheveux, tirant sur les racines pour mieux voir son visage. Elle suce et caresse en gémissant, les yeux fermés à présent.

Je frémis et m'enfonce dans sa bouche.

J'aimerais que ça dure toujours, mais je ne peux plus me retenir.

– Mon Dieu, je vais jouir, Bébé.

Malgré mon avertissement, elle garde mon sexe dans sa bouche et m'amène au bord d'un orgasme violent. Le plaisir explose. Je la regarde avaler toute la semence qui s'écoule dans sa gorge jusqu'à ce que mon corps se calme.

– Putain de merde.

Elle replace mon sexe dans mon pantalon en me souriant. Désorienté, je vois flou. L'interphone sonne. Je secoue la tête. Ah oui, le livreur. Nous tournons en même temps la tête vers la porte, puis nous éclatons de rire.

Après le dîner et la douche, je l'emmène dans ma chambre et lui rend la pareille. Il n'y a plus qu'elle et moi, et pour ce soir, rien d'autre ne compte. Nous sommes juste Evie et Jake, un couple qui tombe amoureux, ou dans mon cas, un homme déjà profondément amoureux, profitant des plaisirs de la vie. Après un nouvel orgasme, je reste étendu, comblé.

Je souris au plafond, en m'émerveillant de la profondeur de mon amour pour elle.

– C'est quoi cette tête ?

– Je savais que ce serait comme ça entre nous, dis-je avec un large sourire.

– Tu le savais, hein ?

– Eh oui. Depuis la première fois que je t'ai embrassée.

Sur notre toit, il y a huit ans.

Sur le moment, ce baiser m'avait fait perdre la tête. J'avais prévu depuis longtemps de l'embrasser, mais la façon dont l'air scintillait autour de nous au moment où nos lèvres se sont rencontrées m'a pris par surprise. J'avais réalisé que nos liens dépassaient mon amour pour elle. Je l'aimais profondément, oui, mais il y avait aussi quelque chose de purement physique et électrique qui s'animait au moindre contact. À l'époque, j'ignorais que c'était rare, mais maintenant, je le sais.

Elle se redresse et m'embrasse tendrement.

– Je vais faire un brin de toilette. Je me dépêche.

Pendant ce temps, je remets mon boxer et mon tee-shirt que je déniche sous les draps.

Elle revient en sous-vêtements et débardeur, et se glisse auprès de moi, à sa place, dans mon lit. Je la tiens en cuillère, dans mes bras, prenant ses seins dans mes mains d'un geste possessif. C'est devenu notre position de la nuit. Elle me regarde par-dessus son épaule en souriant, et je l'embrasse avant de poser la jambe sur sa hanche.

Elle me repousse.

– Ta jambe est trop lourde. Je me sens coincée.

– Tu es coincée. Je vais te garder indéfiniment dans mon lit, coincée sous moi, et je te ferai tout ce que je veux.

Elle glousse.

– Indéfiniment, hein ? Nous devrons nous alimenter à un moment ou à un autre.

– J'ai un paquet de chewing-gums à moitié plein dans la table de nuit. Nous n'aurons qu'à les couper en petits bouts pour nous rationner.

– Tu survivrais avec des rations de chewing-gum et du sexe illimité avec moi ?

– Pas juste du sexe. J'aime tout ce que nous faisons au lit... les câlins, bavarder, nous renifler. (Le nez dans son cou, j'inspire et elle glousse.) Je veux t'avoir avec moi vingt-quatre heures sur vingt-quatre. Juste ici.

– C'est mignon !

– Mais surtout du sexe. C'est surtout pour le sexe, dis-je après réflexion.

Elle rit et repousse ma jambe pour se retourner vers moi. Elle se blottit contre moi, et en la tenant dans mes bras, j'embrasse le dessus de sa tête. J'ignore le temps qu'il me faut pour trouver le sommeil, mais je m'endors en souriant.

Chapitre 24

Je viens de terminer la séance de kiné quand Doc arrive dans la salle de rééducation. Mark, mon kinésithérapeute, est déjà occupé avec un autre patient pendant que je réalise seul quelques exercices d'assouplissement.

– On dirait que vous êtes remis sur pied.

Je me lève, enroule une serviette autour de mon cou et boit une gorgée d'eau.

– Oui, je me sens bien. Rafistolé dedans comme dehors, dis-je en souriant largement.

– Les bagages sont prêts ?

– Ouais.

Je me passe la main dans les cheveux, frôlant la cicatrice à l'arrière de mon crâne.

– Ça va me faire toute drôle de partir. J'ai l'impression d'avoir refait ma vie ici. Et maintenant, je dois sortir et tout recommencer.

– Pas tout recommencer. Juste continuer. Je ne m'en fais pas pour vous.

Souriant, il pose la main sur mon épaule et la presse un instant.

Je laisse échapper un soupir.

– Moi, je me fais du souci pour moi. Et si je n'y arrive pas, Doc ?

Ma question englobe tout : l'entreprise, Evie, le reste de ma vie. Il secoue la tête.

– Vous y arriverez. Vous savez pourquoi ?

– Pourquoi ?

Nous sortons de la salle et empruntons le couloir de ma chambre.

– Quand quelqu'un est sur le bon chemin, il le sait. Et Jake, vous êtes un survivant, un battant. Vous vous battrez pour garder le cap. Vous avez pris la direction qui est la vôtre. Avez-vous eu le sentiment d'être sur votre chemin ces huit dernières années ?

J'inspire à fond.

– Non, jamais.

– S'il vous arrive d'avoir de nouveau cette impression, faites demi-tour, d'accord ?

– Compris, Doc.

Tout en marchant, je repense aux dernières années de ma vie... l'arrivée à San Diego, débordant d'espoir... la première semaine, horrible, le dégoût de moi-même jour après jour.

Une image de mon embardée apparaît devant mes yeux.

Je repense à ma vie d'étudiant. L'accueil que l'on m'a réservé dans cette école de Californie, tout le contraire de ce que j'avais connu jusque-là. D'abord, un gosse dont les déjeuners étaient payés par les services sociaux et ensuite en tant qu'enfant placé. Ça me plaisait, et je m'en voulais d'apprécier le changement. Je me souviens d'avoir essayé des sports, d'avoir été bon, d'être devenu populaire, apprécié par les filles. Parmi mes dizaines de soi-disant « amis », aucun ne me connaissait vraiment. Mon cœur restait teinté de tristesse. La solitude planait au-dessus de moi, renforcée par un vide que je ne pouvais pas combler. Les soirées et l'alcool, les drogues quand il y en avait. Aussi, tout le monde pouvait coucher avec moi, sans qu'au final je ne sois avec personne. Tous les gosses de riches menaient la même vie, passant de main en main, ne vivant que pour la fête. Mais j'étais pire qu'eux parce que j'en savais plus long sur la vie. J'étais un vendu. Je réalise à présent que si je n'avais pas grand-chose dans l'Ohio, j'avais de l'espoir, et une fois que je l'ai perdu, malgré l'opulence matérielle, je n'avais rien. Rien du tout.

Je repense au jour où j'ai quitté la maison de Lauren et Phil pour aller à la fac, traînant toujours ce dégoût de moi-même qui me faisait vivre constamment au bord du désespoir. Ensuite, j'ai commis les mêmes erreurs qu'au lycée. J'ai cumulé les aventures d'une nuit qui nourrissaient ma haine envers moi-même, toujours à réclamer quelque chose sans savoir quoi. Je buvais dans les moments les plus sombres, à défaut de savoir quoi faire de moi. Et finalement, le choc : Seth. Quitter la route pour foncer vers la mort. Je pouvais l'admettre désormais. Et Evie, mon Dieu, Evie. Elle me manquait à chaque instant, et c'était d'autant plus insupportable que j'étais certain qu'elle ne me pardonnerait pas. Mais peut-être que je me trompais. J'allais bientôt le savoir. J'avais enfin assez de force pour le vérifier par moi-même. Pourvu que ce ne soit pas trop tard.

Nous nous arrêtons devant la porte de ma chambre.

– Vous savez que vous pouvez me téléphoner à tout moment. Si vous avez besoin de quoi que ce soit, appelez-moi tout de suite.

L'émotion me serre la poitrine. Je déteste les adieux. Et cet homme a bouleversé ma vie.

– Ouais.

Il sourit.

– Très bien.

Au bout d'un moment, je dis :

– Doc, je… merde, c'est trop dur.

Submergé par les émotions, je me ressaisis tandis qu'il patiente. Il est doué pour ça.

– Je voulais dire, vous savez, je n'ai pas eu de père. Ou pas de père pour m'apprendre à devenir un homme. Bon, je sais que vous êtes mon psy, mais vous êtes plus que ça pour moi. Les autres médecins, ici, m'ont rafistolé mais vous… vous m'avez sauvé la vie.

Il s'éclaircit la voix et me presse l'épaule.

– C'est vous qui avez fait le gros du travail.

Je hoche la tête et me racle la gorge.

– Allez terminer de vous préparer. Jake, au fait ?

– Oui ?

– Allez chercher cette fille.

Avec un grand sourire, il disparaît.

Chapitre 25

Je prévois de me rendre à San Diego pour avoir l'avis des avocats de l'entreprise sur la démarche de Lauren. Quand j'y pense, la colère m'envahit. Elle n'a aucun intérêt à prendre la direction de la boîte. Elle ne s'y est jamais intéressée, tout ce qu'elle veut, c'est avoir la mainmise sur moi. Ses motifs sont clairs comme de l'eau de roche. Mais malheureusement, ses tentatives de manipulation n'auront aucun poids auprès d'un juge. Je dois voir avec les avocats si elle a trouvé un biais qui puisse me porter préjudice. J'en doute, mais je dois à mes employés et aux membres du conseil de m'informer sur la situation.

Je n'ai pas vu Evie depuis deux jours et elle me manque horriblement. Ce voyage me rebute pour cette seule raison. Cette semaine, elle est chargée du ménage de la suite, les jours où elle est réservée. Mardi matin, je me réveille avec le projet de passer au Hilton en allant à l'aéroport pour réserver la suite jusqu'au mercredi après-midi. Je ne peux pas attendre mercredi soir pour la voir, donc je vais prendre un vol de nuit.

Je rencontre mes avocats le mardi, et nous revoyons en détail le testament de Phil, dont la date des modifications. Même s'ils affirment que Lauren n'a rien de solide contre moi, les frais de procédure et le temps que cela va me prendre sont lourds. Je serre les dents à l'idée de gâcher tout ce temps à San Diego, loin d'Evie, pour régler ce problème absurde. Sans compter tout le temps que je vais devoir passer au tribunal, avec Lauren, à une table d'elle. C'est exactement ce qu'elle veut, et ses manigances me donnent des envies de meurtre. Pourquoi est-ce que je ne peux pas faire ma vie tranquillement ?

Cette fois, je n'ai pas précisé au bureau dans quel hôtel j'étais descendu. De cette façon, Lauren ne pourra pas me rendre une visite surprise. Si j'ai pris une chambre, c'est surtout parce que je ne suis pas d'humeur à traîner à l'aéroport jusqu'à minuit, heure de mon vol. J'ai besoin de dîner et de me reposer si je veux être en forme pour faire une surprise à Evie. Je souris à cette idée.

Evie travaille, mais je lui envoie un SMS l'informant que ma réunion est terminée et que je suis à l'hôtel. Je commande à manger au room service et prends une longue douche chaude. On frappe à la porte pendant que je suis en train de m'habiller. Je me fige, mon tee-shirt à moitié enfilé. Impossible... je jette un œil dans le judas. C'est encore le service d'étage. Quand j'ouvre la porte, le jeune serveur pousse un chariot à l'intérieur, avec une seule assiette posée dessus.

– Je n'ai rien commandé. Vous devez vous tromper de chambre.

Il vérifie son ticket.

– Jake Madsen, chambre huit cent quarante-deux ?

– Oui, mais je n'ai rien commandé.

– C'est de la part de quelqu'un, Monsieur.

Je fronce les sourcils.

– Bon, très bien. Merci.

Je lui tends un généreux pourboire.

– Merci ! dit-il avant de sortir.

Sous la cloche de l'assiette, je découvre une pile de cookies chauds aux éclats de chocolat. Evie. Je souris. Tandis que je replace la cloche, mon téléphone sonne, et le nom d'Evie s'inscrit sur l'écran.

– Salut, Bébé.

– Salut, répond-elle, un sourire dans la voix. Qu'est-ce que tu fais de beau ?

– Tu me manques.

– Tu as eu ma livraison ?

Je souris.

– Oui. Mes draps sont pleins de chocolat et de miettes. Et je suis toujours aussi insatisfait.

Elle rit.

– Je suis désolée. Je pensais pourtant que ça t'aiderait à m'oublier.

– Pas du tout. Il y a des chances pour qu'on t'apporte sur le prochain chariot ?

– J'aimerais bien, dit-elle, amusée. Tu rentres à quelle heure demain ?

– Tard.

– Bon, d'accord.

Sa déception me réjouit.

– Comment s'est passée la réunion ?

– Plutôt bien. (Je soupire) Je ne t'en ai pas parlé, et tu sais déjà que j'ai une relation conflictuelle avec ma mère, mais... elle conteste le testament de mon père. C'est pour cela qu'elle a réuni le conseil à Cincinnati. J'ai vu les avocats de l'entreprise aujourd'hui pour définir notre défense au tribunal.

– Jake, c'est... je suis désolée. Qu'est-ce qu'elle veut ?

– En gros, elle exige la direction de la société. Mais mes avocats sont convaincus qu'elle ne l'obtiendra pas. Cela n'empêche pas que je vais devoir passer du temps ici, et ça m'ennuie.

Je n'arrive pas à cacher mon amertume.

– Je pourrai peut-être t'accompagner une fois ou deux, si je ne travaille pas. Tu sais, pour te soutenir. Si ça peut t'aider...

Incertaine, elle laisse sa phrase en suspens. Je suis trop ému pour répondre immédiatement.

– Jake ?

– Tu ferais ça ?

– Si je serais prête à t'accompagner ? Oui, bien sûr...

– Me soutenir.

– Évidemment, je te soutiendrai, répond-elle au bout d'un moment.

Je libère un souffle, et j'ai chaud au cœur. Quelque chose en moi se détend, comme un muscle en fin de crampe.

– Je ne te mérite pas, Evelyn Cruise.

– Probablement pas. Je t'ai aussi envoyé ces cookies pour que tu saches à quoi t'attendre si tu me maltraites. Une vie entière de draps tachés de chocolat et d'insatisfaction.

Je ris, et nous continuons à bavarder de ce qu'elle a fait ces deux derniers jours, et d'un projet de dîner avec ses amis, Nicole et Mike. J'entends à sa voix que le sommeil la gagne. Nous nous souhaitons une bonne nuit.

Mercredi matin, quand j'arrive à Cincinnati, j'ai à peine le temps de passer chez moi me doucher et me changer avant de filer au Hilton. Avec la carte magnétique que l'on m'a remise la veille, j'entre dans la suite.

Quand on frappe trois fois à la porte, je ne réponds pas. J'attends dans l'embrasure, entre la chambre et la salle de bains. Excité à l'idée de voir Evie, mon cœur s'emballe. Je fais quelques petits bruits pour lui faire savoir qu'il y a quelqu'un.

– Il y a quelqu'un ? crie-t-elle.

Sans répondre, je souris.

Pendant quelques minutes, Evie s'affaire dans la pièce voisine. Les mains dans les poches, j'attends, pris d'une soudaine nervosité. Comment va-t-elle prendre ma surprise ?

Je la vois passer la tête dans la pièce, un talkie-walkie à la main, et un flacon de produit ménager dans l'autre.

Elle finit par me voir. D'abord effrayée, son visage s'illumine de bonheur.

Elle lâche les objets qu'elle tient à la main et s'élance vers moi en poussant un petit cri de joie. Je la fais tournoyer tandis que nous rions et nous embrassons. *Evie, Evie, ma chérie, mon cœur.* C'est ce que nous aurions vécu si j'étais allé la chercher le jour de ses dix-huit ans. Un court instant, je fais comme si nous étions deux adolescents défavorisés qui ont eu la chance de se rencontrer. Il n'y a plus qu'elle et moi au monde, et nous nous recommençons tout à zéro. Nous avons toute la vie devant nous : pas de secrets, pas de culpabilité, pas de honte.

Elle prend mon visage entre ses mains, rit en me couvrant de baisers. Je l'embrasse avec la même ferveur et la fais virevolter une dernière fois. Auprès d'elle, je me sens tout à fait chez moi. Le seul foyer que j'aie jamais connu.

Au bout de quelques minutes, nos rires se calment et nous apprécions l'instant en nous tenant enlacés. Je finis par la reposer sans qu'elle me quitte des yeux.

– Qu'est-ce que tu fais ici, Jake ?

– Je voulais te faire une surprise. Au téléphone, dimanche, tu m'as dit que cette semaine, tu ferais le ménage dans la suite et ça m'a donné une idée. Je l'ai réservée mardi matin, avant de prendre l'avion. Il te faut combien de temps pour nettoyer cette suite, en temps normal ?

– Tu as pris cette suite pour passer ce temps-là avec moi ? demande-t-elle, confuse.

– Bah oui.

– Euh, combien de temps pour faire le ménage ici ? Si les invités ont été peu soigneux, une heure et demie.

– Ce sont de vrais porcs.

– Dans ce cas, ça peut prendre deux heures.

Le temps presse, je commence à ouvrir sa robe.

– Qu'est-ce que tu fais, Jake ?

– Je ne perds pas une seconde de plus.

– Euh, Jake...

Je l'interromps d'un baiser dans le cou. Nous aurons tout le temps de discuter plus tard.

Elle me couve de ses yeux enflammés et me prend la main pour m'entraîner vers un fauteuil rembourré, à l'autre bout de la pièce. Elle me fait asseoir, et je l'observe en me demandant ce qu'elle a derrière la tête. J'espérais aller dans une certaine direction... moi, Evie, un lit, après plusieurs jours d'absence. Mais j'ignorais si elle serait à l'aise sur son lieu de travail. Apparemment, elle l'est. Ouf.

Elle grimpe à califourchon sur moi, tient mon visage entre ses mains et me regarde longuement dans les yeux avant de m'embrasser, de me mordiller et de plonger la langue dans ma bouche. Je souris au bord de ses lèvres. Mon Evie a trouvé la déesse du sexe qui sommeillait en elle. Une fierté toute possessive se ravive en moi, son unique amant. Tout ce qu'elle sait, elle l'a appris avec moi. J'incline sa tête pour savourer sa bouche, son goût explosant sur ma langue. Emporté par une vague de désir, je sens mon érection pointer sous ses fesses. Je meurs d'envie d'être en elle, de m'enfoncer en elle pour ne faire plus qu'un.

Je tire sur la fermeture Eclair de sa robe pour exposer la peau douce de ses épaules. Tout en la baissant sur ses bras, je l'embrasse de nouveau. Comme la robe est coincée à la naissance de ses hanches, elle se lève et la laisse retomber à ses pieds en me fixant dans les yeux.

Les paupières alourdies par le désir, je m'adosse dans le fauteuil et replie un bras derrière ma tête pour admirer le spectacle qui menace de me faire perdre le peu de contrôle qui me reste.

Evie dégrafe lentement son soutien-gorge et laisse glisser les bretelles sur ses bras avant de le lancer sur le sol. Elle passe les pouces dans l'élastique de sa petite culotte et la fait très lentement glisser sur ses jambes. Elle enlève ses chaussures, dégage les pieds de sa petite culotte. Je suis du regard le trajet de chaque pièce de vêtement, puis remonte le long de son corps nu parfait. Quand nos regards se croisent, l'hésitation nuance son désir. Sa nervosité ne fait que la rendre plus attirante.

Je me débraguette sans jamais la quitter des yeux. Par ce geste, je veux la rassurer en lui montrant l'effet qu'elle me fait. Quand je libère mon érection, elle suit ma main des yeux et la fixe pendant que je me caresse. Oh non, mauvaise idée. J'arrive à peine à me retenir.

– Touche-toi, Evie, dis-je d'une voix étranglée.

Dans ses yeux, il n'y a plus la moindre trace d'hésitation. Elle obtempère aussitôt, effleure ses mamelons puis fait descendre sa main entre ses cuisses. Elle se caresse en gémissant, lèvres entrouvertes. Elle me rend fou.

– Putain ! J'ai besoin d'être en toi, Bébé.

Je l'attrape par les hanches et la fais asseoir à califourchon sur moi, ses genoux calés de part et d'autre de mes hanches. Je l'abaisse sur moi, soulevant brusquement mon bassin pour l'empaler d'un coup brusque. Ses muscles se serrent brièvement, juste avant qu'elle ne remonte puis redescende sur ma hampe. Des étoiles s'allument devant mes yeux. Oh mon Dieu, c'est sublime. Les vagues de plaisir qui remontent le long de mon dos m'arrachent des grognements.

Je la regarde découvrir cette nouvelle position, tirer du plaisir de mon corps. C'est tellement excitant que je ne vais pas tenir longtemps.

Alors qu'elle me chevauche, nous entraînant vers l'orgasme, je suce son sein. J'en mordille la pointe et je pétris et pince l'autre, puis j'inverse. J'écarte le dos, un râle remonte dans ma gorge quand je vois ses mamelons assombris par ma salive, et ses lèvres rouges et gonflées par mes baisers. Cette image m'enflamme, comme une satisfaction bestiale devant les preuves concrètes que nous faisons l'amour.

Sur le point de jouir, je la prends par les hanches, accélère la cadence pour prendre ce dont j'ai besoin.

– Mon Dieu ! Putain ! je crie au moment où je jouis.

Alors qu'elle me suit, je l'embrasse passionnément, et nous gémissons agrippés l'un à l'autre.

Nous restons enlacés pendant que nous reprenons notre souffle.

– Qu'est-ce que tu me fais ? demande-t-elle.

– Qu'est-ce que tu me fais ? je réponds avec un petit rire.

Nous finissons par nous allonger sur le lit. Evie est blottie contre moi et me serre dans ses bras pendant que je l'enlace fermement.

– Tu as pris un vol de nuit ? demande-t-elle. Tu dois être épuisé.

– Oui, je pensais dormir un peu dans l'avion, mais j'étais assis à côté d'un type qui n'arrêtait pas de bavasser. Il avait peur en avion, et parler l'empêchait de paniquer.

– Mon Dieu, c'est horrible... pour vous deux !

– Oui. À chaque petite secousse, il me pinçait la cuisse. Seulement, il était tellement anxieux qu'il a manqué son coup plus d'une fois et m'a pincé l'entrejambe à la place.

Elle rit.

– Du coup, tu vas rayer le sexe en avion de ta liste de fantasmes à réaliser avant de mourir.

– Sûrement.

– Sérieusement, ça fait partie de tes fantasmes ? demande-t-elle, sourcils arqués.

– Non, mais si ça fait partie des tiens, je me sacrifierai pour toi, dis-je avec un grand sourire.

– Je ne peux pas te dire. Je n'ai jamais pris l'avion.

– Alors dis-moi ce que tu tiens à faire avant de mourir ?

Elle réfléchit avant de répondre timidement.

– Fonder une famille.

Ma main, qui caresse paresseusement son bras, se fige. C'est le seul projet auquel je tienne vraiment, moi aussi. Avec elle. Uniquement avec elle. Elle doit mal interpréter mon silence puisqu'elle tente de modérer ses propos.

– Enfin, un jour ou l'autre. J'ai le temps. Si ça se présente un jour. Ce n'est pas comme si...

– Evie, arrête. Tu n'as pas à justifier tes envies. Vouloir une famille, surtout quand on en a été privé, c'est totalement compréhensible.

Elle me regarde dans les yeux puis hoche la tête.

– J'avais peur que tu le prennes comme une demande en mariage, ou un truc du genre, dit-elle en souriant avant de poser la tête sur mon torse.

Je ris.

– J'aurais dit oui. Juste pour que tu saches.

– Mmm, c'est bon à savoir, répond-elle avec un sourire dans la voix.

– Mais pas à moins de trois carats.

Elle rit.

– Je savais que tu en avais après mon argent.

– Hé, les hommes aussi ont des exigences.

Elle relève la tête pour me regarder.

– Parfois, je me demande si je serais une bonne mère. Je n'ai pas eu de modèle.

Je l'observe un instant.

– Je crois que certaines personnes le savent au fond de leur cœur, Evie. Tu seras une mère formidable, dis-je avec conviction.

Pendant le silence qui suit, je lui caresse le bras, réconforté par les battements de son cœur.

Je l'imagine portant un bébé dans ses bras, mon bébé. Je resserre mon étreinte.

– Au fait, je t'ai rapporté quelque chose.

– Qu'est-ce que c'est ? demande-t-elle en s'asseyant.

Je tends le bras vers ma veste que j'ai posée au bout du lit en arrivant. Dans ma poche, je trouve le petit objet enveloppé dans un mouchoir en papier et le donne à Evie.

Elle le prend en me regardant avec un doux sourire. Elle le déballe et prend le petit coquillage d'un air ravi.

– Un coquillage ! Je n'ai jamais eu de coquillage ! Merci. Tu l'as trouvé ou tu l'as acheté ?

– Je l'ai trouvé. À première vue, il n'a rien de spécial, mais tu vois les spirales sur le côté ? Quatre-vingt-dix-neuf pour cent des coquillages à spirales sont enroulés dans l'autre sens. Celui-ci est dans le sens inverse des aiguilles d'une montre.

Je me tais, le temps qu'elle l'examine.

– Je me suis promené sur la plage entre deux réunions, hier, et quand j'ai vu ce coquillage, je l'ai pris pour toi. Ensuite j'ai remarqué sa spirale. C'est le premier du genre que je trouve.

Elle redessine la spirale du bout du doigt et me regarde en souriant.

– Tu as vérifié dans un livre sur les coquillages ? Comment ça se fait que tu t'y connaisses ?

Je ris.

– Je ne sais pas. J'ai oublié d'où je tiens cette information.

Je la regarde admirer le coquillage avec un petit sourire. Je poursuis.

– Il faut savoir que les bigorneaux qui ont une spirale inversée ne peuvent se reproduire qu'avec des bigorneaux identiques.

Intriguée, elle croise mon regard.

– Comment font-ils pour se trouver s'ils sont aussi rares ? Ça paraît impossible.

Je hoche la tête.

– Par chance, leurs prédateurs ont recours à des techniques de chasse qui ne fonctionnent que sur les autres, les plus communs. Si les prédateurs essaient de les manger, ils n'y arrivent pas et doivent renoncer au bout du compte. Celui-là, avec ce motif, la façon dont il est fait, il gagne un jour. Et c'est un jour de plus pour s'accoupler. Il est rare, mais c'est un survivant, tout comme le bigorneau qu'il cherche.

Elle me regarde d'un air rêveur pendant que je parle. Son beau sourire et ses yeux noirs m'hypnotisent. Elle reporte son attention sur le coquillage.

– Je me demande si celui-là est mort avant de rencontrer son âme sœur. Le pauvre.

Je souris.

– J'aime croire que les vagues l'ont amenée sur la plage, et qu'ils ont vécu une longue vie de bonheur en mer tous les deux.

Elle sourit et retrace les volutes. Cette fois, quand elle me regarde, elle dit :

– C'est une très jolie surprise, Jake. Merci.

Je la garde dans mes bras jusqu'à ce qu'il soit l'heure de se lever et d'arranger la chambre. La journée va être longue. Je suis épuisé. Mais ça en valait totalement la peine.

Chapitre 26

Depuis notre conversation, dans la suite du Hilton, je m'imagine sans cesse fonder une famille avec Evie. Je n'y pensais pas beaucoup quand nous avions quatorze et quinze ans, même si dans le fond, je prenais cela pour acquis. Et par la suite, je ne me suis plus autorisé à l'envisager. Ça aurait été inutile et déchirant. Dans mon esprit, je l'avais définitivement perdue. Quel aurait été le but d'imaginer nos enfants aux yeux noirs galoper partout, alors qu'ils n'avaient aucune chance de voir le jour ? Mais maintenant... Je n'arrive pas à me le sortir de la tête. Elle n'a même pas dit qu'elle voulait réaliser ce rêve avec moi, mais je tiens à ce qu'elle sache que j'ai envie de ça avec elle. Et ce n'est pas envisageable tant que je ne lui aurai pas révélé mon identité.

J'ai tellement envie d'avancer que j'ai des vertiges. Mais pour aller de l'avant, je dois lui dire la vérité. Seulement, pour l'instant, elle peut imaginer ce que notre vie serait ensemble. Ça ne peut pas continuer comme ça.

Si, une fois qu'elle saura tout, elle décide de me quitter, je l'aurai laissée croire à un mirage. Je ne peux pas continuer à la mystifier. Je veux qu'elle ait tout ce qu'elle désire, même si ce n'est pas avec moi. Je suis saisi d'effroi à cette idée, mais je me reprends. *Fais ce qui te semble juste.*

J'ai veillé à ce qu'elle s'attache à moi afin de réduire les chances qu'elle me quitte. Peut-on être plus égoïste ? Je suis l'emblème des connards les plus décevants du monde. Si elle m'en veut, je ne pourrai pas le lui reprocher. Non seulement je la perdrais mais j'irais en enfer. La peur et la honte me tordent le ventre.

J'ai tellement envie de lui dire que je l'aime, mais je suis trop égoïste pour franchir ce pas. Or, l'amour n'est pas un sentiment égoïste. Je l'aime depuis toujours, mais je refuse de le dire avant qu'elle connaisse mon vrai nom.

Une semaine après ma surprise au Hilton, j'appelle Doc pendant qu'elle est au travail.

– Jake ! Comment allez-vous ?

– Bien, Doc. Tout va bien au travail.

– Et Evie ? Comment ça se passe avec elle ?

Je n'ai pas parlé à Doc depuis qu'Evie m'a surpris en train de lui envoyer un mail lui annonçant que j'avais repris contact avec elle.

– Bien. Mais, Doc... elle ne m'a pas reconnu. Je lui ai menti, je lui ai dit que Leo était mort et que j'étais l'un de ses camarades.

Un profond silence suit.

– Jake.

Il semble déçu. Eh merde.

– Je sais, Doc. Je sais. Vous pouvez me croire, je sais.

– Et vous ne lui avez toujours pas dit la vérité ? Mais pourquoi ?

– Je ne suis qu'un lâche, un vaurien qui a pris ce qu'il voulait. C'est elle que je voulais, et je croyais que c'était le seul moyen de la retenir. J'ai paniqué, j'ai menti, et maintenant... je sais que je dois lui dire la vérité, mais ça me terrifie. C'est tout moi, un bon à rien, un lâche.

Il soupire.

– Non, ça ne fait pas de vous un bon à rien. Mais vous savez que vous lui devez la vérité, pour la mettre face à un choix honnête. Donnez-lui le choix de vous choisir, vous, le vrai vous.

– Et si elle me rejette ?

Ma voix se brise.

– Alors, vous saurez que vous avez fait ce qu'il fallait et vous lui aurez montré votre amour en la laissant partir. Vous la respecterez en la laissant choisir la vie qu'elle veut, et en la laissant décider si elle peut vous pardonner.

Après quelques minutes de silence, il demande :

– Vous êtes sur le bon chemin, mon petit ? Vous vous sentez en paix au fond de vous ?

– Non, j'avoue après réflexion.

Je n'en suis pas loin, pourt... Je soupire.

– Ne vous laissez pas abattre. Dites-lui la vérité.

Je laisse échapper un soupir.

– D'accord. Je le sais. Mais lui dire, c'est...

– La chose à faire, mais ce n'est pas forcément la plus facile. Je crois en vous. Vous êtes plus fort que vous ne voulez bien le penser. Mais vous le savez déjà.

Je l'entends sourire.

– Bon. Faut que j'y aille, Doc. Merci.

Je dois raccrocher avant de fondre en larmes.

– Pas de problème, Jake. Vous allez y arriver.

– D'accord. Bye, Doc.

– Bye, mon petit.

Vendredi soir, je lui fais l'amour dans le noir, exprimant toutes mes émotions dans mes gestes d'adoration. Je suis conscient que je tente de mémoriser chaque partie de son corps au cas où je doive me contenter de ces souvenirs pour le restant de ma vie. Demain, je vais tout lui dire. Elle a prévu que nous dînerions chez ses amis, demain soir, et ça ne peut plus durer.

Je la tiens dans mes bras jusqu'à ce qu'elle s'endorme, puis je reste allongé dans la pénombre, m'imprégnant de son parfum et de sa chaleur. Est-ce la dernière fois que je vis ce bonheur ? Vais-je réussir à me faire comprendre ? Pourra-t-elle me pardonner ?

Je finis par me détacher d'elle et aller me servir un verre que je bois sur le balcon. L'air frais m'aide à faire le tri dans mes pensées, et l'alcool m'endort un peu. Je suis prêt à retourner me coucher quand Evie s'approche dans mon dos et enroule les bras autour de moi.

– Tu n'arrives pas à dormir ? demande-t-elle d'une voix ensommeillée.

– Non. Je me suis dit qu'un petit verre m'aiderait.

Retourne te coucher, Bébé. Je te rejoins dans une minute.

– D'accord.

Elle me serre contre elle avant de retourner dans la chambre.

La semaine dernière, je lui ai réservé une journée au spa, pensant que ça lui ferait du bien de se détendre avant de sortir dîner. Je n'ai pas annulé. Je veux qu'elle en profite, tout en étant conscient que j'essaie de gagner quelques heures. Quelques heures de plus où elle est à moi.

Au réveil, nous prenons un rapide petit déjeuner avant son rendez-vous. Dès que je suis prêt, je m'installe au salon pour l'attendre. J'essaie de travailler, mais j'ai du mal à me concentrer, si bien que je finis par renoncer et à rester assis sans rien faire. Je ne cherche pas ce que je vais lui dire quand elle reviendra, l'ordre exact ne changera rien. Je ne sais même pas si elle me laissera poursuivre, une fois qu'elle saura qui je suis, et que je lui mens depuis nos retrouvailles. Est-ce qu'elle va pleurer ? Être en colère ? Me gifler ? Je l'espère. Je le mérite. Je suis nauséeux et terrifié, mais je suis déterminé.

L'interphone me sort des réflexions qui tournent en boucle depuis une heure. Je réponds et le second portier, Carl, m'annonce :

– Monsieur Madsen, Mademoiselle Cruise est à l'accueil. Elle n'a pas l'air… bien. Dois-je la laisser monter ?

– Oui, bien sûr, dis-je, inquiet.

Elle était supposée m'envoyer un SMS afin que je lui envoie une voiture. Est-ce qu'il y a eu un problème au spa ?

Quand les portes de l'ascenseur s'ouvrent, Evie en sort, la mine pâle et traumatisée. Mon cœur cesse de battre.

– Evie, Bébé, qu'est-ce qui ne va pas ? dis-je en passant le bras autour de ses épaules pour la guider vers mon appartement.

Je referme la porte derrière nous, me tourne vers elle et prends son visage entre mes mains.

– Parle-moi, Trésor. Qu'est-ce qui se passe ?

Je l'inspecte, à la recherche d'une blessure, d'un signe qui explique son état.

– Enlève ton tee-shirt, Jake, dit-elle d'une voix blanche.

Confus, je la fixe un instant.

– Quoi ? Je ne comprends pas...

– Montre-moi ton dos, Jake.

Elle me regarde dans les yeux à présent, la peur, le choc et la colère marquent ses traits. Alors que je la fixe, je comprends, pris de panique, où elle veut en venir. Qui a pu lui parler de mes tatouages ? C'est à moi que revient le devoir de tout lui expliquer. Ce n'est pas comme ça que j'avais prévu de commencer. Je ferme les yeux en priant pour que le temps s'arrête. Quand je rouvre les yeux, elle déborde de tristesse.

– Evie, à qui as-tu parlé ? Bébé, laisse-moi t'expliquer.

– Non ! hurle-t-elle d'une voix tremblante. Je veux voir ton dos, Jake !

Pas ça. Je ferme les yeux, et résigné, je baisse la tête avant de relever les yeux vers elle. Peu importe qui lui a dit. Je voulais y aller en douceur, mais le destin s'en est mêlé. Je remonte mon tee-shirt et le passe au-dessus de ma tête. Je me tiens devant elle, torse nu, comme cela m'est souvent arrivé. Je la fixe une dernière fois dans les yeux, l'implorant de comprendre. Ses grands yeux paniqués exigent une explication.

Lentement, je me tourne et lui montre mon dos nu. Je baisse la tête tandis que son regard me brûle la peau. Le sang afflue dans ma tête, l'écho des battements de mon cœur résonne dans mes tempes.

Elle retient son souffle, mais je ne bouge pas. Les secondes s'égrènent lentement, et je ne bouge toujours pas quand elle recule dans un cri étranglé.

J'ai la tête vide et, soudain, je me revois à San Diego, quelques mois avant les dix-huit ans d'Evie. Cette date sur le calendrier me lançait des appels douloureux, me procurant des migraines insupportables, même la première semaine, alors que pour moi, ce qui s'était passé avec Lauren signifiait que je l'avais perdue pour toujours. Je me croyais déjà mort intérieurement. Je n'étais pas encore prêt à l'admettre, mais avec le recul, je sais que je devais mettre un terme à cette souffrance. Je n'en pouvais plus. Je vivais ma vie au sommet d'un immeuble en flammes, et la seule solution était de sauter dans le vide. Je suffoquais, les flammes me léchaient de partout. La mort semblait me promettre l'air frais qui était inaccessible depuis ce brasier dans lequel j'étais piégé. Ce n'était pas une alternative, c'était de la survie.

Je désirais mourir, mais je voulais l'emmener avec moi, au moins symboliquement. Une partie de moi se languissait de lui raconter mon histoire, notre histoire, celle dans laquelle j'avais détruit tout ce que j'avais eu de beau, avant de mettre fin à mes jours.

C'est ainsi que j'ai eu l'idée du tatouage. Le tatoueur m'a aidé à dessiner le motif que je lui ai décrit. En silence, je l'avais vu coucher le premier concept sur le papier. À la fin de mon récit, il m'avait demandé si c'était mon histoire.

Je l'avais observé un instant, avant de simplement répondre « oui ».

Willow était présente elle aussi, elle marchait sur une corde, malgré la menace constante de tomber. Pas de filet de sécurité, juste le vide, le sol dur en dessous. C'était Willow, mais elle n'était pas la seule à vivre dans la peur et la solitude, sans refuge où atterrir.

Et les clowns. Tous les sans-cœur censés nous protéger, nous faire rire, une échappatoire à la cruauté de l'existence. Au lieu de ça, il s'avérait être les pires de tous.

Et moi, moitié lion moitié jeune homme, comme Evie me voyait. Je trouvais qu'elle avait peut-être raison, car la moitié du temps, j'étais enragé, sauvage, indompté, et l'autre moitié trop sensible, trop tendre pour ce monde pervers. Je ne savais pas comment réunir ces deux facettes en une personne solide, j'ignorais comment être les deux à la fois, plutôt que l'une ou l'autre.

Elle avait essayé de me montrer, mon Evie, ma dompteuse de lion, mais je n'avais pas été à la hauteur. Même pour elle, la personne que j'aimais par-dessus tout, je n'étais pas à la hauteur. Je ne serais jamais assez bien.

Dans le fond, Monsieur Loyal supervisait l'ensemble, orchestrait le spectacle. Il avait mis les clowns, en quantité, en scène. Il avait placé Willow sur une corde raide, sans filet de sécurité. Il m'avait fait moitiédiminué moitié-sauvage. Mais... mais il m'avait donné une belle dompteuse au regard aussi profond que l'éternité, et à Willow, des amis prêts à la rattraper en cas de chute. Il m'avait donné le courage de les aimer toutes les deux, un jour, il y a bien longtemps. Quel sens trouver à tout ça ? Comment l'appréhender alors que je ne comprenais pas les spectacles dans lesquels je tenais un rôle ? Était-il gentil ou cruel ? Je ne savais pas, et la question semblait sans réponse.

J'avais payé un supplément pour réaliser mon tatouage dans la journée, et quand le tatoueur a répondu que ce serait trop douloureux, j'ai rétorqué que ça m'était égal. Chaque fois que l'aiguille s'enfonçait dans ma peau, j'appréciais la douleur. Je méritais de souffrir. La souffrance physique rejetait les tortures émotionnelles au second plan, et ce jour-là j'ai enfin retrouvé un peu de paix.

Plus tard, dans la soirée, alors que je m'enivrais seul, j'avais observé le dessin sur papier qui avait servi de modèle à l'histoire désormais gravée dans ma peau. J'avais fixé Evie dans les yeux, et même à travers la copie de la copie des fenêtres de son âme, j'avais senti mon cœur revenir à la vie. Face à son beau visage, j'avais pris la décision de vivre. Je ne savais pas d'où ça venait, mais une voix me murmurait à l'oreille de tenir bon. Alors je m'étais accroché. Un petit moment.

Le cri étranglé d'Evie me ramène sur terre. Je sursaute, mais reste dos à elle. Elle surgit devant moi, prend mon menton d'une main tremblante pour m'obliger à la regarder dans les yeux.

– Pourquoi tu me regardes comme ça ? demande-t-elle d'une voix neutre, malgré son regard paniqué.

Je fouille son regard à la recherche d'une lueur d'amour ou de compréhension. Je ne trouve rien, mais je sais ce qu'elle attend de moi.

– Parce que ton visage me plaît.

Elle recule en titubant, pousse un petit cri quand elle comprend tout. Puis, comme je l'avais imaginé, elle s'enfuit.

Je suis comme paralysé, sans réfléchir, je la suis en criant son nom. Chancelante, elle s'engouffre dans l'ascenseur, et les portes se referment entre nous.

Comme je l'avais redouté, elle disparaît. Je ne peux que tomber à genoux devant les portes closes, la tête entre les mains, le cœur en miettes.

Chapitre 27

Je ne sais pas combien de temps je suis resté dans cette position avant de trouver la force de me relever et de rentrer chez moi. Je suis complètement abattu. Je remets mon tee-shirt et regarde la ville par la fenêtre. J'affronte mes actes et imagine ce qu'elle doit ressentir en ce moment. Est-elle en train de pleurer ? De souffrir ? Est-ce qu'elle me hait ? Oui, probablement. Son expression, juste avant que les portes de l'ascenseur se referment, en disait long. J'ai trahi sa confiance, une fois de plus. Je l'ai abandonnée puis je l'ai déçue. Elle me déteste, mais pas autant que je me hais.

Où est-elle ? Est-elle seule chez elle ? Réconfortée par ses amis avec lesquelles nous devions dîner ce soir ? J'aimerais tant être celui qui la rassure. Mais elle ne veut pas de moi, l'origine de son chagrin.

Et si elle était blessée ? Elle s'est enfuie en courant, et je ne sais pas où elle est allée. Je dois m'assurer qu'elle va bien. Pris de panique, je considère l'état dans lequel elle était en partant, les quartiers malfamés dans lesquels elle aurait pu tomber si elle était partie dans la mauvaise direction.

Comme je ne peux pas rester sans rien faire, j'attrape mes clés et sors. Je roule sans but tout en composant plusieurs fois son numéro, en faisant comme si je n'avais pas de destination. Je finis par arriver là où je savais que je finirais. Je me gare devant chez elle et lui envoie un SMS avant de la rappeler. Toujours pas de réponse. Je descends de voiture et sonne à sa porte. Pas de réponse. Elle pourrait être à l'intérieur et refuser de répondre. Je veux juste m'assurer qu'elle est en sécurité.

Je reprends ma voiture et roule pendant quelque temps, renouvelant mes appels, mes SMS. Je finis par laisser un message sur sa boîte vocale.

« Evie, mon Dieu... je... appelle-moi, je t'en prie. Je deviens fou. Tu es partie en courant et je ne sais même pas si tu vas bien. Bébé, dis-moi juste si ça va. Au moins ça. Même si tu ne veux plus jamais me parler, ou si... tu ne veux plus entendre parler de moi... s'il te plaît, dis-moi si tu es en sécurité. Je suis passé chez toi, tu n'y étais pas et il est tard... j'espère que tu vas bien. »

Je prends une inspiration tremblotante avant de couper. Elle va probablement bien, elle est chez elle et ne répond pas, ou chez ses amis. Il faut qu'elle aille bien. Je continue à rouler dans la nuit tombante, sans destination particulière en tête. Presque choqué, je me rends compte que je suis arrivé dans la rue où j'ai grandi, que je m'arrête devant la maison où j'ai passé les onze premières années de ma vie. Pourquoi suis-je venu ici inconsciemment ? Qu'est-ce qui m'a amené dans cet endroit que je n'ai jamais souhaité revoir ?

Pendant que je me gare, je réalise que cette maison ne se trouve qu'à quelques kilomètres de chez Evie. Nos maisons d'accueil étaient également à moins d'un kilomètre d'ici. Proches physiquement, mais elle a fait un million de kilomètres. C'est notre cas à tous les deux, en un sens, mais elle a parcouru tout ce chemin seule.

Tandis que j'examine la maison de mon enfance à la lumière des lampadaires, d'horribles souvenirs me reviennent. Je prends ma tête entre mes mains et me laisse envahir par ces images cauchemardesques. Beaucoup de mauvaises choses se sont déroulées sous ce toit, ces murs ont abrité tant d'épisodes qui m'ont ébranlé pour toujours. Mais d'une certaine façon, alors que je suis assis dans ma voiture, les mauvais souvenirs ont moins d'impact sur moi que je ne l'aurais cru. Au contraire, dans le souvenir le plus fort que je garde, je suis assis dans l'étroite salle de bains, à l'étage, avec Seth. Il aimait ce minuscule espace, et je l'y emmenais souvent en rentrant de l'école, nous y restions parfois pendant des heures. Je faisais mes devoirs assis par terre, et j'essayais de lui apprendre ce que j'avais fait pendant la journée. La plupart du temps, il m'ignorait, mais de temps à autre, son regard s'éclairait et pendant une minute ou deux, il était présent. C'était stupéfiant.

Le claquement de la porte me ramène au présent. Je lève les yeux, et un vieil homme noir sort fumer une cigarette sur les marches du porche.

Je savais qu'ils n'habitaient plus ici. J'ignore où ils sont, et même s'ils sont toujours en vie. Je n'ai aucun désir de le savoir. Mais voir un inconnu sortir par cette porte me surprend tout de même un peu. Je démarre et reprends mon chemin.

J'aurais cru qu'aujourd'hui, plus que tout autre jour, revoir cette maison m'anéantirait. En fait, c'est plutôt le contraire. Ça m'a fait du bien d'y aller. Je me sens plus fort. Comme si je m'étais rendu compte qu'elle n'avait pas tant de pouvoirs sur moi. Malgré la confusion, ça me rassure.

Je me retrouve devant la maison d'accueil où Evie vivait au moment de mon départ. Elle paraît abandonnée, avec son jardin en broussailles et ses murs décrépits. Je me gare dans une rue adjacente et lève les yeux vers le toit où j'ai souvent grimpé pour la retrouver. L'endroit où je suis tombé amoureux... où nous avons ouvert notre cœur, fait tant de rêves à deux. Une boule se forme dans ma gorge. Pourvu qu'il ne soit pas trop tard.

Au bout de quelques minutes, je me rends au cimetière où Seth a été enterré. Cette fois, je me dirige directement vers sa tombe, où la pierre tombale que j'ai commandée a été installée. Je m'assieds dans l'herbe humide, mais je ne dis rien. J'ai juste besoin d'être avec mon frère. Un message arrive sur mon téléphone. C'est Evie qui envoie deux petits mots :

Suis entière.

Je soupire de soulagement et reste encore un moment là. *Bats-toi.* Je relève la tête. Je ne sais pas si cet ordre a jailli de ma tête ou si je l'ai imaginé, mais soudain, je me le répète en boucle si bien qu'il remplit mes pensées, me renforce. *Bats-toi.* Je finis par me lever, et rentrer chez moi.

Je me réveille de bonne heure. J'ai mal dormi, mais je déborde d'une nouvelle énergie. Je vais me battre pour elle. J'ai fait le con. J'ai été égoïste et menteur, je lui dois beaucoup, des excuses, des explications. Je ramperai à ses pieds jusqu'à la fin de mes jours si c'est ce qu'elle veut. Je suis prêt à tout pour qu'elle comprenne. Et si elle trouve la force de me pardonner, je passerai ma vie à lui prouver qu'elle a fait le bon choix.

Je me douche, m'habille et vais chez elle. J'ai une sale tête mais ça m'est égal. Je sonne à la porte, et pendant que j'attends, Maurice sort sur son palier.

– Elle est partie il y a près d'une heure.

Il disparaît sans rien ajouter. Peu bavard, mais efficace.

Je m'appuie contre son immeuble, décidé à patienter un moment dans l'espoir qu'elle revienne vite. Un instant plus tard, je la vois surgir au bout de sa rue, une tasse de café dans une main et un sac en papier dans l'autre.

Elle repère ma voiture et ralentit le pas. Je vais à sa rencontre, les mains dans les poches et lorsqu'elle me voit, elle s'arrête.

Un tourbillon d'émotions traverse son visage à toute vitesse : la surprise, le chagrin, l'amour. C'est là, et ça me donne bon espoir. L'air paniqué, elle fronce les sourcils tandis que nous nous fixons. Elle essaie de me contourner, m'évite lorsque je me tourne. Mais je suis plus rapide et je la rattrape par-derrière. Rien ne l'oblige à me pardonner, mais elle va m'écouter. Ce moment aurait dû avoir lieu il y a huit ans, et même si c'est uniquement de ma faute, ça doit cesser immédiatement. Elle se débat faiblement, mais je m'accroche férocement à elle et l'entraîne jusqu'à la porte de son immeuble.

– Donne-moi ta clé, Evie.

Elle me tend son trousseau, ses yeux lancent des éclairs. Pas grave, elle va m'écouter.

J'ouvre et la porte à l'intérieur, même si elle ne résiste plus. Je la repose sur ses pieds, et referme derrière nous. Nous nous mesurons du regard, moi entre mes paupières baissées, elle d'un œil noir. Je suis le premier à tourner la tête, à rompre le contact.

– Evie, il faut qu'on parle. Tout de suite.

– Pourquoi c'est toi qui déciderais à quel moment nous devons parler ? Ce ne serait pas à moi d'en décider, pour une fois, Jake ? Ou dois-je t'appeler Leo ? Tu portes les deux prénoms ?

Je ferme les yeux et fais appel à toute ma patience. Je comprends sa colère, mais elle doit savoir qu'une conversation s'impose. Après, elle pourra me détester. Mon Dieu, j'espère qu'elle ne me haïra pas.

– Evie, s'il te plaît. Est-ce qu'on peut discuter ? Est-ce que tu vas m'écouter ? C'est l'enfer pour moi. Je t'en supplie. Je veux seulement que tu me dises si tu veux bien m'écouter. M'écouter vraiment.

– L'enfer pour toi ? Je t'en prie, Jake. Ça m'ennuierait de te compliquer la vie. Mais prends donc un siège. Tu veux un rafraîchissement ? Un massage des pieds ?

Elle me lance un regard furieux. Je soupire.

– Assieds-toi, Evie. Maintenant.

Elle continue de me fixer un moment puis, résignée, elle se laisse tomber sur le canapé. Je m'assieds à mon tour, en laissant de l'espace entre nous. Nous sommes pratiquement chacun à un bout de l'assise.

– Si tu as besoin de quelque chose, va le chercher maintenant. La conversation risque de durer un moment. Prends ce qui te faut pour te sentir à l'aise et ne bouge plus du canapé.

Elle hausse les sourcils, puis libère un souffle.

– Je n'ai besoin de rien, Jake... Leo. Parle, qu'on en finisse.

Elle se pince le nez comme si elle commençait à avoir mal à la tête.

J'hésite un court instant. Je sais que je dois lui expliquer pourquoi, mais mon cœur bat à tout rompre en anticipant la suite.

Je me rapproche d'elle, et pendant quelques secondes, elle regarde droit devant elle, stoïque. Puis elle enfouit son visage entre ses mains et se met à sangloter. *Oh, putain, Evie, Bébé. Je suis tellement désolé.* Je la prends dans mes bras et la berce. Je ne peux pas alléger cette peine. *C'est moi qui lui ai fait ça.* Je tente d'absorber son chagrin dans mon cœur. Je le prendrais volontiers si je pouvais. Seulement, ça ne marche pas de cette façon. Je le savais il y a huit ans, et je le sais toujours.

Elle écarte les mains de son visage et s'écrie d'une voix étranglée :

– Je t'ai attendu ! J'ai attendu et attendu, et tu as disparu d'un coup. Je ne savais pas si tu étais vivant ou mort. Je ne savais pas si tu avais décidé de commencer une nouvelle vie et de tirer un trait sur moi ! Et j'ai continué d'attendre. Et honnêtement, même si je ne me le suis pas avoué à moi-même, j'ai continué à t'attendre jusqu'au jour où tu es revenu dans ma vie, sous un autre nom ! Je n'ai jamais cessé d'attendre un garçon qui m'a oubliée comme si je ne comptais pas !

Ses sanglots, de plus en plus violents, me terrassent complètement. Je la serre plus fort contre moi, sans cesser de la bercer. Contre toute attente, elle s'accroche à moi et me regarde de ses beaux yeux emplis de tristesse. Elle me scrute un instant, puis passe le pouce sur mes joues, étalant mes larmes. Je pleure ?

Ses mains s'immobilisent, mais elle continue à me dévisager. Puis ses doigts explorent mes traits, mes sourcils et mes pommettes, mon nez et ma mâchoire. Ses yeux suivent le parcours de ses mains. Je ne dis rien. Je me demande juste ce qu'elle pense, si elle retrouve en moi le garçon qu'elle a connu. Dès que nos regards se croisent, le courant passe entre nous. Je ne sais plus quoi faire. J'ignore de quoi elle a besoin en cet instant. Alors, je reste immobile.

Pendant qu'elle scrute ma bouche, avance le visage vers moi, je me rapproche d'elle. Elle semble désespérée, et rapidement, nous gémissons en nous dévorant. Quand je lui enlève son pull et baisse son soutien-gorge pour lécher et sucer ses seins, elle crie « Leo ! », et un râle de satisfaction s'échappe de ma gorge. Personne ne m'a appelé Leo depuis huit ans, et ce mot attise mon désir. C'est comme si nous recommencions tout, comme si je pouvais enfin être moi-même, libre du bagage émotionnel que je traîne depuis San Diego. Par ce simple mot, ce garçon mal assuré reprend le dessus. Dans un regain d'énergie bestiale, je me sens merveilleusement bien.

– Répète.

Elle sait ce que je veux dire.

– Leo, Leo, Leo, répète-t-elle alors que je l'allonge, et qu'elle enroule les jambes autour de moi. Fais-moi l'amour, Leo.

Je reste en arrêt devant son expression. Elle en a envie, mais pas parce qu'elle sait qu'elle peut me pardonner. Elle en a envie même si elle ne sait pas encore si elle le pourra ou pas.

Je me remets à embrasser et à sucer ses seins tandis qu'elle se tortille et se frotte contre moi. Je connais presque aussi bien son corps que le mien, et je peux lui donner ce qu'elle aime. Elle gémit, se cambre pour mieux se donner à moi, à ma bouche qui savoure ses mamelons roses.

– S'il te plaît, j'ai besoin de toi.

– Mon Evie, je souffle, en m'allongeant sur le côté pour baisser son jean et son slip.

J'insinue la main entre ses cuisses et caresse lentement son bouton gonflé tout en reprenant son sein dans ma bouche. Mon doigt se cale sur la cadence de ma bouche, et très rapidement, elle halète et dit mon nom dans un souffle.

Dans un éclair d'excitation, mon sexe se dresse si brusquement que je frissonne. Je risque de jouir rien qu'en la touchant, en entendant ses petits bruits. Nous communiquons par le plus simple des langages, sans le moindre mot.

J'enfonce un doigt entre ses lèvres presque trempées. Mon pouce retrouve son clito, et ses jambes s'ouvrent largement pour m'aider à la satisfaire.

Elle me regarde entre ses paupières lourdes et gémit pendant que je la caresse. Observer son visage me procure un plaisir presque insoutenable.

Je continue à l'aimer avec mes doigts tout en l'admirant, puis je change de rythme juste avant qu'elle jouisse. Je prolonge son plaisir pour décupler son orgasme.

– Leo ! supplie-t-elle quand je ralentis.

Elle soulève les hanches pour cueillir son orgasme.

J'ajoute un autre doigt et accélère la cadence comme elle aime, massant, allant et venant en elle à un rythme effréné. Nous gémissons, et je vois qu'elle va jouir.

– Jouis pour moi, Evie.

Elle se tend, arque le dos et crie plusieurs fois mon nom.

J'enlève mon jean, et alors qu'elle écarte les jambes, je la retourne sur le ventre. Le besoin de la posséder est primaire, presque animal. Je ne pense plus, je ne fais que ressentir, agir d'instinct.

Je remonte ses fesses, me positionne et m'enfonce en elle sous nos gémissements. Je commence à aller et venir lentement, puis plus vite en disant son nom, et elle répond « Leo, Leo, Leo ».

Je la tiens par les hanches et regarde mon sexe disparaître en elle, brillant de son miel.

Je grogne à chaque coup de reins. Evie est mon univers, son odeur, nos sons combinés, sa chaleur serrée autour de moi.

Elle se met à panteler, et je passe le bras sous son ventre pour toucher son clito. Elle s'agite, rejette la tête en arrière et plaque ses fesses contre moi pour m'enfoncer à fond en elle. Je jouis si fort qu'un feu d'artifice explose derrière mes paupières.

Je continue à la caresser un instant, puis, la tête sur son dos, je reprends mon souffle.

Au moment où elle finit par s'effondrer sur le canapé, je la retourne face à moi. Nous restons accrochés l'un à l'autre.

Je m'assieds, l'installe sur mes genoux, nos corps nus collés l'un à l'autre, notre respiration redevient normale.

Je m'écarte pour prendre son visage entre mes mains, finalement capable de dire les mots qui me brûlent la gorge depuis huit longues années.

– Je t'aime, Evie.

Pendant qu'elle me fixe, je continue.

– Je ne sais pas ce que tu imagines, mais sache que je t'aime. Je t'ai toujours aimée. Je n'ai jamais cessé. Pas une seule seconde en huit ans.

Chapitre 28

Nous faisons un brin de toilette, puis elle revient s'asseoir à côté de moi. Nous sommes encore sous le coup de ce qui vient de nous arriver. On aurait dit que nos corps avaient pris le contrôle, réclamant quelque chose de nécessaire, même si nous savions que ça ne changerait rien à notre problème. Elle commence par me demander pourquoi j'ai changé de nom. Je prends le temps de répondre. Le moment est venu.

– Lauren m'a demandé si me faire appeler par mon deuxième prénom, avec mon nouveau nom de famille, m'aiderait à prendre un nouveau départ. Au début, j'ai refusé mais au bout d'une semaine, j'ai fini par accepter. Je voulais devenir quelqu'un d'autre, en toute sincérité, je voulais échapper à moi-même. Bien sûr, ce n'est pas en changeant de nom qu'on devient quelqu'un d'autre mais, sur le moment, ça me semblait être un bon début. Je me suis inscrit à l'école sous le nom de Jake Madsen et personne ne m'a plus appelé Leo.

Ça me semble normal qu'Evie soit la première à m'appeler par mon vrai nom, comme si je me cachais derrière Jake Madsen depuis huit ans. Peut-être que d'une certaine façon, inconsciemment, j'essayais de protéger mon vrai moi. Toutefois, je réalise qu'Evie est la seule personne à laquelle j'ai besoin de me montrer sous mon vrai jour, et la seule avec laquelle je redoute de le faire. Ça ne justifie pas mon mensonge, mais c'est ce qui a motivé ma malhonnêteté. La peur. Son jugement est le seul qui compte réellement, le seul qui puisse m'anéantir. Je commence à croire qu'il y a peut-être une chance pour que je fasse la paix avec mes vieux démons. Mais vais-je survivre si Evie estime que je suis impardonnable ? Mon Dieu, je ne sais pas.

Apeurée, elle me demande des détails sur cette première semaine. C'est comme ça que je commence à lui raconter mon histoire, faite de secrets et de honte, d'erreurs et peut-être, éventuellement, de rédemption. Je vais du premier vol pour San Diego au retour à Cincinnati.

Elle m'écoute attentivement, passant de la peine à la colère puis au chagrin. Mon Evie, et son visage expressif. Elle ne sait pas cacher ses émotions, ou elle n'essaie pas. Dans un cas comme dans l'autre, sa beauté et sa force m'apparaissent plus clairement à la lumière de mon histoire. Je me suis caché de toutes les manières possibles. Mais, au final, les démons m'ont retrouvé.

Je lui raconte ce jour décisif dans le sous-sol de la maison de San Diego. L'horreur sur son visage est dévastatrice, si bien que j'hésite à poursuivre. Mais je rassemble mon courage et je continue. Je lui dois bien ça, même si la honte m'envahit, me dévore. Je revis par mon récit le moment qui nous a tous les deux affectés, celui qui a changé notre chemin, peut-être définitivement. Car elle aussi a été touchée par ce bouleversement. J'assume ma part de responsabilité. Elle traite Lauren de pédophile, et elle a peut-être raison. Toutefois, j'ai coopéré. Elle m'a manipulé, et je me suis laissé piéger. Je l'accepte, je n'ai pas le choix.

J'ai beaucoup appris, et je vois mes réactions sous un nouveau jour depuis que j'en ai parlé avec le docteur Fox. Il m'a aidé à comprendre pourquoi j'avais joué ce rôle. Mais je n'ai toujours pas réussi à me défaire de la honte. C'est peut-être la dernière pièce du puzzle. J'ai fait la paix avec le passé, m'autorisant à me libérer d'une partie du chagrin, et j'ai dit la vérité à Evie. Peut-être que je dois aussi me détacher de Lauren si je veux conclure ma guérison et être cet homme entier dont Doc m'a parlé. Pourquoi est-ce que ça me semble impossible ?

– Tu ne me faisais pas suffisamment confiance pour m'en parler ? dit-elle, un sanglot dans la voix.

Mon cœur se serre.

– Cent fois, j'ai imaginé la manière de t'expliquer ce qui s'était passé. J'avais désespérément besoin de toi, j'ai cru mourir tellement tu me manquais. Mais qu'étais-je supposé dire ? Je n'y comprenais plus rien, alors comment aurais-je pu te l'expliquer ? J'étais surtout profondément honteux. Au bout d'un moment, j'ai fini par vivre le manque de toi comme ma pénitence pour être moi, quelqu'un qui détruit les gens qu'il aime. Le plus insupportable, c'était d'imaginer l'effet que mon silence devait avoir sur toi.

Je réfléchis un instant et écoute mon cœur.

– Mais avec le temps, j'ai fini par me convaincre que loin de moi, tu avais plus de chances de t'en sortir. Je me disais que j'étais brisé, que certaines personnes ne peuvent pas s'en sortir ou que si elles y parviennent, c'est grâce à un amour si fort qu'il écrase l'autre. Je ne pouvais pas risquer de te détruire encore plus que je ne l'avais déjà fait, Evie. Je me suis convaincu que connaître la vérité à mon sujet te ferait encore plus de mal que de te laisser tranquille.

Quand Evie me considère avec empathie, se retenant de me toucher, elle prouve sa profonde gentillesse plus qu'elle ne m'accorde son pardon.

Je n'ai jamais rien fait d'aussi difficile que de raconter la vérité à Evie. Je ne ferai plus jamais rien d'aussi dur. La regarder dans les yeux et lui expliquer les tourments que j'ai traversés. J'étais devenu celui que je m'étais promis de ne jamais être : lâche, drogué, menteur. J'étais devenu comme celui qui m'avait nui étant enfant, m'abrutissant à coups de substances au lieu d'affronter mes troubles. Et lorsque que je me révèle devant elle, je me demande comment elle pourrait encore m'aimer.

Quand je décris mon accident, elle me serre la main, et c'est presque trop.

Je repose mes mains sur mes genoux, conscient de ne pas mériter son réconfort.

Je lui parle de la crise cardiaque de mon père, du docteur Fox, de tous les mois que j'ai passés alité, à réfléchir, à vouloir si fort qu'elle fasse de nouveau partie de ma vie que je souffrais physiquement.

J'évoque les jours pendant lesquels je l'ai suivie, du moment où j'ai bredouillé un mensonge et me suis enfoncé sur ce chemin. Je grimace. L'avoir trompée me rend malade, mais en même temps, je me réjouis que nous ayons pu découvrir quel couple nous formerions aujourd'hui sans les complications que mon identité aurait immédiatement soulevées. Faute de savoir comment réconcilier ces sentiments antagonistes, je n'essaie pas. Je me confie, c'est tout. Je confie tout, sans retenue.

– Plusieurs fois, j'ai été sur le point de tout te dire. J'étais presque certain que tu avais compris qui j'étais le soir où je t'ai reconduite chez toi, après notre premier rendez-vous, et que nous sommes restés front contre front, exactement comme la nuit où je t'ai embrassée sur le toit.

Elle m'observe en silence, l'air triste et pensif, avant de dire :

– J'ai toujours été douée pour ignorer ce qui me dérange, pour me réfugier dans ma tête. C'est ce qui me permet d'inventer des histoires, je crois. Cette capacité à m'évader dans un monde imaginaire, c'est un instinct de survie pour moi. Peut-être que c'est ce que j'ai fait avec toi. Dans le fond, je savais qu'il y avait quelque chose que je refusais d'affronter. Je t'ai laissé me mentir, parce que ce mensonge me faisait du bien. Je l'admets.

C'est bien elle, endosser la responsabilité du moment où la vérité éclaterait, mais je le refuse. Possible qu'elle ait fermé les yeux, mais elle n'est pas à blâmer. C'est moi le menteur.

– Je ne te laisserai pas te sentir responsable de cette situation. Tu as peut-être fait des choix inconscients, mais tu ne peux pas te le reprocher. C'est moi qui ai pris en toute conscience les décisions. Je suis le seul fautif. Je comprends que tu aies besoin de temps pour digérer tout ça. Mais s'il te plaît, Evie, je ne peux pas te perdre une deuxième fois. Je n'y survivrai pas. Pourrais-tu juste essayer de me pardonner ? De me comprendre ?

Après un instant de réflexion, elle répond très calmement.

– Je ne sais pas. J'ai juste besoin de temps, Leo. Tu viens de retracer huit années de vie... une vie très complexe... pour nous deux. (Elle rit tristement.) Est-ce que... tu me laisses un peu de temps pour réfléchir ? Seule ? S'il te plaît ?

Elle a patiemment écouté mon histoire tordue, traversant toutes les émotions en même temps que moi. Je lui donnerai tout le temps dont elle a besoin.

Je me sens épuisé sur le plan émotionnel, vidé, terrifié à l'idée qu'elle ne puisse pas me pardonner. Mais j'ai repris le bon chemin, je le sais. Je le sens. Maintenant, je n'ai plus qu'à prier pour qu'elle me rejoigne, pour que nous partagions la même route.

Alors que je suis sur le point de sortir de chez elle, peut-être pour la dernière fois, je dis d'un ton posé.

– Ton don pour raconter des histoires, Evie ? Ce n'est pas parce que tu te réfugies dans ta tête ou que tu vis dans un monde imaginaire. Ça provient de la beauté de ton cœur. C'est parce que tu es capable de te détacher des situations les plus horribles. C'est l'une des raisons pour lesquelles je t'ai aimée chaque jour depuis mes onze ans.

Je veux que les derniers mots que je lui adresse soient des mots d'amour.

Je sors et referme la porte sans bruit.

Chapitre 29

Je passe les deux jours suivants dans un état de désespoir latent. Cependant, je parviens à tenir sans m'abrutir d'une manière ou d'une autre.

Je fais du sport, je me plonge dans le travail et, le soir, je rentre épuisé par toutes les émotions que j'affronte, tout en étant fier de tenir bon. Je le prends comme le signe de ma guérison en cours et je m'autorise cette petite part de fierté. Je ne sais pas à quoi tient la différence. Peut-être au temps passé avec le docteur Fox, ou à l'apaisement d'avoir enfin dit la vérité. Peut-être est-ce parce qu'Evie, qu'elle veuille toujours de moi ou non, ne m'a pas regardé avec dégoût ni haine. De la peine, oui. Du dégoût, non. Cette source de soulagement me rend humble.

Mes plans n'ont pas changé. Je vais me battre pour elle. Mais avant cela, elle a besoin de temps pour assimiler mes révélations.

Quelques jours après notre discussion, je me rends à l'aéroport au petit jour. Preston et moi avons embauché un nouveau vice-président des opérations pour la succursale de San Diego, et je veux être là pour l'accueillir. Ce n'est pas un voyage imposé, mais quitter Cincinnati me changera les idées le temps d'une journée, et j'arrêterai de faire les cent pas devant ma porte en attendant un signe d'Evie.

Avant d'embarquer, j'écoute mes messages. Un numéro inconnu, avec un message de Lauren.

– Jake, j'ai besoin de toi. J'ai été arrêtée. Un malentendu, évidemment. Ces incompétents m'ont emmenée en prison, Jake. C'est incroyable ! Tu dois payer ma caution... (Stupéfait, j'entends qu'elle bouche le combiné pour parler à quelqu'un d'autre. Puis elle reprend.) Jake, je t'en prie, fais-moi sortir d'ici. La lecture de la mise en accusation aura lieu lundi. Réserve un billet d'avion ! Je ne m'imagine pas passer une nuit ici. Prépare l'argent, trésor. Je suis à la prison centrale de San Diego.

Je range mon téléphone dans ma poche, totalement confus. Arrêtée ? Pour quel délit ? Pourquoi m'appeler, moi ? Levant les yeux, je me rends compte que la première classe embarque. Je saisis mon sac et marche vers l'avion.

Quand j'atterris à San Diego, je vais rapidement chercher ma voiture de location et je quitte le parking. J'ai cherché les coordonnées du poste de police pendant que je faisais la queue au comptoir, aussi je compose leur numéro. On me passe de poste en poste avant que je tombe sur l'inspecteur Peterson.

– Inspecteur, je suis Jake Madsen, le fils de Lauren Madsen. Elle m'a laissé un message disant qu'elle avait été arrêtée.

– Oui, Monsieur Madsen, répond-il d'un ton solennel. Je suis l'inspecteur chef responsable du flagrant délit qui s'est conclu par l'arrestation de votre mère.

– Un flagrant délit ? je répète, incrédule. Ça a l'air grave. J'ai cru qu'elle avait pris le volant après avoir bu quelques verres de trop.

– Non, Monsieur Madsen. Je ne peux pas vous fournir d'informations par téléphone, mais si vous êtes dans le coin, je serais heureux de vous rencontrer pour vous expliquer cette affaire en détail.

Je marque une pause.

– Il se trouve que je suis à San Diego. Je n'habite plus ici, mais je suis là pour la journée. Je peux venir maintenant si ça vous convient.

Qu'est-ce que c'est que cette histoire ? Est-ce que ça m'intéresse, en fait ? Non, pas vraiment, mais la curiosité l'emporte. De plus, cela pourrait compromettre notre procès.

– Je vous attends.

Il m'indique l'adresse du quartier général avant de raccrocher.

Je préviens le bureau que j'arriverai plus tard que prévu et pars rencontrer l'inspecteur Peterson. Un flagrant délit ? À ma connaissance, les opérations de ce genre sont liées à des affaires de drogue, ou à la télé, à des journalistes qui piègent un homme qui a dragué une mineure sur Internet. Mes mains tremblent tant sur le volant que je fais une embardée sur la voie voisine. Un conducteur énervé me klaxonne et me rappelle à l'ordre. L'effroi me pétrifie. Oh, putain. Non, pas ça. Elle n'a pas pu faire ça, si ? Je fais taire mes inquiétudes jusqu'à ce que j'arrive au poste de police.

À l'accueil, je demande à voir l'inspecteur Peterson, et cinq minutes plus tard, un homme d'âge moyen aux cheveux blonds clairsemés, les yeux creusés par la fatigue, vient vers moi en me tendant la main.

– Monsieur Madsen, je regrette de vous rencontrer dans ces circonstances. Veuillez me suivre. Il y a un bureau libre par ici.

Je hoche la tête et le suis dans les couloirs, pensant que j'ai eu de la chance d'éviter ces bureaux à de nombreuses occasions durant mon adolescence, même si ce n'est pas faute d'avoir essayé. Toutes les fois que j'ai consommé de l'alcool avant l'âge légal et pris le volant ivre, comme un abruti. J'ai honte de moi.

Il m'invite à entrer dans une pièce glauque, au bout d'un couloir. Le ciel bleu de la Californie apparaît à travers une petite fenêtre, formant un contraste saisissant avec le bureau morne dans lequel je me trouve.

Il prend place derrière le bureau, et moi sur une chaise en plastique en face de lui. Le poster d'un chaton clamant « accroche-toi » punaisé au mur me donne envie de rire.

– Monsieur Madsen, votre mère a été arrêtée hier au cours d'une opération de flagrant délit visant à intercepter son rendez-vous avec un mineur. Les charges retenues contre elle sont corruption de mineur en vue de relations sexuelles et détournement de mineur à des fins sexuelles.

Tout se referme autour de moi, puis une lueur apparaît devant mes yeux. Je me ressaisis un instant et tente de contrôler les battements de mon cœur.

J'inspire profondément et rouvre les yeux. Peterson poursuit.

– Monsieur Madsen, je suis désolé de vous annoncer cela. Je sais qu'il s'agit de votre mère. (Il marque une brève pause.) Ça doit être un choc pour vous. Mais vous devez comprendre que les délinquants de ce type sont doués pour garder leur secret. Et très souvent, les femmes ne s'arrêtent pas à manifester de l'intérêt pour les jeunes garçons. Elles sont fréquemment mariées, ont des enfants... c'est courant que leurs proches soient choqués de découvrir ce qu'elles ont fait.

Je me passe la main dans les cheveux pendant que l'inspecteur continue.

– Nous travaillons avec un psychologue sur de nombreux délits à caractère sexuel. Si vous souhaitez lui parler, je peux vous mettre en relation. C'est un spécialiste dans son domaine. Il pourrait vous aider à y voir clair. Pensez-y.

Je hoche la tête pour faire bonne mesure. Je suis bien informé sur le sujet. Malheureusement.

Devant mon silence, l'inspecteur Peterson m'observe pendant que je rassemble mes pensées.

– Donc, vous l'avez découverte sur ce site que vous avez piégé ?

Il me dévisage un instant.

– Non. En réalité, un indic anonyme nous a fait part de conversations entre une femme d'âge mûr et des garçons mineurs. Nous ne pouvons qu'imaginer que cette personne connaît madame Madsen, puisqu'elle a pu l'identifier nominativement, et qu'elle détenait des informations précises sur ses activités en ligne. Elle tenait des conversations à caractère sexuel avec cinq garçons, entre treize et seize ans. Nous avons eu de la chance que cette personne connaisse les informations nécessaires pour nous permettre de nous immiscer dans les conversations. Après avoir vérifié ces données, nous avons contacté les garçons et leurs parents, et l'un de nos agents a créé un faux profil d'adolescent pour lui proposer un rendez-vous. Après son arrestation, nous avons saisi son téléphone et son ordinateur, et trouvé toutes les preuves nécessaires à son inculpation, non seulement pour les délits évoqués mais aussi des images de pornographie pédophile enregistrées sur son disque dur.

– Mon Dieu !

J'ai la nausée.

– Jake, je suis désolé de vous annoncer que votre mère va rester en prison. Et quand elle sortira, elle sera enregistrée comme délinquant sexuel. Par chance, elle a été prise avant tout acte physique, mais elle va être poursuivie pour ses tentatives.

Son regard est celui de l'homme habitué à annoncer de mauvaises nouvelles, un mélange d'empathie et de résignation.

– Vous recherchez l'identité de l'indic anonyme ?

Il secoue la tête.

– Il n'y a rien à chercher de ce côté-là. Il nous a fourni par mail toutes les informations nécessaires. Peu de gens nous contacteraient sans cet anonymat. Nous n'avons aucune raison d'enquêter sur lui.

Je hoche la tête et m'apprête à me lever. Il m'imite.

– Inspecteur, je vous remercie de m'avoir reçu. Je ne voudrais pas paraître impoli, mais j'ai beaucoup à faire.

Il me serre fermement la main.

– Je sais que c'est difficile pour vous. Si vous avez des questions, n'hésitez pas à me téléphoner. Si vous désirez payer sa caution, le tribunal vous renseignera sur les démarches à suivre. Sa mise en accusation sera lue lundi. Mais, Jake, je peux vous dire que les preuves sont irréfutables.

Je hoche la tête. Comme je n'ai pas l'intention de payer sa caution, je ne pose aucune question.

– Merci encore, Inspecteur.

Il me donne sa carte de visite, et je sors.

Je traverse le bâtiment, en proie à différentes émotions. Les agissements de Lauren me rendent malade. Une relation avec un autre garçon de quinze ans ? Ou même treize ans ? Quelle horreur. La bile remonte dans ma gorge. En mon for intérieur, je me sens légitimé. Comme si avant cela, je n'avais pas réussi à croire qu'elle était névrosée. Je réalise que j'ai toujours cru que ma participation l'avait rendue malade, et pas qu'elle était malade avant cela. À mesure que je parcours les couloirs, le poids que je trimballe depuis des années quitte lentement mes épaules.

Je reste assis dans ma voiture, le regard perdu dans le vague. Je baisse la vitre pour inspirer l'air frais matinal.

Je repense aux explications de l'inspecteur, reprenant chaque information dans ma tête. Et si cet informateur anonyme ne les avait pas contactés ? Je me frotte le visage. J'imagine un autre adolescent la rencontrer... Mon Dieu. Si je pouvais remercier cet indic, je le ferais. Mais pourquoi anonyme ? Je me demande comment quelqu'un a pu l'identifier et avoir vent de ces conversations. Lauren n'a pas pu en parler à quelqu'un. Elle n'est pas du genre à se saouler dans un bar et à se vanter auprès du premier venu de ses conquêtes illégales. Je réfléchis un instant, mes pensées partent dans toutes les directions.

Vous seriez surpris d'apprendre que je travaillais dans l'informatique quand j'étais jeune. J'étais doué, en plus. Ça m'arrive toujours d'intervenir en tant que consultant, à l'occasion.

Je me fige. Non, c'est de la folie. C'est impossible. Je secoue la tête, riant presque de mon hypothèse ridicule. Mais seul un expert en informatique aurait pu faire remonter cette information jusqu'à la police... qui aurait intérêt à suivre les activités de Lauren sur Internet ?

L'inspecteur Peterson a précisé qu'ils avaient eu de la chance d'avoir les bonnes informations. Donc, l'informateur est non seulement calé en informatique mais il est aussi spécialiste en délit sexuel et travaille avec la police. Par conséquent, il sait précisément quels éléments sont nécessaires pour ouvrir une enquête.

Je cherche la carte de visite de Peterson et je lui téléphone.

– Inspecteur, vous avez évoqué un psychologue qui pourrait m'éclairer sur la nature des actes de ma mère. Pourriez-vous me communiquer ses coordonnées, juste au cas où je me décide à l'appeler ?

– Bien sûr. Attendez, j'ai sa carte quelque part.

(Je l'entends remuer des papiers.) La voilà. Il s'agit du docteur Fox, et son numéro est le...

Je n'ai pas besoin de le noter, je l'ai déjà. Je le remercie et raccroche, perplexe. Ce n'est pas une coïncidence. Pendant que je réfléchis, deux silhouettes familières descendent d'une voiture. Preston et Christine. Ils referment leurs portières et partent en direction du poste de police. Je descends en les appelant.

– Jake !

Christine se précipite vers moi et me prend les mains. Elle me dévisage comme pour vérifier mon état de santé.

– Est-ce que ça va, Jake ? Ce matin, Lauren a demandé à Preston de venir déposer sa caution, et nous avons parlé à l'inspecteur en charge de l'affaire. Un agent nous a dit que vous aviez rendez-vous avec lui. Nous sommes venus directement de l'aéroport.

Preston a pris l'avion pour la même raison que moi, et Christine est là pour nous assister sur des présentations.

– Oui, j'en sors. Et si nous allions en parler ailleurs ? On va prendre un café ?

Preston nous rejoint.

– Très bien, mais nous ne sommes pas obligés d'en parler. Nous sommes juste venus nous assurer que tu vas bien. C'est toi qui nous inquiètes.

L'air quitte mes poumons et je m'éclaircis la gorge, ému qu'ils m'offrent ce dont j'ai besoin. Du soutien.

– Merci, ça me touche. Vous allez déposer la caution de Lauren ?

Dites non.

– Non, et ce n'est pas la peine d'entrer dans les détails. Mais, Jake, je veux que tu saches que je ne le ferai pas. (Il me regarde d'un air entendu, puis tourne la tête.) Peut-être qu'elle sera libérée, mais je ne vois pas qui l'aiderait.

Il semble vaguement ravi. Après un moment de silence, je montre ma voiture.

– On peut prendre ma voiture pour aller boire un café dans le coin, et je vous reconduirai ici ensuite.

Nous montons dans mon véhicule de location et nous arrêtons au premier café venu. Nous passons commande et nous asseyons.

Après avoir bu quelques gorgées de café, je leur rapporte les propos de l'inspecteur. Preston, l'air chagriné, secoue la tête et Christine paraît horrifiée. Je me demande si elle pense à son fils.

– J'espère que ça ne portera pas préjudice à la société. Ou à la réputation de Phil, dis-je à Preston.

– Je ne vois pas pourquoi ça toucherait la société. Et Phil est mort depuis plus d'un an. Il ne peut pas être impliqué dans les activités de Lauren. En fait, tout porte à croire qu'elle a attendu sa mort pour agir. Il n'y a pas à s'en faire pour ça. Et puis c'est toi qui diriges la boîte maintenant. Et toi non plus, tu n'as rien à voir avec ça. Toutefois, si ça peut te rassurer, je vais en avertir nos avocats. Si la presse en parle, nous les poursuivrons pour calomnie. Et nous gagnerons.

J'acquiesce.

– Ça m'étonnerait que ça retombe sur la société, mais au cas où, tu as tout mon soutien, d'accord ?

Je reste silencieux, accaparé par mes pensées.

– Au moins, nous sommes débarrassés de sa contestation du testament, reprend Preston. Elle va devoir abandonner les poursuites. Elle a plus urgent à régler, maintenant.

Il réprime un rire.

Nous continuons à bavarder, le temps de terminer nos cafés, puis Preston me conseille de rentrer au plus tôt. Comme je n'ai pas la tête à travailler, je les remercie en espérant qu'ils sentent à quel point leur appui m'est précieux, et je les dépose à leur véhicule.

Tandis qu'ils s'éloignent, Christine dit deux mots à Preston, puis revient vers moi.

– Jake, je ne vous ai pas demandé comment ça se passait avec Evie ? Vous lui avez rafraîchi la mémoire ? s'enquit-elle en souriant.

Elle fait allusion au gala de charité et à l'agression de Gwen. J'inspire profondément et regarde Christine dans les yeux.

– J'ai merdé, Christine. Je ne sais pas. J'y travaille toujours.

Elle m'examine, la tête penchée sur le côté.

– Eh bien, c'est une raison de plus pour vous dépêcher de rentrer à Cincinnati, non ? (Elle pose les mains sur ses hanches.) Un conseil, si elle refuse de vous écouter, écrivez-lui. Les filles adorent les lettres.

Elle ponctue sa phrase d'un clin d'œil, et je ne peux pas m'empêcher de lui faire un grand sourire. Elle m'enlace avant de se hâter de rejoindre Preston.

Par chance, je trouve un siège sur le prochain vol qui décolle dans une heure. En attendant, j'appelle Doc. Comme il ne répond pas, je laisse un bref message l'informant que je viens de voir l'inspecteur Peterson, avec qui il collabore, et lui demande de me rappeler.

Une heure plus tard, je suis installé dans l'avion quand un mail de Doc m'arrive.

Leo,

J'ai eu votre message et je comprends la raison de votre appel. J'aimerais m'expliquer sans entrer dans un dialogue.

Parfois, les gens sont imprévisibles. Mais c'est rare. Avec l'expérience, j'arrive à deviner qui est susceptible de me surprendre. Ceux qui présentent certaines tendances finissent par y renoncer, surtout quand il paraît clair qu'une relation avec l'objet de leur obsession est de moins en moins probable. En général, ils essaient de remplacer cette personne. Vous n'aviez aucun moyen de le savoir et je ne voulais pas vous en faire porter le poids. Mais j'espère que vous comprenez pourquoi je ne pouvais pas laisser une telle chose se produire. J'espère que vous comprenez pourquoi je l'ai gardée à l'œil et utilisé mes connaissances pour intervenir.

Toute votre vie, vous vous êtes battu pour les autres, Leo. Malgré tout, personne ne vous a appris à le faire et personne ne vous a expliqué en quoi c'était noble et courageux. Ensuite, quand vous en avez eu le plus besoin, il n'y a eu personne pour se battre pour vous. J'espère que vous comprendrez les raisons qui m'ont poussé à agir, même si j'ai dépassé les limites de ma fonction.

J'espère vivement que vous comprendrez que je me suis battu pour vous parce que vous en valez la peine.

Doc

Dix minutes plus tard, alors que l'avion décolle, je regarde par le hublot l'eau bleue scintillante disparaître derrière les nuages. Les émotions menacent de remonter dans ma gorge, mais je suis plus déterminé que jamais à me battre. Le dos calé dans mon siège, j'inspire profondément et ferme les yeux, réalisant que pour la première fois, Doc m'a appelé Leo. Il a deviné que j'étais prêt.

Chapitre 30

Quand j'arrive chez moi, très tard, j'enfile un pantalon de survêtement et sors sur le balcon. Je m'assieds dans un fauteuil, et les pieds posés sur la rambarde, j'observe les lumières de la ville. Je laisse mes pensées errer librement. Je repense à tout ce que j'ai traversé, à toutes les horreurs qui m'ont amené à être placé en famille d'accueil. Je pense à ma mère, pour la première fois.

Elle a essayé d'arrêter de boire à deux reprises. Ça n'a jamais duré, mais pendant ces périodes, j'avais aperçu ce qu'elle aurait pu être si elle avait eu une autre vie, ou si elle avait eu la force de surmonter les obstacles, ne serait-ce qu'un peu. Un jour, alors que mon père était sorti, elle a essayé de nous faire des cookies, comme une mère normale. Elle y a mis du cœur, fredonnant et papotant avec une certaine nervosité. Mais l'essentiel était qu'elle essayait enfin. Pendant qu'ils cuisaient, elle a proposé de m'apprendre à jouer au poker. Elle m'a présenté les règles de base, assise à la petite table de la cuisine. Nous misions des cure-dents sous le regard de Seth. C'était rare qu'elle nous accorde un peu d'attention, et j'étais tellement heureux que je souriais à m'en décrocher la mâchoire. Mais une odeur nous est arrivée aux narines et une fumée noire est sortie du four. Les cookies étaient en train de brûler. Elle les a sortis du four en poussant des cris, puis les a jetés sur le réchaud. Quelque chose est mort dans ses yeux, tandis qu'elle se retranchait dans ce lieu inaccessible où elle vivait la plupart du temps.

– Je rate tout ce que je fais, a-t-elle dit d'une voix blanche. Je ne fais jamais rien comme il faut.

Puis elle est allée s'asseoir sur le canapé, a allumé la télé et a bu jusqu'à la fin de la journée.

Elle n'a rien compris. Elle est passée à côté de l'essentiel. Ça nous était égal d'avoir des cookies. C'est elle que nous voulions. Si fort que cette douleur n'a jamais cicatrisé. Ne l'avoir qu'un court instant a renforcé la souffrance lorsqu'elle s'est de nouveau détournée de nous. Je m'en voulais de ne pas être assez bien pour qu'elle ait envie de rester.

Elle était en permanence ailleurs, absente, apparemment détachée des atrocités quotidiennes que ses fils vivaient sous ses yeux. Je me suis toujours dit que je ne l'aimais pas parce qu'elle ne m'avait jamais manifesté de l'amour. Mais en vérité, je l'aimais. Je peux l'admettre à présent. Je voulais tant qu'elle m'aime en retour, et ce n'est jamais arrivé.

Pour la première fois, je me demande ce qui s'est passé pour qu'elle renonce entièrement, même à elle-même. Au souvenir de ses yeux vides, dès lors que mon beau-père se défoulait sur moi, je m'autorise à être submergé de peine.

Assis seul sur ce balcon, il m'apparaît clairement que nous n'étions pas en cause. Nous ne pouvions rien faire puisqu'elle avait déjà abandonné. Elle avait tant baissé les bras qu'elle était vide intérieurement, comme dans l'histoire qu'Evie m'a racontée il y a des années. Mais maintenant, je comprends que ce vide ne venait que d'elle, pas de moi. Assis là en pleine nuit, le regard planté dans le ciel, je me sens en paix et je respire mieux.

Je pense à mon père, mon beau-père, même s'il disait toujours qu'il était mon père. Il me présentait comme son enfant d'un côté, mais ne manquait aucune occasion de me rappeler que si j'étais né, c'est parce que ma mère était une pute. Je l'avais si bien intégré que c'était devenu une vérité que je me rejouais chaque fois que je me sentais faible, cherchant confirmation que je ne valais rien. J'y réfléchis longuement et réalise que je n'ai plus le désir de lui prouver le contraire. Je n'en ai plus besoin. La seule personne à laquelle j'ai quelque chose à prouver, c'est Evie. Elle seule le mérite.

Je pense beaucoup à Evie. À mon émerveillement devant sa manière de faire mieux que son entourage. Mais peut-être que moi aussi, j'ai fait mieux que mes parents. Peut-être que nous avons l'un et l'autre réussi à devenir de meilleures personnes que celles qui nous ont élevés, ou plutôt qui ont échoué à nous élever.

C'est sûrement rare. Presque aussi rare que ces coquillages à spirales inversées. La comparaison me fait sourire.

Une fois, je lui ai dit que certaines personnes savent les choses dans le fond de leur cœur. Possible que moi aussi je sache deux ou trois choses d'instinct. Pas autant qu'elle, mais peut-être que j'ai quelque chose à offrir si j'y travaille dur. J'aimerais tant qu'on m'en donne la chance. Il y a longtemps, elle m'a sauvé en m'aimant, en croyant en moi. Est-ce qu'elle pourrait recommencer ? Même après tout ça ? Je le souhaite de tout mon cœur.

Je pense à l'incroyable tournure qu'ont prise les événements avec Lauren. Quand je songe qu'elle a failli abuser d'un autre garçon, j'ai la nausée. Et Doc... ce qu'il a fait pour moi. J'ai toujours du mal à y croire.

... j'espère vivement que vous comprendrez que je me suis battu pour vous parce que vous en valez la peine.

Alors que le soleil se lève, je vais chercher de quoi écrire et retourne sur le balcon pour rédiger une lettre à Evie, et lui confier toutes mes pensées. Exprimer tout ce qu'elle représente pour moi, hier comme aujourd'hui, et tout ce que je souhaite être un jour pour elle. Enfin, je l'implore de me choisir une nouvelle fois.

Après avoir plié la lettre et l'avoir glissée dans une enveloppe, une idée me vient. Je vais dans ma chambre, et dans le fond du tiroir du haut, je retrouve la lettre que j'ai commencé à lui écrire il y a longtemps, celle dont je me suis toujours servi pour me souvenir quel être méprisable j'étais. Un parfait instrument d'auto-torture, un rappel idéal de ma trahison. Je ne pense pas me refaire ça un jour. Mais j'espère que ça l'aidera à comprendre.

En fin de matinée, je pars travailler après avoir dormi deux heures. En chemin, je m'arrête chez Evie et je sonne à la porte de Maurice. Il ouvre et me considère avec méfiance. Avec mon sourire le plus charmant, je lui demande s'il voudrait bien glisser mon enveloppe sous la porte d'Evie. Je veux qu'elle lise mes lettres mais aussi qu'elle m'affronte quand elle sera prête. Que ce soit son choix. Maurice hoche la tête et referme sa porte.

Je m'enferme dans mon bureau. Plusieurs fois au cours de la journée, les mots de Doc reviennent me hanter. ... *j'espère vivement que vous comprendrez que je me suis battu pour vous parce que vous en valez la peine.*

Est-ce qu'Evie sera du même avis, maintenant qu'elle connaît la vérité ?

Dans la soirée, je sors me chercher un café. J'ai besoin d'air frais et de caféine pour rédiger les mails que je prévois d'envoyer.

En sortant de l'ascenseur, dans le hall, je vois Gwen venir dans ma direction. Je grimace intérieurement et m'efforce de cacher mes émotions. Son expression m'évoque un requin sur le point de broyer sa proie. Décidée à tuer.

– Salut, Jake, dit-elle avec un sourire forcé.

– Gwen, dis-je en la contournant.

– Je suis tombée sur Evie au spa, se hâte-t-elle de dire.

Je m'arrête et me retourne. C'est donc elle qui lui a parlé de mon tatouage. Non pas que ça change grand-chose. En fait, c'était même mieux ainsi, si ce n'est qu'Evie a été accostée par le requin furieux dans un lieu public.

Je la considère d'un air pensif.

– Dans ce cas, je devrais probablement te remercier, Gwen. Il fallait bien qu'Evie voie mon tatouage, et j'ai trop attendu pour le lui montrer. Il le fallait parce que c'est elle. C'est notre histoire.

Gwen se renfrogne.

– Quoi ? C'est elle, la fille tatouée dans ton dos ? (Sourcils froncés, elle se tait un instant.) J'ai toujours supposé que cette fille était morte.

Je secoue la tête.

– Non, pas morte. Très vivante, même. Et très aimée. Par moi. Sois heureuse dans la vie, Gwen.

Je reprends mon chemin.

Un quart d'heure plus tard, je rentre chargé de caféine et revigoré. Je me demande si Evie a trouvé ma lettre à l'heure qu'il est. Et je me demande ce qu'elle pense pour la centième fois depuis qu'elle s'est enfuie de chez moi. Est-ce qu'elle va me répondre, et si oui, quand ? *Bats-toi pour elle.* Ça, j'en ai l'intention.

Tu vaux la peine qu'on se batte pour toi.

J'y arrive doucement. Peut-être ne suis-je pas le mauvais parti que j'ai toujours cru être.

Je monte dans l'ascenseur et attends qu'un groupe de gens se tasse dans la cabine. Tandis que les portes se referment, un homme me tape sur l'épaule. Quand je tourne la tête, il me montre du doigt la vitre derrière moi. Je me retourne et elle est là. Ma dompteuse, mon Evie, mon amour. Sur le moment, je ne comprends pas. D'en bas, elle me sourit et articule : « Je te choisis, toi. »

Le temps ralentit, et les bruits de fond s'estompent autour de moi. Je prends une profonde inspiration, une boule dans ma gorge menace de m'étouffer.

Tu vaux la peine qu'on se batte pour toi.

– Arrêtez l'ascenseur ! je hurle en poussant les gens pour descendre alors que l'ascenseur s'arrête au niveau supérieur.

Je cours vers l'escalator sur ma gauche. Je dévale les marches quatre à quatre, ignorant les cris de protestation des gens qui me regardent de travers.

Tu vaux la peine qu'on se batte pour toi.

Je ne vois qu'elle tandis que je saute par-dessus la rampe, une fois que je suis assez près du palier.

Nous courons l'un vers l'autre, je la soulève, la fais tournoyer, le visage dans ses cheveux. J'essaie désespérément de contrôler l'afflux d'émotions : la joie, la reconnaissance, l'espoir, l'amour. Elle répète en boucle :

– Je te choisis, je te choisis, Leo. Toujours toi.

Tu vaux la peine qu'on se batte pour toi.

Les gens applaudissent et sifflent autour de nous, l'écho perce le petit nuage sur lequel je flotte. Je me retourne et m'aperçois qu'une foule nous observe. Je ris, d'un rire incroyable, et me retourne vers Evie, son sourire radieux, son visage débordant d'amour.

– Je t'aime, Evie, dis-je d'une voix chargée d'émotion.

– Je t'aime, Leo, mon lion loyal.

– Tu y crois toujours, après tout ça ?

Dans ses yeux, je vois qu'elle y croit toujours.

Tu vaux la peine qu'on se batte pour toi.

Elle hoche la tête.

– Plus que jamais. Tu as trouvé le courage de sauter au travers du cerceau enflammé pour moi. Tu as trouvé qui tu es, de l'autre côté, hein ?

Je la regarde en me disant que oui, elle a raison. Le feu était en réalité ma propre peur, mon impression de ne rien valoir.

– Je crois, oui. Mais c'est toi qui tenais le cerceau enflammé.

Tu es celle qui a toujours cru en moi. La seule qui ait cru en ma bonté.

– C'est la partie facile, mon beau garçon. Croire en toi, c'est naturel pour moi. Depuis toujours.

Mon Dieu, qu'est-ce que j'aime cette belle fille. Je souris largement.

– Je vais t'emmener dans ma tanière et te molester maintenant.

Son sourire est aussi radieux que le mien.

– Oui, allons-y.

Je lui prends la main, la promesse de la rendre heureuse gravée dans mon cœur. L'avenir nous tend les bras.

ÉPILOGUE

Deux mois plus tard

Leo m'attrape la main entre les sièges, la porte à ses lèvres et l'embrasse. Il me sourit, et je repose la tête contre le dossier en lui souriant aussi. Tandis qu'il reporte son attention sur la route, j'admire son beau profil.

Deux mois se sont écoulés depuis ce fameux jour, dans l'immeuble de ses bureaux. Les soixante jours les plus heureux de ma vie. Nous les avons passés à nous remémorer les bons et les mauvais moments, tombant davantage amoureux, rien qu'en étant nous-mêmes, ensemble, sans secrets entre nous, ni peur, ni culpabilité, ni honte. Pour le taquiner, je dis que Jake est mon lion, et Leo mon garçon. Je les aime tous les deux, et j'ai autant besoin de l'un que de l'autre.

Seulement, les deux réunis n'arrivent pas à la cheville de l'homme qu'il est devenu. Mon homme déterminé, loyal, et mon garçon tendre et protecteur. Tous deux effrayés, mais finalement capables de trouver la force d'accepter que même les pires expériences peuvent être de précieux cadeaux.

Et aussi, ils aiment tous deux me molester, fréquemment, et je m'en réjouis. C'est une très, très bonne chose. Je le regarde avec un immense sourire.

– Qu'est-ce qu'il y a ? demande-t-il.

– Je repensais à ce matin.

Il a un petit rire.

– Oui, on aurait dû penser à prendre notre douche ensemble depuis le début. Je suis content qu'on rattrape le temps perdu.

Il me fait un clin d'œil et je ris.

– Tout à fait d'accord avec toi. Alors, où est-ce que tu m'emmènes ?

Je le considère avec prudence. En montant dans la voiture, il a dit qu'il voulait me montrer quelque chose, sans vouloir entrer dans les détails.

– Encore un peu de patience.

Au virage, je réalise que nous sommes dans la rue où j'ai vécu avec ma famille d'accueil. Qu'est-ce qu'on fait ici ?

Quand Leo se gare devant la maison, je remarque qu'il me regarde nerveusement.

– Tu me fais confiance ? demande-t-il.

Sans réfléchir, je murmure :

– Entièrement.

Il sourit en coupant le moteur et m'embrasse tendrement.

– Alors, suis-moi.

Il sort et vient ouvrir ma portière. Il me prend la main, m'aide à descendre et me prend dans ses bras avant de claquer la portière.

C'est une froide journée de décembre, et son souffle forme un nuage de buée quand il dit :

– Je t'aime, Evie.

Je plonge les yeux dans ses prunelles chaudes et réponds à voix basse :

– Je ne me lasserai jamais de l'entendre.

Il m'entraîne vers la maison. Elle est en piteux état, des ordures sont éparpillées dans le jardin, la peinture est écaillée, les fenêtres cassées. Visiblement, elle est abandonnée depuis un certain temps.

Il pousse la porte d'entrée et quand je passe la tête à l'intérieur, les souvenirs me submergent. Brièvement, je redeviens la fillette effrayée, rongée par la solitude. Mais Leo me serre la main et quand je me plonge dans ses yeux remplis d'amour, tout va bien. Mais pourquoi est-ce qu'il m'amène ici ?

Il me tire gentiment par la main, et je le suis dans l'escalier. Je sais où il m'emmène maintenant, et soudain, le cœur léger, j'ébauche un sourire. Notre toit.

Nous enjambons prudemment le montant de la fenêtre cassée, et une fois dehors, je me frotte les mains. Il m'enlace, et nous restons simplement ainsi pendant quelques minutes, sur la surface légèrement inclinée.

Quand il me lâche, je vais pour m'asseoir, mais il m'arrête.

– Non, reste là, s'il te plaît.

Confuse, je le regarde. Il met un genou à terre, et là, je comprends tout. Mon souffle se coince dans ma gorge.

Mon Leo plonge la main dans sa poche et en sort un écrin qu'il ouvre, révélant la plus belle bague de fiançailles que j'aie jamais vue. En platine, de style vintage. Je la fixe un instant, comme hypnotisée, puis je lève les yeux vers lui. Devant son visage ému, j'ai les larmes aux yeux.

– Evelyn Cruise, dit-il avant de prendre une inspiration tremblante, je voulais t'amener ici pour te demander de passer le restant de ta vie avec moi parce que c'est ici que j'ai compris que je t'aimerais toujours. C'est ici que j'ai appris ce qu'on ressent quand on est aimé. Et c'est ici que nos lèvres se sont rencontrées pour la première fois.

Il me sourit, et je laisse échapper un rire chargé de sanglots en posant la main sur sa joue. Il appuie la joue dans ma paume, avant de poursuivre, les yeux dans les yeux.

– Acceptes-tu de me faire l'immense honneur de devenir ma femme ? Veux-tu m'épouser ?

Les larmes coulent sur mes joues maintenant et ma gorge est tellement nouée que les mots ne sortent pas. Alors, je hoche la tête et m'agenouille de façon à pouvoir embrasser Leo à travers mes larmes et sans cesser d'opiner. Il s'écarte légèrement, en souriant, puis il se rembrunit.

– J'ai besoin de l'entendre, Bébé. Dis-le-moi.

– Oui, oui, oui, je murmure entre deux baisers. Mille fois oui. Infiniment oui.

En larmes, je souris pendant qu'il me passe la bague au doigt.

Je prends son beau visage entre mes mains et pose mes lèvres sur les siennes. Notre baiser devient plus profond, nos langues se cherchent et se caressent.

L'air scintille autour de nous, et j'incline la tête pour mieux l'embrasser. Il gémit en renforçant son étreinte. Son goût, son corps contre moi m'enivrent.

Soudain, quelque chose de froid et de mouillé me tombe sur les joues. Je cesse de l'embrasser. Essoufflés, nous levons la tête en même temps, et je n'en reviens pas... il neige ! Nous nous regardons, et émerveillés, nous éclatons de rire. Il neige vraiment ! Comme lors de notre premier baiser. Seulement, cette fois, nous ne nous disons pas au revoir. Nous débutons notre vie à deux. La magie de l'instant me fait de nouveau pleurer, et Leo me serre dans ses bras et essuie mes larmes. Nous sommes enlacés depuis quelques minutes quand je songe que nous sommes sur une propriété privée.

– Euh, Leo, nous devrions y aller. Nous n'avons pas le droit d'être ici.

Il sourit en m'aidant à me relever.

– Eh bien, non. Viens avec moi, dit-il en m'entraînant à l'intérieur. J'ai quelque chose à te montrer.

Perplexe, je le suis dans l'escalier. Il m'entraîne vers l'ancien salon où un drap recouvre un pan de mur. Il soulève le drap et au bout de quelques secondes, je pose les mains sur ma bouche pour retenir de nouveaux sanglots.

C'est une pancarte. « La maison de Willow[1]. » Un beau saule est entouré d'enfants qui jouent, gambadent et lisent à l'ombre de ses branches.

– J'ai acheté la maison, Evie, et le terrain vague à côté, dit-il calmement. (Il attend ma réaction en me prenant dans ses bras.) Je me suis dit que nous

---

1. Willow signifie « saule ».

pourrions monter une maison communale pour les enfants placés. Ils pourraient venir ici après l'école ou le week-end. Ce serait un endroit sûr et stable où ils auraient toujours leur place. J'aimerais que tu acceptes de la diriger.

Je regarde ses beaux yeux chaleureux et je tombe encore plus amoureuse de lui.

Neuf ans plus tard

Je plante le dernier chrysanthème dans la jardinière et tasse la terre autour avec mes mains. Ensuite, j'arrange le lierre entre les fleurs jaune vif et bordeaux. Je recule pour apprécier la beauté des plantes automnales. Je m'essuie les mains, puis rassemble mes outils de jardinage. Les enfants et moi avons passé la journée à semer et désherber, et cette jardinière est le dernier espace que nous n'ayons pas touché. Je leur ai promis de m'en occuper ce soir.

Je rentre, et alors que je termine de me laver les mains, j'entends Leo m'appeler. Je me précipite dans l'entrée.

– Salut, mon cœur.

Il sourit dès qu'il me voit, une grosse citrouille sous chaque bras.

– Salut, dis-je en allant à sa rencontre avec le sourire.

Je l'embrasse.

– Tu as trouvé tout ce que tu voulais ?

– Oui. Nous avons dû faire cinq magasins, mais nous en avons au moins une pour chacun. Il y en a plus de cinquante à l'arrière de la camionnette.

– Merci.

En souriant, je pose la main sur sa joue et me perds dans ses yeux.

– Pas de quoi. Mais tu sais, c'est lourd, les citrouilles. Où je les pose ? demande-t-il avec un grand sourire.

Je cligne des yeux.

– Oh, désolée. Tiens, mets-les là, dis-je en indiquant la grande table que j'ai recouverte d'une nappe plastifiée orange. Parfaite pour vider les citrouilles.

Leo les pose.

– Les garçons sont avec monsieur Cooper ? je demande.

– Oui. Je les ai déposés chez lui après le dernier chargement de citrouilles. Je lui ai dit que nous viendrions les chercher en rentrant à la maison. Ils ont bien aidé avec les citrouilles, même Cole.

Je hoche la tête en souriant, heureuse que nos fils passent du temps avec l'homme qui est comme un grand-père pour eux.

Je termine de ranger pendant que Leo entrepose ses trouvailles à l'intérieur. Quand je reviens au salon, la table déborde de citrouilles de toutes les tailles. Nous allons bien nous amuser à les découper demain.

Nicole et Kaylee, et son petit frère Mikey, vont venir nous prêter main-forte. Nicole attend leur troisième enfant, une heureuse surprise. La voir s'affairer perchée sur ses hauts talons avec son gros ventre va me donner des frayeurs. Et je sais aussi qu'elle va me dire d'arrêter de m'inquiéter, qu'elle est juste enceinte et que ce n'est pas une raison pour porter des chaussures orthopédiques.

Leo me prend la main et m'entraîne vers l'escalier. Je le suis en sachant où nous allons. Dans la petite pièce du fond, il ouvre la fenêtre et m'aide à sortir sur le toit. Je fais quelques pas avant de m'asseoir.

Il s'installe à côté de moi, et je pose la tête sur son épaule, au chaud dans ses bras.

– C'est l'endroit que je préfère au monde, dis-je tout bas.

Il sourit et passe mes bras autour de son cou.

– C'est l'endroit que je préfère au monde, répond-il avec le sourire.

J'enfouis le visage dans son cou et souris contre sa peau. Je l'embrasse et repose la tête sur son épaule. Nous restons à fixer l'obscurité.

Ça fait neuf ans que Leo m'a demandé ma main sur ce toit. Nous nous sommes mariés deux mois plus tard, au cours d'une cérémonie intime, entourés de nos amis proches, la famille que nous avons choisie.

Juste après notre mariage, Leo a engagé une entreprise de construction pour retaper la propriété. C'était important pour nous de la restaurer plutôt que de la faire démolir. Les bardeaux de la toiture ont été changés mais à part ça, il est comme avant, notre toit.

Quelques mois plus tard, alors que le projet de la Maison de Willow était bien entamé, j'ai emmené mon mari sur le toit, et dans la chaleur de l'été, je lui ai annoncé que j'étais enceinte. Interdit, il m'a longuement regardée avant que son beau sourire n'apparaisse sur son visage. Il a remonté mon tee-shirt et a embrassé mon ventre pendant que je riais. Ensuite, la joue posée contre mon ventre, il a levé les yeux vers moi, avec son air hésitant de jeune homme. J'ai passé les doigts dans ses cheveux et murmuré :

– Oui, Leo, tu vas faire un père formidable. Certaines personnes le savent dans le fond de leur cœur.

Il m'a souri, puis pris de panique, il m'a subitement traînée à l'intérieur.

– Qu'est-ce qui t'arrive ? ai-je demandé en riant.

– Je refuse que ma femme enceinte monte sur le toit. Même s'il a été sécurisé.

Plus tard, bébé Seth dormait et jouait dans ce petit coin paisible qu'est devenue mon ancienne chambre.

Quand Landon a décroché son diplôme, un an après l'ouverture de la Maison, nous lui avons proposé d'en prendre la direction. Il a accepté. Je viens aussi souvent que possible, mais je suis une maman débordée maintenant, et j'ai besoin d'aide. Il apporte de la joie et de l'énergie dans ce lieu, et tout le monde l'adore. Comment ne pas aimer quelqu'un d'aussi adorable ?

Quelques années plus tard, alors que j'étais en fin de grossesse, j'ai perdu les eaux dans le salon pendant que j'accrochais des œuvres réalisées par les enfants. Plus tard, Cole a fait ses premiers pas dans la Maison Willow, sous les acclamations des enfants.

Nous avons un grand jardin à l'arrière. Les enfants participent au potager et cueillent les légumes. L'ancien terrain vague a été transformé en terrain de basket-ball, et à l'arrière, les enfants peuvent jouer librement sur la vaste pelouse. Nous avons planté un saule au milieu et installé des tables de pique-nique tout autour. Il est encore petit, mais il finira par devenir grand et fort, et ses branches se courberont dans le vent. Parfois, le vent sera glacial, et d'autres fois trop chaud. Cet arbre solide supportera toutes les intempéries.

À l'intérieur, nous avons créé un atelier d'activités artistiques, une salle de musique et une bibliothèque avec un coin lecture. C'est là que je raconte des histoires aux enfants quand ils le réclament. Quand mon livre a été publié, Leo en a acheté vingt exemplaires rien que pour cette pièce. J'ai secoué la tête en riant. Mais dès que j'ai vu les enfants s'y intéresser et me demander si j'avais vraiment grandi dans des familles d'accueil, comme eux, j'ai décidé de les laisser là.

Je veux que les enfants sachent que leur situation ne doit pas les freiner, que si j'ai trouvé le courage de réaliser mes rêves, ils le peuvent aussi.

Nous avons aussi des ordinateurs et des professeurs pour les aider à faire leurs devoirs. Dans la grande cuisine, des bénévoles leur apprennent à cuisiner et préparent des repas.

Preston organise la journée annuelle des sciences à la Maison Willow. Le gagnant remporte une bourse d'études pour une spécialisation en sciences et techniques. Christine a pris sa retraite anticipée pour se consacrer à ses enfants, depuis qu'ils sont entrés au lycée. Elle et sa famille sont des bénévoles assidus et nous sommes devenues très proches. Christine est comme une mère pour moi. Pour nous.

Nous avons fait des projets, rêvé et aimé sur notre toit. Nous ne savions pas que le chemin vers l'amour éternel serait semé de détours, d'embûches et de chagrin. Nous ne savions pas qu'autant d'amour, de pardon et de compréhension seraient nécessaires pour retrouver le chemin de notre destinée, ensemble. Mais nous savions que si nous étions arrivés là, c'est parce que nous étions tous les deux prêts à nous battre ;

à nous battre l'un pour l'autre, pour nous-mêmes, pour les enfants qui ont besoin d'un refuge, pour l'amour. Malgré toutes les souffrances, en fin de compte, l'amour l'a emporté.

Remerciements

Du fond du cœur, merci à mon comité de relectrices, Angela Smith et Larissa Kahle. Merci d'avoir lu mon livre plusieurs fois, merci pour vos encouragements, et merci d'avoir eu l'honnêteté de m'alerter quand Leo devenait un narrateur un peu « truffe ». Je sais qu'il vous en est reconnaissant.

Je remercie également ma famille, en particulier mon mari qui me soutient quoi qu'il arrive.